Buch

Eigentlich hat Susan Townsend in dem kleinen Vorort Londons nie richtig Fuß gefaßt. Verheiratet mit einem Star-Journalisten, dessen Lebensinhalt gutes Essen und zum Dessert eine Prise Zynismus waren, paßt sich nicht in das gutbürgerliche Milieu von Matchdown Park. Schließlich geht auch die Ehe in die Brüche, und Susan sieht sich mit ihrem Sohn Paul der regen Anteilnahme ihrer Mitbürger ausgesetzt. Aber nicht nur sie steckt in einer Krise. Auch ihre Nachbarn, Louise und Bob North, scheinen Eheprobleme zu haben, und auch über sie wird intensiv geklatscht. Susan hatte dem Paar nie besondere Aufmerksamkeit geschenkt, bis sie von den beiden plötzlich um Hilfe gebeten wird, und in Ereignisse hineingezogen wird, die ihr Leben radikal verändern. Es beginnt an dem Tag, als Susan eine grauenhafte Entdeckung im Haus der Norths macht...

Autorin

Ruth Rendell, auch unter dem Pseudonym Barbara Vine bekannt und in Großbritannien als »Königin der Kriminalliteratur« gefeiert, wurde 1930 in South Woodford/London geboren. Bevor sie sich ganz dem Schreiben von Kriminalromanen und -geschichten widmete, arbeitete sie einige Jahre als Journalistin. Seit 1964 hat sie über dreißig Romane und vier Bände mit Kriminalgeschichten verfaßt. Für ihre in fünfzehn Sprachen übersetzten Bücher hat Ruth Rendell dreimal den Edgar-Allen-Poe-Preis erhalten sowie zahlreiche andere internationale Ehrungen.

Bereits als Goldmann Taschenbuch lieferbar:
Der Liebe böser Engel. Roman (42454)
Der Mord am Polterabend. Roman (42581)
Die Brautjungfer. Roman (41240/7284/5825)
Die Werbung. Roman (42015/5853)
Eine entwaffnende Frau. Roman (42805)
Mord ist ein schweres Erbe. Roman (42583)
Stirb glücklich. Stories (41294/5843)
Der Krokodilwächter (43201)
Lizzies Liebhaber (43308)
Schuld verjährt nicht (43482)

Ruth Rendell/Helen Simpson:
Das Haus der geheimen Wünsche/Die Sünden des Fleisches.
Zwei Romane in einem Band (41169)

Ruth Rendell

Das geheime Haus des Todes

ROMAN

Ins Deutsche übertragen
von Denis Scheck

GOLDMANN VERLAG

Die englische Originalausgabe erschien unter dem Titel
»A Secret House of Death«
bei Hutchinson Ltd., London

Der Titel ist bereits unter der Nummer 42582
als Goldmann Taschenbuch erschienen.

Umwelthinweis:
Alle bedruckten Materialien dieses Taschenbuches
sind chlorfrei und umweltschonend.
Das Papier enthält Recycling-Anteile.

Der Goldmann Verlag
ist ein Unternehmen der Verlagsgruppe Bertelsmann

Neuausgabe 12/95
Copyright © der Originalausgabe 1968 by Ruth Rendell
Copyright © der deutschsprachigen Ausgabe 1993
by Wilhelm Goldmann Verlag, München
Alle Rechte an der deutschen Übersetzung
bei Rowohlt Verlag, Reinbek bei Hamburg
Umschlaggestaltung: Design Team München
unter Verwendung eines Motivs von Rosetti
Druck: Elsnerdruck, Berlin
Krimi 5927
AB · Herstellung: sc
Made in Germany
ISBN 3-442-05927-4

3 5 7 9 10 8 6 4 2

Für
Dagmar Blass

> Ist's denn Sünde,
> Zu stürmen ins geheime Haus des Todes,
> Eh Tod zu uns sich wagt?
>
> Antonius und Kleopatra,
> *William Shakespeare*

I

Der Mann mit der stämmigen Statur fuhr einen großen Wagen, einen grünen Ford Zephyr. Heute war sein dritter Besuch in dem *Braeside* genannten Haus im Orchard Drive, Matchdown Park, und jedesmal stellte er seinen Wagen auf der Grünfläche neben dem Bürgersteig ab. Er war Anfang Dreißig, dunkelhaarig und sah nicht übel aus. Stets trug er eine Aktentasche. Sehr lange blieb er nie, doch Louise North, die *Braeside* mit ihrem Mann Bob bewohnte, freute sich stets über sein Kommen und ließ ihn mit einem Lächeln ins Haus.

Das waren Tatsachen, und mittlerweile wußte die gesamte Nachbarschaft darüber Bescheid. Der Airedale-Terrier von gegenüber, der einer gewissen Familie Winter gehörte, hielt sie über die Besuche des massigen Mannes freundlicherweise auf dem laufenden. Im Verlauf des ganztägigen Wachdienstes hinter seinem Tor verbellte der Airedale nur Fremde, bei Einheimischen machte er keinen Mucks. Nun kläffte er wütend, während der Mann auf dem Gartenweg zur Haustür der Norths schlenderte, dort anklopfte und dreißig Sekunden später, nach einem geflüsterten Wort mit Louise, im Inneren verschwand. Nachdem er seine Pflicht erfüllt hatte, buddelte der Hund einen bräunlichen, erdverkrusteten Knochen aus und begann, an ihm herumzunagen. Eine nach der anderen zogen sich die von seinem Gebell hervorgelockten Frauen von den Fenstern zurück, um das Gesehene zu überdenken.

Das Feld war bestellt, die Saat ausgesät. Alles, was den passionierten Gärtnerinnen jetzt noch zu tun blieb, war, die Früchte ihres Klatsches zu ernten und sie auf den Markt der Nachmittagskränzchen und Zaungespräche zu tragen.

Nur Susan Townsend, die im Haus neben *Braeside* wohnte, wollte von diesem Warenaustausch verschont bleiben. Jeden Nachmittag saß sie an ihrer Schreibmaschine vor dem Fenster, und wenn der Hund bellte, war sie ebensowenig wie die anderen dagegen gefeit, einen Blick hinauszuwerfen. Zwar machte sie sich ihre Gedanken über die Besuche des Mannes, doch im Unterschied zu ihren Nachbarinnen trieb sie nicht lüsterne Neugier um. Ihr eigener Mann hatte sie vor genau einem Jahr verlassen, und die Besuche des Fremden bei Louise North rührten an alten Wunden, die sie bereits verheilt geglaubt hatte. Eheliche Untreue, die für Nichtbetroffene eine Quelle der Spannung und des Nervenkitzels darstellt, hatte sie im Alter von sechsundzwanzig Jahren in einen bodenlosen Abgrund von Einsamkeit stürzen lassen. Mochten ihre Nachbarn darüber nachgrübeln, warum der Mann kam, was Louise wollte, was Bob dachte und was aus diesem allem einmal werden sollte. Aus eigener Erfahrung kannte sie die Antworten; sie wollte bloß mit ihrer Arbeit vorankommen, ihren Sohn aufziehen und nichts mit dieser Sache zu tun haben.

Vierzig Minuten später ging der Mann, und der Airedale bellte wieder. Als sich sein Frauchen näherte, hörte er schlagartig auf, machte Männchen – eine Haltung, in der er wie eine Bauchtänzerin hin und her wackelte – und sprang schwanzwedelnd an den beiden Jungen hoch, die sie von der Schule abgeholt hatte.

Susan Townsend ging in die Küche und setzte den Kessel auf. Das Gartentor fiel klappernd ins Schloß.

»Entschuldige, daß wir so spät dran sind«, sagte Doris Winter, während sie die Handschuhe abstreifte und zielstrebig den nächsten Heizkörper ansteuerte. »Aber dein Paul konnte seine Mütze nicht finden, so daß wir gut und gern fünfzig Spinde durchwühlen mußten.«

»Roger Gibbs hat sie in den Pausenhof der Grundschule geworfen«, sagte Susans Sohn mit Unschuldsmiene. »Krieg ich 'nen Keks?«

»Nein, und ›kriegen‹ schon gar keinen. Nachher hast du zum Tee keinen Appetit mehr.«

»Darf Richard dableiben?«

Eine derartige Bitte in Gegenwart der Mutter des gewünschten Gastes abzuschlagen, ist ein Ding der Unmöglichkeit. »Aber gern«, antwortete Susan. »Geht euch die Hände waschen.«

»Mir ist eiskalt«, sagte Doris. »Ich heiße nicht nur Winter, ich fühle mich auch so.« Es war März und mild, aber Doris fror Sommer wie Winter und mummte sich stets in mehrere Pullover, Strickjacken und Schals ein. Stück um Stück entledigte sie sich nun ihrer Überkleidung, streifte die Schuhe ab und drückte die mit Frostbeulen bedeckten Füße an die Heizung. »Du machst dir keine Vorstellung, wie sehr ich dich um die Zentralheizung beneide. Womit wir beim Thema wären. Hast du es auch gesehen, oder täuschten mich meine müden Augen? Louise hat schon wieder Besuch von ihrem Hausfreund gehabt.«

»Du kannst doch nicht wissen, ob es ihr Hausfreund ist, Doris.«

»Sie sagt, er wolle ihnen eine Zentralheizung verkaufen. Ich habe sie nämlich gefragt – ganz schön keß von mir, nicht? –, und das hat sie mir zur Antwort gegeben. Aber als ich es Bob gegenüber erwähnte, merkte man gleich, daß er keinen blassen Schimmer hatte, von was ich eigentlich redete. ›Wir lassen uns keine Zentralheizung einbauen‹, hat er gesagt. ›Kann ich mir nicht leisten.‹ Na also – was hältst du davon?«

»Das geht nur die beiden etwas an. Sie müssen selbst eine Lösung finden.«

»Stimmt genau. Ganz meine Meinung. Ich wäre nun wirklich die letzte, die sich für die schmutzige Wäsche anderer Leute interessiert. Trotzdem möchte ich mal gern wissen, was sie bloß an diesem Mann findet. Was Besonderes ist er nun wirklich nicht, Bob dagegen ist einfach ein Traum. Ich habe ihn immer für den mit Abstand attraktivsten Mann hier in unserer Gegend gehalten, er hat so einen frischen, unverbrauchten Charme.«

»Wenn man dir so zuhört, könnte man meinen, er sei ein Deodorant.« Susan mußte unwillkürlich lächeln. »Gehen wir ins andere Zimmer hinüber?«

Widerstrebend löste sich Doris von dem Heizkörper und ging mit den Schuhen in der Hand hinter Susan ins Wohnzimmer, abgelegte Kleidungsstücke markierten ihren Weg. »Aber gutes Aussehen fällt bei so was wohl nicht sehr ins Gewicht«, fuhr sie unbeirrt fort. »Die menschliche Natur ist eine komische Sache. Das weiß ich von meiner Zeit als Krankenschwester...«

Mit einem innerlichen Seufzen setzte sich Susan. Wenn Doris erst einmal auf ihre Zeit als Stationsschwester und die in einem Krankenhaus zu beobachtenden Eigenarten der Menschen in all ihrer Mannigfaltigkeit zu sprechen kam, fand sie für gewöhnlich stundenlang kein Ende. Mit halbem Ohr hörte sie dem unausbleiblichen Anekdotenschwall zu.

»...Und das war nur ein Beispiel unter vielen. Es ist erstaunlich, wie viele unglaublich gutaussehende Menschen, verheiratete Leute, sich in absolute Ekelpakete verlieben. Ich glaube, die sehnen sich einfach mal nach Abwechslung.«

»Da hast du wohl recht«, meinte Susan teilnahmslos.

»Aber stell dir vor, du verläßt dich auf jemanden und setzt dein ganzes Vertrauen auf diesen Menschen, um dann feststellen zu müssen, daß er dich von Anfang an hintergangen hat – daß er ein Verhältnis hat und dich zum Narren hält. Ach du liebes bißchen, was habe ich da bloß gesagt! Entschuldige, ich habe nicht dich gemeint. Ich sprach ganz im allgemeinen, ich...«

»Schon gut«, unterbrach sie Susan. Sie war an Taktlosigkeiten gewöhnt und störte sich nicht so sehr an der offensichtlichen Taktlosigkeit als vielmehr an der verspäteten Einsicht seitens der Sprechenden, daß sie in ein Fettnäpfchen getreten waren. Alle bemühten sich dann krampfhaft, ihren Fehler wieder auszubügeln, brachten Rechtfertigungen vor und ließen sich auf ausführliche Erörterungen ein, um zu erklären, daß Susans Fall eine

Ausnahme sei. Genau dies tat jetzt auch Doris, wobei sie nervös kicherte und sich die nach wie vor kalten Hände rieb.

»Da gibt es schließlich gar nichts zu deuteln, Julian hat dich hinter deinem Rücken betrogen, als er sich mit dieser Dingsbums, dieser Elizabeth traf, wo er doch eigentlich hätte arbeiten sollen. Du hast ein zu vertrauensseliges Wesen, genau wie der arme Bob. Aber Julian hat es wenigstens nie in den eigenen vier Wänden getan, nicht? Er hat Elizabeth nie hier ins Haus gebracht.« Überraschend ehrlich fügte Doris hinzu: »Das weiß ich genau. Ich hätte es gesehen.«

»Da habe ich keine Zweifel.«

Die Arme voller Spielzeugautos, kamen die beiden kleinen Jungen die Treppe herunter. Susan wies ihnen ihre Plätze am Tisch zu und hoffte, Doris würde den Wink verstehen und gehen. Möglicherweise übertrieb sie ihre Fürsorge, doch Paul war schließlich das Kind einer zerrütteten Ehe, und auf ihr lastete die Verantwortung, dafür zu sorgen, daß er nicht mit einer übermäßig feindseligen Einstellung zu der Institution Ehe aufwuchs. Sie warf Doris einen kurzen Blick zu und schüttelte leicht den Kopf.

»Hört euch nur mal meinen Hund an«, sagte Doris eine Spur zu aufgeräumt. »Ein Wunder, daß sich die Nachbarn noch nicht beschwert haben.« Sie trippelte zum Fenster, suchte unterwegs ihre abgelegten Kleidungsstücke zusammen und drohte dem Airedale mit der geballten Faust, den diese Geste in um so heftigere Raserei versetzte. Er reckte den großen Krauskopf über das Gartentor und begann zu jaulen. »Aus, Pollux!« Susan hatte sich schon oft gefragt, weshalb sie den Terrier nach einem der Dioskuren genannt hatten. Im Orchard Drive mußte man dankbar dafür sein, daß die Winters keinen Castor hatten, um ihm Gesellschaft zu leisten. »Diesmal hat er wegen dem neuen Bäckerjungen angeschlagen«, erklärte Doris. »Bei uns bellt er nie, und bei euch, den Gibbs oder den Norths auch nichts. Das zeigt ja wohl, daß bei ihm bloß Angst und keine Aggressivität dahintersteckt, da können die Leute sagen, was sie wollen.« Sie starrte ihren Sohn an, und als hätte dieser nicht in aller Gemütsruhe sein Butterbrot verzehrt, sondern sie flehentlich zum Hierbleiben gedrängt: »Also weißt du, den ganzen Abend kann ich wirklich nicht hier vertrödeln. Ich muß Vati noch sein Abendessen besorgen.«

Susan setzte sich zu den Kindern und aß ein belegtes Brot. Wenn man nicht »Vati sein Abendessen« zu besorgen hatte, machte man für sich selbst erst recht keines, so daß auf den Tee nicht verzichtet werden konnte. Paul stopfte sich einen letzten Schokoladekeks in den Mund und begann, ein klitzekleines Feuerwehrauto über Tischtuch und Teller zu schieben.

»Nicht beim Essen, Paul.«

Ihr Sohn sah sie und Richard finster an. Seinem Spielgefährten hatte es in den Fingern gejuckt, nach einem Lastwagen zu greifen, doch er steckte die Hände unter den Tisch und warf Paul den tugendhaften Blick eines Musterknaben zu. »Darf ich bitte aufstehen, Mrs. Townsend?«

»Wenn du möchtest. Saubere Hände hast du, ja?«

Doch inzwischen saßen die beiden kleinen Jungen längst auf dem Boden, spielten mit ihrem Wagenpark und ahmten realistisch, wenn auch übertrieben, Motorgeräusche nach. Bäuchlings schlängelten sie sich über den Teppich auf Susans Schreibtisch zu.

Ihr Schreibtisch, ein viktorianisches Mahagoni-Monstrum, war mit einer Unzahl von Nischen und Fächern versehen. Susan besaß genügend Einfühlungsvermögen, um den Reiz nachvollziehen zu können, den er auf einen Fünfjährigen mit einem Fimmel für Spielzeugautos ausübte, und wenn Paul die Ablagen als Garagen, die Kartons mit dem Schreibpapier als Rampen und die Farbbanddosen als Drehscheiben benutzte, war sie bemüht, ein Auge zuzudrücken. Sie wollte sich gerade eine zweite Tasse Tee einschenken, zuckte aber zusammen und verschüttete die Hälfte in die Untertasse, als die Schachtel mit den Büroklammern herunterfiel und die Klemmen sich ringsumher über den ganzen Boden verstreuten. Während Richard, ganz zuvorkommender Gast, sich schleunigst daranmachte, sie wieder einzusammeln, legte Paul eine marmeladenverschmierte Hand auf Miss Willingales Manuskript und funktionierte es zu einer Rennstrecke um.

»Jetzt reicht es aber«, wies Susan sie zurecht. »Raus mit euch. Bis zum Schlafengehen will ich euch hier nicht mehr sehen.«

Sie wusch das Teegeschirr ab und ging nach oben. Die Kinder hatten die Straße überquert und hielten Pollux ihre Spielsachen vor die Nase, die sie zwischen den verschnörkelten Stäben des schmiedeeisernen Zauns durchsteckten. Susan öffnete das Fenster.

»Ihr sollt auf dieser Seite bleiben«, rief sie. »All die Autos kommen gleich hier durch.«

Der Airedale wedelte mit dem Schwanz und schnappte spielerisch nach der Motorhaube eines Lasters, mit dem ihm Paul vor der Schnauze herumfuchtelte. In letzter Zeit hatte Susan eigentlich gar nicht so oft an Julian gedacht, doch jetzt fiel ihr plötzlich ein, daß er Pollux früher immer als ›lebenden Bettvorleger‹ bezeichnet hatte. Das war zu der Zeit, als Julian noch nach Hause kam und von allen zur Arbeit pendelnden Ehemännern stets der erste war. Pollux war immer noch da und ganz der alte; wie gewöhnlich ließen die Kinder ihr Spielzeug im Vorgarten herumliegen; die Kirschbäume standen kurz vor der Blüte, und in den Häusern erschienen die ersten abendlichen Lichter. Verändert hatte sich nur eines: Julian würde niemals wiederkommen. Matchdown Park, dieser widerliche Schlafbezirk, wie er ihn nannte, war ihm immer verhaßt gewesen, und jetzt benötigte er nur zehn Minuten von seinem Büro in der New Bridge Street zu seiner Wohnung. Wahrscheinlich war er gerade auf dem Weg nach Hause, um seine Geistesblitze, seinen Spott, seine ewige Nörgelei am Essen und seine schulmeisterlichen Belehrungen an Elizabeth auszulassen. Nun würde Elizabeth in den Genuß dieses zweifelhaften Vergnügens kommen – und der unbändigen Wut – bis zu dem Tag, an dem Julian jemand anderes finden würde. Hör schon auf, ermahnte sich Susan, hör auf.

Sie fing an, sich das glänzende Haar zu bürsten; seit der Scheidung war es dünner und stumpfer geworden. Manchmal fragte sie sich, weshalb sie überhaupt noch darauf achtete. Außer dem kleinen Jungen war niemand da, der sie hätte sehen können, und die Wahrscheinlichkeit, daß ein Freund vorbeikam, war fast gleich Null.

Ehepaare wollten andere Ehepaare besuchen, nicht eine Geschiedene, die noch nicht einmal den Vorzug hatte, die schuldige und damit die interessante Partei zu sein.

Seit der Scheidung hatte sie kaum jemand von den geistreichen kinderlosen Leuten aus ihrem Freundeskreis gesehen. Minta Philpot hatte einmal angerufen, war aber gleich merklich reservierter geworden, als sie erfuhr, daß Susan keinen Mann an der Angel hatte und schon gar nicht daran dachte, wieder zu heiraten. Was war aus Lucius und Mary geworden, was aus der unnahbaren Schönen Dian und ihrem Mann Greg? Vielleicht stand Julian noch mit ihnen in Verbindung, aber er war ja auch Julian Townsend, Chefredakteur von *Certainty*, ein vielgefragter Mann und eine umschwärmte Persönlichkeit.

Während sich die Kinder mit gefahrlosen Spielen auf dem Rasen beschäftigten, war mittlerweile der erste Heimkehrer eingetroffen, Martin Gibbs mit einem Blumenstrauß für Betty. Wenigstens rief das keine quälenden Erinnerungen wach. Zu den »Tulpen-Nulpen«, wie er es ausdrückte, hatte sich Julian nie gezählt, und Susan hatte von Glück reden können, wenn sie an ihrem Geburtstag Blumen bekam.

Und da, pünktlich auf die Minute, kam Bob North.

Er war groß, dunkelhaarig und außergewöhnlich gutaussehend. Seine Kleidung war unauffällig, doch er trug sie mit unbeabsichtigt wirkender Eleganz, und nur seine Männlichkeit verhinderte, daß er den Eindruck eines Dressmans erweckte. Das Gesicht war zu makellos klassisch, um den Anforderungen des modernen Films zu genügen, aber dennoch war es nicht das Gesicht eines Gigolos, nicht im mindesten südländisch. Es war ein englisches Gesicht, keltisch, hellhäutig und offen.

Susan war seine Nachbarin, seit er und seine Frau vor zwei Jahren in *Braeside* eingezogen waren. Doch Julian hatte die Nachbarn verachtet und sie als Bourgeois bezeichnet; von allen war nur Doris so penetrant gewesen, den Townsends ihre Freundschaft aufzudrängen. Susan kannte Bob gerade gut genug, um ihn mit einem leichten Winken von ihrem Fenster aus zu grüßen.

Mit dem gleichen Maß an unverbindlicher Freundlichkeit winkte er zurück, zog den Zündschlüssel ab und trat vom Auto auf den Bürgersteig. Dort blieb er einige Sekunden stehen und starrte auf die Reifenspuren, die der grüne Ford Zephyr in dem Rasenstück hinterlassen hatte. Auf seiner Miene zeichnete sich leichte Besorgnis ab, doch als er sich umdrehte und aufschaute, trat Susan einen Schritt zurück, denn sie wollte seinem Blick nicht begegnen. Da man auch sie hinter ihrem Rücken betrogen hatte, war ihr klar, wie schnell sich Mitgefühl mit Bob North bei ihr einstellen konnte, aber mit den Problemen der Norths wollte sie nichts zu tun haben. Sie ging nach unten und rief Paul ins Haus.

Als er im Bett lag, setzte sie sich zu ihm und las ihm die allabendliche Fortsetzung aus dem Kinderbuch von Beatrix Potter vor. Mit seinen scharfgeschnittenen Gesichtszügen und dem flachsblonden Haar war er ganz Sohn seiner Mutter und Julian so unähnlich wie nur möglich.

»Jetzt lies es noch mal von vorn«, sagte er, als sie das Buch zuklappte.

»Das kann doch nicht dein Ernst sein. Es ist zehn vor sieben. *Zehn vor sieben.*«

»Das Buch gefällt mir, aber ich glaube, ein Hund würde niemals zum Teetrinken zu einer Katze gehen. Und einen Blumenstrauß würde er ihr schon gar nicht mitbringen. Anderen Leuten Blumen schenken ist dumm. Die sterben doch nur.« Mit einem verächtlichen Lachen wälzte er sich im Bett auf die andere Seite. Vielleicht war er Julian doch nicht so unähnlich, dachte Susan, während sie ihn wieder zärtlich zudeckte.

»Ich habe alle deine Papiere aufgeräumt«, verkündete er und sah sie aus einem Auge an. »Wenn ich hinterher schön aufräume, darf ich doch mit den Autos auf deinem Schreibtisch spielen, nicht?«

»Schon, aber ich wette, im Garten hast du nicht aufgeräumt.«

Sofort mimte er den Erschöpften und zog sich die Bettdecke über den Kopf.

»Eine Hand wäscht die andere«, sagte Susan und machte sich auf den Weg in den Garten, um im Gras und in den Blumenbeeten den verstreuten Wagenpark zusammenzusuchen.

Jetzt, bei einsetzender Dämmerung, war die Straße wie ausgestorben. Eine nach der anderen gingen die Straßenlampen an, jede ein grünlich schimmerndes Juwel, und Winters Gartentor warf einen bizarren Schatten auf die Straße, der wie von Riesenhand gewirkte Spitze aussah.

Susan tastete im feuchten Gras nach Spielsachen, als sie hinter der Hecke eine Stimme hörte. »Ich glaube, das ist Eigentum Ihres Sohnes.« Sie stand auf, wobei sie sich lächerlich vorkam, denn sie war auf allen vieren über den Rasen gekrochen, und nahm aus Bob Norths Händen einen fünf Zentimeter langen Lastwagen entgegen.

»Danke«, sagte sie. »Den zu verlieren, wäre eine Katastrophe.«

»Was ist das eigentlich?«

»So eine Art Straßenkehrmaschine. Sie gehört zu seinen Lieblingsautos.«

»Ein Glück, daß sie mir unter die Augen kam.«

»Das kann man wohl sagen.« Sie ließ ihn am Zaun stehen. Das war das längste Gespräch, das sie je mit Bob North geführt hatte, und sie hatte den Eindruck, als hätte er es bewußt so eingerichtet, als wäre er mit der festen Absicht herausgekommen, mit ihr zu sprechen. Erneut starrte er auf das verwüstete Rasenstück. Sie tastete mit der Hand unter einem Fliederbusch nach einem Laster.

»Mrs. Townsend – äh, Susan?«

Innerlich stieß sie ein Seufzen aus. Weniger störte sie, daß er sie mit Vornamen ansprach, als vielmehr die darin mitschwingende Vertraulichkeit, die er anscheinend zwischen ihnen aufbauen wollte. Ich bin schon genauso schlimm wie Julian, dachte sie bei sich.

»Entschuldigung«, sagte sie. »Wie unhöflich von mir.«

»Aber gar nicht. Ich habe mich bloß gefragt...« Seine Augen waren dunkelblau, ein rauchgraues Azurblau mit Einsprengseln, doch jetzt wandte er sie ab, um nicht ihrem Blick standhalten zu müssen. »Sie sitzen doch immer vor dem Fenster an Ihrer Schreibmaschine. Machen Sie da Abschriften?«

»Ich schreibe Manuskripte auf der Maschine ab, stimmt. Aber immer für die gleiche Autorin.« Das wollte er natürlich gar nicht wissen. Hauptsache, ihn irgendwie ablenken. »An anderen Aufträgen bin ich nicht...«

»Ich wollte fragen«, unterbrach er sie, »ob Sie je...

Also, ob heute...« Seine Stimme verlor sich. »Nein, schon gut.«

»Ich sehe nicht oft aus dem Fenster«, log Susan. Es war ihr sehr peinlich. Ungefähr eine halbe Minute lang standen sie sich mit zu Boden gerichtetem Blick an der Hecke gegenüber und sagten nichts. Susan spielte mit dem kleinen Auto in ihrer Hand herum, und ganz unvermittelt sagte Bob North:

»Sie haben Glück, daß Sie den Jungen haben. Wenn wir, meine Frau und ich...«

Das funktioniert nicht, wäre Susan beinahe herausgeplatzt. Kinder halten eine Ehe nicht zusammen. Lesen Sie denn keine Zeitung? »Ich muß ins Haus«, stammelte sie. »Gute Nacht.« Sie lächelte ihn kurz und verlegen an. »Gute Nacht, Bob.«

»Gute Nacht, Susan.«

Doris hat also recht gehabt, dachte Susan widerwillig. Bob ahnte etwas, und anscheinend hatte er allen Grund dazu. Er stand ganz am Anfang, genau dort, wo sie vor achtzehn Monaten gestanden hatte, als Julian, der sich stets genau an die Arbeitszeiten in der Redaktion gehalten hatte, immer öfter um fünf anrief und ihr Ausreden auftischte, weshalb es heute später würde.

»Elizabeth?« hatte er gefragt, als Susan jenen taktlosen Anruf entgegennahm. »Ach, *die* Elizabeth. Das ist bloß so ein Mädchen, die will mir unbedingt ihre langweiligen Kochbeiträge aufschwatzen.«

Was Louise wohl sagte? »Ach, *der* Mann. Das ist bloß so ein Typ, der mir eine Zentralheizung aufschwatzen will.«

Jetzt aber wieder zu Miss Willingale. Paul hatte nicht

zuviel versprochen, was ihren Schreibtisch betraf. Alles war picobello, das ganze Papier ordentlich aufgeschichtet, die beiden Kugelschreiber links neben der Schreibmaschine. Sogar den Aschenbecher hatte er geleert.

Ehe sie sich an die Arbeit machte, verpackte sie sämtliche Autos sorgfältig in den dazugehörigen Schächtelchen. Elf Manuskripte hatte sie in den letzten acht Jahren für Jane Willingale abgetippt, dies war das zwölfte, und jedesmal war aus dem ungeschlachten, riesengroßen häßlichen Entlein des kleksigen Gekritzels ein vollkommener Schwan geworden, sauber und ordentlich, wie aus dem Bilderbuch. Wie aus dem Bilderbuch waren die Romane auch in anderer Beziehung. Von den elf waren vier Bestseller geworden, den übrigen hatte nicht viel dazu gefehlt. Sie hatte schon für Miss Willingale gearbeitet, als sie noch Julians Sekretärin war, und auch nach ihrer Heirat und Pauls Geburt. Es schien keine Veranlassung zu bestehen, ihre Auftraggeberin im Stich zu lassen, nur weil sie jetzt geschieden war. Neben der Befriedigung, gute Arbeit zu leisten, bescherten ihr die Romane großes Vergnügen. Zumindest war dies so, bis sie das vorliegende Buch in Angriff genommen hatte und feststellen mußte, daß sie sich in der gleichen Lage wie die Heldin befand...

Der Roman hieß *Frevles Fleisch*, und der Titel war natürlich ein Witz. Susan mußte immer an Fischers Fritz... denken, die Autorin hatte aber so etwas wie »Sündiges Fleisch« im Sinn gehabt. Wieder ging es um Ehebruch. Untreue war auch das Thema von *Blutrache* und *Getreu bis an den Tod* gewesen, doch damals hatte sie nicht das Bedürfnis empfunden, sich damit zu identifizieren.

Heute abend reagierte sie besonders empfindlich, und als sie die fertige Seite noch einmal durchlas, zuckte sie unwillkürlich zusammen. Drei Tippfehler in fünfundzwanzig Zeilen... Sie steckte sich eine Zigarette an und ging in die Diele, um sich im Wandspiegel zu begutachten. Auf ihre taktlose Art hatte Doris den Nagel auf den Kopf getroffen, als sie sagte, es spiele keine Rolle, wie gut die Männer oder Frauen aussahen, mit denen die Betroffenen verheiratet waren. Den Julians und Louises dieser Welt mußte es um den Reiz der Abwechslung gehen.

Sie war dünner geworden, aber sie hatte noch immer eine gute Figur und wußte, daß sie hübsch war. Braune Augen und blondes Haar stellten eine ungewöhnliche Kombination dar; ihr Haar war naturblond, hatte immer noch denselben Ton wie zu der Zeit, als sie so alt wie Paul war. Julian hatte immer gesagt, sie erinnere ihn an ein Mädchen auf einem Gemälde von Millais.

Das alles hatte nichts geändert. Sie hatte nach besten Kräften versucht, eine gute Ehefrau zu sein, aber auch das hatte nichts geändert. Wahrscheinlich war Bob ein guter Mann, ein attraktiver Mann mit liebenswürdiger Persönlichkeit, auf den jede Frau stolz sein konnte. Sie wandte sich ab von dem Spiegel, denn sie ertappte sich dabei, daß sie sich und ihren Nachbarn von nebenan in dieselbe Kategorie einzuordnen begann. Dies beunruhigte sie, und sie bemühte sich, ihn aus ihren Gedanken zu verbannen.

2

Susan hatte Paul und Richard gerade ans Schultor gebracht, als Bob North in seinem Auto an ihr vorbeifuhr. Das war nichts Ungewöhnliches, eine normale Alltäglichkeit. An diesem Morgen fädelte er den Wagen jedoch nicht in den Verkehr der High Street ein, der sich an der Auffahrt zum North Circular staute, sondern stoppte ihn zehn Meter weiter vorn am Randstein. Bob steckte den Kopf aus dem Fenster und führte das unmißverständliche Gebärdenspiel eines Fahrers auf, der jemanden zum Mitfahren einlädt.

Sie ging zu dem Auto und empfand angesichts dieser unvermuteten Freundschaftsbekundung eine leichte Beklommenheit. »Ich will zum Einkaufen nach Harrow«, sagte sie in der Gewißheit, daß es nicht auf seinem Weg lag. Doch er lächelte ungezwungen.

»Ausgezeichnet«, erwiderte er. »Zufälligerweise muß ich auch nach Harrow. Ich bringe den Wagen zur großen Inspektion. Morgen muß ich mit dem Zug nach London, hoffentlich bessert sich das Wetter.«

Ausnahmsweise war Susan froh, sich auf dieses todlangweilige Standardthema einzulassen. Sie stieg auf der Beifahrerseite ein und mußte dabei an einen von Julians Leitartikeln denken, in dem er geschrieben hatte, daß obgleich die Engländer das unbeständigste und wechselhafteste Klima der Welt hätten, sie sich nie an seine Kapriolen gewöhnten, sondern stets mit Empörung und Unmut darauf reagierten, als hätten sie ihr bisheriges Leben in Gegenden mit fest voraussagbarer Regenzeit zugebracht.

Ungeachtet Julians spöttischer Ermahnungen nahm Susan nun das von Bob gelieferte Stichwort auf. Gestern war es mild gewesen, heute empfindlich kühl und windig. Der Frühling ließ jedenfalls mal wieder lange auf sich warten. Er hörte sich das alles an und antwortete mit ebensolchen Belanglosigkeiten, bis sie schließlich das Gefühl hatte, daß er genauso verlegen wie sie sein mußte. Bedauerte er etwa schon, daß er gestern abend ein wenig zuviel gesagt hatte? Vielleicht wollte er sie entschädigen, indem er sie mitfahren ließ; vielleicht war er bestrebt, nicht wieder in ihr altes Verhältnis zu verfallen, sondern bemühte sich, eine etwas verbindlichere Freundschaft unter Nachbarn aufzubauen. Sie mußte versuchen, das Gespräch auf dieser Ebene zu halten. Auf Louise durfte sie nicht zu sprechen kommen.

Sie fuhren auf den North Circular, wo starker Verkehr herrschte, und Susan zermarterte sich das Gehirn, was sie sagen sollte.

»Ich will Paul ein Geschenk kaufen, eine Autorennbahn. Er hat am Donnerstag Geburtstag.«

»Ach, am Donnerstag?« fragte er, und sie fragte sich, weshalb er den Blick kurz von der belebten Straße wandte und sie einen Moment rätselhaft ansah. Vielleicht war die Erwähnung ihres Sohnes nicht minder taktlos gewesen, als von Louise zu sprechen. Gestern abend hatte er seinen Kummer wegen ihrer Kinderlosigkeit anklingen lassen. »Donnerstag«, wiederholte er, diesmal aber nicht im Ton einer Frage. Seine Hände schlossen sich fester ums Lenkrad, so daß die Knöchel weiß hervortraten.

»Er wird sechs.«

Der Moment war gekommen, ihr war klar, daß er jetzt anfangen würde zu reden. Sein ganzer Körper schien sich zu verkrampfen, und sie bemerkte an ihm jenes merkwürdige Atemanhalten und die fast übermenschliche Anstrengung, Hemmungen zu überwinden, die dem Hervorstoßen von Geständnissen und Vertraulichkeiten vorauszugehen pflegen.

Vor ihnen fuhr der Bus nach Harrow gerade eine Haltestelle an, und sie stand schon kurz davor, ihm zu sagen, daß sie den Rest des Weges gut mit dem Bus fahren könne und er sie hier gern aussteigen lassen dürfe, als er mit einer Schroffheit, die nicht zu seinen Worten paßte, fragte: »Sind Sie sehr einsam gewesen?«

Die Frage kam sehr unerwartet; damit hatte sie wirklich als letztes gerechnet. »Ich weiß nicht genau, was Sie damit meinen«, antwortete sie zögernd.

»Ich fragte, ob Sie einsam waren. Nach Ihrer Scheidung, meine ich.«

»Also, ich...« Ihre Wangen glühten, und sie blickte nach unten auf ihren Schoß, wo die schwarzen Lederhandschuhe schlaff wie unnütze leere Hauthüllen lagen. Ihre Hände ballten sich zu Fäusten, doch mit einer bewußten Anstrengung lockerte Susan sie. »Ich bin jetzt darüber hinweg«, sagte sie knapp.

»Aber wie war es damals, unmittelbar danach«, bohrte er weiter.

Die erste Nacht war die schlimmste gewesen. Nicht die erste Nacht, in der sie und Julian in getrennten Zimmern geschlafen hatten, sondern der Abend und die Nacht, nachdem er endgültig gegangen war. Stundenlang hatte sie am Fenster gestanden und das Kommen und Gehen der Leute beobachtet. Damals hatte sie gedacht, niemand in ihrer kleinen Welt sei allein außer ihr. Alle hatten Vertraute, Partner, Geliebte. Nie zuvor waren ihr die Ehepaare, die sie sah, so liebevoll und anhänglich erschienen. Sie konnte sich noch ziemlich deutlich daran erinnern, wie Bob und Louise spätabends vom Tanzen oder einer Party nach Hause gekommen waren und im Vorgarten miteinander gelacht hatten, um dann Hand in Hand hineinzugehen.

Davon würde sie ihm nichts erzählen. »Ich mußte mich natürlich auf vieles neu einstellen«, sagte sie, »aber ich war kein Einzelfall. Eine Menge Frauen werden von ihren Männern verlassen.«

Offenbar hatte er nicht die Absicht, sein Mitleid auf sie zu verschwenden. »Und Männer von ihren Frauen«, sagte er. Jetzt ist es heraus, dachte Susan. Bis nach Harrow konnten es doch höchstens noch zehn Minuten sein. »Wir sitzen im selben Boot, Susan.«

»Wirklich?« Sie zog nicht die Augenbrauen nach oben; sie gab ihm keinen Anhaltspunkt.

»Louise liebt einen anderen.« Die Worte klangen beherrscht, überlegt und sehr sachlich. Doch als Susan keine Antwort gab, stieß er plötzlich zusammenhangslos hervor: »Sie halten sich wohl für die Verschwiegenheit in Person, was? Louise sollte Ihnen dankbar sein. Aber vielleicht stehen Sie ja auf ihrer Seite. Genau, so wird es wohl sein. Wegen dem, was Sie alles durchmachen mußten, leiden Sie jetzt unter einem großen Männerhaß. Wenn mich eine Frau besuchen käme, während Louise außer Haus ist, läge die Sache anders, ist es nicht so?«

Obwohl ihre Hände zitterten, erwiderte Susan gelassen: »Es war sehr nett von Ihnen, mich mitzunehmen. Ich ahnte ja nicht, daß Sie zum Dank von mir zu erfahren hofften, was Ihre Frau so alles macht, während Sie außer Haus sind.«

Ihm stockte der Atem. »Vielleicht hoffte ich das wirklich.«

»Mit Ihrem Privatleben will ich nichts zu tun haben – weder mit Ihrem noch dem Ihrer Frau. Und jetzt möchte ich bitte aussteigen.«

Er reagierte merkwürdig. Eine Ablehnung ihrer Bitte hatte Susan für ausgeschlossen gehalten, doch statt zu verlangsamen, zog er den Wagen völlig unerwartet auf die Überholspur. Das Auto unmittelbar hinter ihnen bremste ab und hupte. Mit quietschenden Reifen scherte Bob in den Kreisverkehr ein, fing den schleudernden Wagen ab und kam auf eine Gerade. Er drückte das Gaspedal voll durch, und Susan bemerkte, wie sich ein triumphierendes Lächeln auf seinen Lippen breitmachte. Trotz ihrer Entrüstung empfand sie einen Augenblick lang echte Angst. Sein Gesicht hatte etwas Wildes und Unbeherrschtes an sich, das auf manche Frauen vielleicht anziehend gewirkt hätte, aber Bob wirkte in Susans Augen einfach nur sehr jung, ein leichtfertiges Kind.

Die Nadel des Tachometers kletterte immer weiter. Manche Männer hielten schnelles und gefährliches Fahren für ein Zeichen von Männlichkeit; vielleicht wollte er ihr etwas beweisen. Er war in seinem Stolz verletzt, und sie durfte ihn nicht noch mehr verletzen. Obwohl sie feuchte Hände hatte, sagte Susan, statt lauthals zu protestieren, deshalb nur spitz: »Man sollte kaum glauben, daß Ihr Wagen eine Inspektion nötig hat.«

Er lachte traurig in sich hinein. »Sie sind eine nette Frau, Susan. Warum war ich bloß so dumm, nicht jemanden wie Sie zu heiraten?« Daraufhin setzte er den Blinker, verlangsamte und bog ab. »Habe ich Sie erschreckt? Entschuldigen Sie.« Er biß sich auf die Lippe. »Ich bin so verdammt unglücklich.« Er seufzte und fuhr sich mit der Linken über das Haar. Eine Locke fiel ihm in die Stirn, und wieder sah Susan einen verwirrten Jungen vor sich. »Wahrscheinscheinlich ist er jetzt wieder bei ihr und läßt seinen Wagen vor dem Haus stehen, wo ihn jeder sehen kann. Ich kann es mir richtig vorstellen. Dieser schreckliche Köter bellt, und alles stürmt ans Fenster. Ist es nicht so? Ist es nicht so, Susan?«

»Ich glaube schon.«

»Ich hätte gute Lust, eines Tages mal zum Mittagessen nach Hause zu kommen und sie in flagranti zu erwischen.«

»Da vorn ist das Geschäft, in das ich will, Bob, wenn Sie also so nett wären...«

»Da ist auch meine Werkstatt.«

Er stieg aus und öffnete ihr zuvorkommend die Tür. Ihr Exmann hatte derlei Aufmerksamkeiten nie für nötig befunden. Julians Miene hatte nie verraten, was er gerade dachte. Bob sah zwar wesentlich besser aus als Julian, offener, umgänglicher – aber? Freundlich konnte man sein Gesicht nicht nennen, überlegte sie sich. Es strahlte zwar eine gewisse Empfindsamkeit aus, doch Empfindsamkeit der egozentrischen Art, deren Mitgefühl nur dem eigenen Ich gilt, die sich dem Leid anderer verschließt und fordernd und besitzergreifend ist, dabei aber nur leidet, wenn ihr etwas gegen den Strich geht.

Sie stieg aus und blieb neben dem Auto auf dem Bürgersteig stehen. Der kalte Wind trieb etwas Röte in die Haut über seinen Backenknochen, was ihm ganz plötzlich ein gesundes und sorgenfreies Aussehen verlieh. Zwei Mädchen gingen an ihnen vorüber, und eines davon drehte sich nach Bob um und warf ihm einen taxierenden, abschätzenden Blick zu, ganz so, wie Männer schönen Frauen nachsehen. Auch er hatte den Blick bemerkt, und mit gelinder Bestürzung fiel Susan auf, wie er sich unmerklich in Pose setzte und bewußt lässig gegen den Wagen lehnte. Sie nahm ihren Korb in die Hand und sagte in kurz angebundenem Ton: »Danke. Wir sehen uns ja.«

»Das sollten wir öfter tun«, sagte er. In den Worten klang eine Spur Sarkasmus.

Als sie aus der Spielwarenhandlung kam, saß er noch immer hinter dem Steuer seines Wagens am Straßenrand. Wie hart sie das letzte Jahr gemacht hatte! Früher hätte sie für jemanden in seiner Situation, ihrer eigenen Situation vor zwölf Monaten, starkes Mitleid empfunden. Sie wurde das Gefühl nicht los, daß er Theater spielte, sich mit aller Kraft, die er aufbieten konnte, zum großen Schmerzensmann stilisierte. Er behauptete zwar, daß er unglücklich sei, sah aber nicht so aus. Er wirkte wie jemand, der in seiner Umgebung diesen Eindruck hervorrufen will. Wo waren die Sorgenfalten, wo die stille, klägliche Zurückgezogenheit? Ihre Blicke begegneten sich einen Moment lang, und sie hätte schwören können, daß er ihretwegen die Mundwinkel nach unten zog. Er hob kurz die Hand zum Gruß, ließ den Motor an und fuhr auf den betonierten Weg zwischen den Zapfsäulen.

In einem anderen Leitartikel von *Certainty* hatte Julian Townsend behauptet, die einzigen im Nordwesten von London noch vorhandenen Grünflächen seien Friedhöfe. Einer davon, der Zweigfriedhof einer Gemeinde der Innenstadt, lag zwischen den Hintergärten des Orchard Drive und der North Circular Road. Aus der Ferne wirkte er recht hübsch und strahlte eine fast ländliche Stimmung aus, denn die Ulmen streckten ihr schwarzes, skelettartiges Geäst, in dem Krähen nisteten, gen Himmel. Aber wenn man auf dem Nachhauseweg die Abkürzung über den Friedhof nahm, bedurfte es schon sehr viel Phantasie und eines teilweisen Verschließens aller Sinne, um zu vergessen, daß man sich in einem Vorort am Rande einer Großstadt befand. An Stelle von duftendem Gras und Kiefernnadeln roch man den säuerlichen Gestank der Chemiefabriken, und zwischen den Bäumen war stets der wie auf einem endlosen, unsinnigen Förderband vorbeirasende Verkehr zu sehen, zahllose Autos, Tieflader, die mit noch mehr Autos beladen waren, und scharlachrote Busse.

Susan stieg aus einem dieser Busse und schlug den Weg über den Friedhof nach Hause ein. Tags zuvor hatte ein Begräbnis stattgefunden, von dem ein frischer Grabhügel und ein Dutzend Kränze zeugten, doch eine eisige Nacht und ein halber Tag bitterkalten Winds hatten die Blumenblätter sich einrollen und dunkel werden lassen. Auch jetzt war es kalt. Die Wolken waren gestaltlos, tuchfarben und hatten ausgefranste Ränder, wo der Wind an ihnen zerrte. Ein Tag, ging es Susan durch den Kopf, wie gemacht, um auch dem Fröhlichsten die Petersilie zu verhageln. Während sie sich über den ödesten Teil des

Geländes quälte, dachte sie, daß sie mit ihrem bis an die Wangen hochgeschlagenen Mantelkragen für einen Beobachter wie Oliver Twists Mutter auf ihrem letzten Gang zum Findelhaus aussehen mußte. Doch dann lächelte sie selbstironisch. Wenigstens war sie weder schwanger noch arm oder obdachlos.

Als sie in die Senke des Matchdown Park zugewandten Friedhofsteils gelangte, konnte sie die Rückseiten der Häuser im Orchard Drive sehen. Ihr Haus und das der Norths waren genau gleich, was ein Gefühl von Trauer und Sinnlosigkeit in ihr hervorrief. Es schien, als unterläge auch das Schicksal der Bewohner den gleichen Gesetzmäßigkeiten, Mißtrauen, das auf Liebe folgt, Verbitterung und schmerzliche Trennung, dann wieder Mißtrauen.

Zwei Männer liefen den Weg von Louises Hintertür entlang. Sie hielten Teetassen in den Händen, von denen in der kühlen Luft kleine Dampfwölkchen aufstiegen, und Susan nahm an, daß es sich um die Arbeiter der Straßenbaustelle unmittelbar neben ihrem Haus handelte. Schon seit Wochen rissen die den Asphalt auf, um Abwasserrohre oder Kabel zu legen – wer konnte schon genau sagen, was sie taten? –, doch Susan war noch nie auf die Idee gekommen, ihnen Tee anzubieten. Für sie hatten sie lediglich die zweifache Belästigung bedeutet, ständig Pauls Lehmspuren im Haus aufwischen zu müssen und von dem schrillen Hämmern ihrer Preßluftbohrer bei der Arbeit gestört zu werden.

Sie ging durch das Friedhofstor und überquerte die Straße. In der Bauhütte brannte rotes Feuer in einer provisorischen Kohlenpfanne, die aus einem durchlöcherten Eimer gemacht war. Als sie auf das Tor in ihrem Zaun zuging, spürte sie etwas von der Wärme dieses Feuers, ein aufmunternder und wohltuend molliger Luftschwall.

Die Männer mit den Teetassen traten an das Feuer und hockten sich dicht davor hin. Susan wollte ihnen gerade guten Tag sagen, als aus dem Graben, der nie tiefer oder flacher zu werden schien, ein dritter Mann auftauchte und bei ihrem Anblick einen gellenden Pfiff ausstieß. Keine Frau hat wirklich etwas dagegen, wenn man ihr hinterherpfeift. Aber hat schon einmal eine Frau darauf reagiert? Susan setzte die ausdruckslose Miene auf, die sie sich für derlei Anlässe vorbehielt, und trat in ihren Garten.

Aus den Augenwinkeln sah sie, wie der vorwitzige Pfeifer zu Louises Hintertür zottelte, um sich seinen Tee abzuholen. Der Zaun zwischen den beiden Hintertüren war fast zwei Meter hoch. Sehen konnte Susan nichts, doch sie hörte Louise lachen, worauf sie und der Mann miteinander frotzelten.

Susan ging durch das Haus zur Vordertür, um die Milch hereinzuholen. Entgegen Bobs Vorhersage stand kein grüner Ford Zephyr auf dem Grasstreifen, doch ihr Blick fiel auf sein Miniaturpendant, das am anderen Ende des Gartens in der Erde steckte. Sie hatte doch eines von Pauls Autos die Nacht über draußen gelassen.

Als sie sich danach bückte und die Erde von seinen Rändern abschüttelte, verließ Doris gerade das Haus von Betty Gibbs, gefolgt von Betty, die ihr Gespräch bis zum Gartentor fortsetzte und sich dort ein letztes Mal von ihr verabschiedete.

»Wie am laufenden Band«, hörte Susan Betty sagen.

»Dauernd traben sie den Weg rauf und runter. Können die sich ihren Tee denn nicht selber machen? Feuer haben sie doch. Oh, hallo.« Susan war erspäht. Sie ging zu ihnen und wünschte sich, es ginge ihr nicht so gegen den Strich. »Doris und ich haben uns gerade angesehen, wie unsere Nachbarin ihre Kantine aufzieht.«

»Der Galan kommt heute nicht«, sagte Doris. »Daran wird's liegen.«

»Louise macht doch schon seit Wochen Tee für die Männer«, widersprach Susan, und kaum waren die Worte heraus, überkam sie heftiger Widerwille. Wer sagte eigentlich, daß sie sich dauernd zu Louises Verteidigerin aufschwingen mußte? Die Frau bedeutete ihr nichts, rein gar nichts. Wie selbstgefällig sie ihren rechtschaffenen und stinknormalen Nachbarinnen erscheinen mußte! Selbstgefällig, tadelsüchtig und alles mißbilligend. Erde klebte an ihren Händen, und nun ertappte sie sich dabei, wie sie sie krampfhaft abwischte, als handele es sich um eine tiefergehende Beschmutzung. »Nun mal ehrlich«, sagte sie und brachte ein ungläubiges Lächeln zustande, »glaubt ihr etwa im Ernst, daß Louise sich für einen von diesen Arbeitern interessiert?«

»Dir würde so was natürlich nicht im Traum einfallen du denkst eben immer nur das Beste von den Leuten.«

»Entschuldige, Doris. Ich will hier nicht den Moralapostel spielen.« Susan holte tief Luft. »Ich hoffe bloß, die Norths werden mit ihren Problemen zu Rande kommen, mehr nicht, und daß sie am Ende nicht allzu unglücklich sind.«

Den beiden anderen Frauen schien es einen Augenblick lang die Sprache verschlagen zu haben, als wäre ihnen noch nie der Gedanke gekommen, daß die Schwierigkeiten der Norths so etwas wie Unglück zur Folge haben könnten. Dramatik vielleicht, einen Riesenskandal oder noch mehr sensationellen Stoff für Spekulationen, aber nicht etwas so Ernstes wie echtes Leid. Doris warf den Kopf zurück, und Susan erwartete eine scharfe Entgegnung. Statt dessen erwiderte Doris ganz freundlich und eine Spur zu laut: »Ich liefere Paul dann wie üblich bei dir ab.«

Ein für Louise North typisches Geräusch hatte sie gewarnt und zu dem überstürzten Themenwechsel veranlaßt. Von dem Gartenweg *Braesides* hinter ihnen drang das laute Klacken von metallbeschlagenen Stöckelabsätzen, wie sie Louise immer trug. Da sie sich in diese verschwörerische Klatschrunde nun schon hatte hineinziehen lassen, drehte sich Susan nicht um. Sie stand mit dem Rücken zu Louise, doch die anderen Frauen traten ihr gegenüber, und die Art, wie sie sich vor ihr aufbauten, ehe Betty, die schwächere der beiden, ein mattes Lächeln zustande brachte und mit dem Kopf nickte, wirkte ebenso komisch wie peinlich.

Sie hätten Susan weniger angewidert und nicht so große Abscheu in ihr erregt, wenn sie Julian vor einem Jahr genauso behandelt hätten. Aber kaum waren die Probleme zwischen ihrem Mann und ihr offenkundig geworden, hatten sich diese Frauen ihm buchstäblich an den Hals geworfen. In Matchdown Park, dem sicherlich letzten Bollwerk der viktorianischen Doppelmoral, war ein Ehebrecher immer noch verlockend, eine Ehebrecherin hingegen verloren. Gemächlich ging sie wieder in ihren Garten hinüber, lächelte Louise freundlich an und grüßte sie mit einem ganz untypischen, aber herzlichen: »Hallihallo!«

Ihre Nachbarin war zum selben Zweck wie sie in den Garten gegangen und hielt zwei Halbliterflaschen Milch in den Händen, in deren Foliendeckel Blaumeisen Löcher gepickt hatten. »Hallo«, sagte Louise mit ihrer Kleinmädchenstimme, die immer ein wenig weinerlich klang.

»Bob hat mich heute morgen nach Harrow mitgenommen.«

»Ach ja?« Louise hätte nicht gleichgültiger klingen können, gleichwohl suchte sie sich einen Weg durch das feuchte Gras und kam an den Zaun. Ihre Absätze sanken genau wie die Autoreifen ihres Geliebten in das Rasenstück ein.

Louise trug immer sehr hohe Absätze. Ohne Schuhe war sie kaum ein Meter fünfzig, ungefähr so groß wie eine Zwölfjährige, aber wie die meisten kleinen Frauen stakste sie fortwährend auf Stelzen herum und trug das Haar in einer hohen Turmfrisur, unter der ihr kleines blasses Gesicht schrumpelig und abgezehrt wirkte. In der Tat war es ausgesprochen kalt an diesem Morgen, und wie gewöhnlich stimmte Doris ihre alte Leier über die niedrigen Temperaturen an und verlieh auf ihrem langsamen Rückweg über die Straße dem dringenden Wunsch, schleunigst in die Nähe eines Ofens zu kommen, lauthals und mehrmals Ausdruck.

»Eine Hundekälte! So ein Wetter habe ich noch nie erlebt. Weiß der Himmel, weshalb wir nicht einfach die Zelte abbrechen und nach Australien gehen!«

»So kalt ist es doch gar nicht«, flüsterte Louise und beugte sich dabei über den Zaun. Durchschnittlich großen Menschen reichte er nur bis zur Hüfte, doch sie lehnte sich mit den Ellbogen darauf und warf Susan einen sehnsüchtigen Blick zu. »Es gibt Schlimmeres als ein bißchen Kälte.«

»Ich muß ja wohl 'nen Dachschaden haben, mir hier die Beine in den Bauch zu stehen«, rief Doris, die nach wie vor auf dem Bürgersteig herumtrödelte und Louise unverhohlen anstarrte. »Ich bestehe eh nur noch aus Frostbeulen.«

»Ich gehe jetzt jedenfalls hinein«, erklärte Susan entschlossen und schloß hinter sich die Haustür. Einen Moment lang beunruhigte sie der Gedanke, auch Louise könnte sich ihr anvertrauen wollen, aber das war ausgeschlossen. Sie kannte die Frau doch kaum. Die Vorstellung, zwischen ihr und den Norths könnte eine intime Beziehung entstehen, jagte ihr einen echten Schrecken ein. Gestern noch waren sie noch flüchtige Bekannte gewesen, doch nun... Fast schien es, als hätte Julian recht, als er sagte, daß man sich seine Freunde auswählen könne, seine Nachbarn aber aufgezwungen bekäme, und der einzige Schutz davor sei, sich ihnen fernzuhalten. Zweifellos hatte sie sich zu entgegenkommend verhalten. Möglich, daß ihr Ruf, verschwiegen zu sein, auf den Doris angespielt hatte, den Norths zu Ohren gekommen war, so daß sie unabhängig voneinander entschieden, sie zu ihrer Vertrauten zu machen.

Susan zuckte mit den Achseln, verschloß ihr Herz und setzte sich an den Schreibtisch. Die Arbeit war zwar langweilig, bot aber keinen Grund, sich vor ihr zu fürchten. Doch weshalb empfand sie mit einem Mal diese eigenartige Dichotomie, hegte diesen Wunsch, meilenweit weg zu sein und gleichzeitig noch einmal nach draußen zu gehen und einen Blick auf *Braeside* zu werfen, jenes seltsam geheimnisvolle Haus, dessen Fenster selten geöffnet wurden und auf dessen Rasen nie Kinder spielten? Es war, als wolle sie sich über etwas vergewissern, einen Zweifel beseitigen oder eine Befürchtung ausräumen.

Schließlich breitete sie die Finger auf den Tasten aus und verscheuchte den Gedanken.

Um halb vier ging sie in die Küche. Während der Arbeit war in ihrem Unterbewußtsein ein Entschluß gereift, den sie jetzt bewußt ausformulierte. In Zukunft wollte sie so wenig wie möglich mit den Norths zu tun haben. Also sich nicht mehr mitnehmen lassen, keine Zaungespräche mehr. Möglicherweise war es sogar sinnvoll, ihr Kommen und Gehen im Auge zu behalten, damit man nicht zufällig mit ihnen zusammentraf.

Am hinteren Zaun kreischten die Preßluftbohrer. Susan setzte den Teekessel auf und beobachtete, wie sich die großen Ulmen mit der Biegsamkeit von Grashalmen im Wind neigten. Von der Stelle, wo sie stand, konnte sie gerade noch das Feuer der Arbeiter sehen, ein karminrotes Flackern in dem durchlöcherten Eimer, und die Gesichter der Arbeiter, wenn sie auf der Schwelle ihrer Hütte auftauchten. Der Anblick einer fremden Feuerstelle, an der sich andere ausruhen und aufwärmen, löst stets ein Gefühl von Ausgeschlossenheit und Einsamkeit aus. Die hell strahlende Kohlenpfanne, in der bläuliche Flammen vor dem Hintergrund der roten Glut emporzüngelten, erinnerte an die provisorischen Herdkessel von Maroniverkäufern, und sie mußte daran denken, wie sie und Julian auf dem Weg zum Theater manchmal an ihren Ständen angehalten und eine Tüte gekauft hatten, um sich die Hände daran zu wärmen.

Der Himmel war jetzt blau wie das arktische Meer, und die sich träge über ihn hinwegwälzenden Wolken sahen aus wie ineinander verschobene Eisschollen. Der Kessel schepperte auf dem Herd, die Bohrer kreischten, doch dann hörte Susan klar und deutlich zwischen den lauteren Geräuschen ein verhaltenes Klopfen an der Tür.

Pollux hatte nicht gebellt. Es konnte also nur ein Nachbar oder ein häufiger Gast der umliegenden Häuser sein. War es nicht noch zu früh für Doris, mit Paul nach Hause zu kommen? Außerdem kam Doris doch immer an die Hintertür und machte sich durch Rufen und kräftiges Pochen bemerkbar.

Ein letztes Aufheulen, dann verstummten die Bohrer. Susan ging durch die Diele; das schüchterne Klopfen wiederholte sich. Sie öffnete die Tür, und als sie sah, wer sie besuchen kam, fühlte sie echte Beklommenheit in sich aufsteigen.

Welchen Sinn hatte es, sich zu entschließen, gewissen Leuten aus dem Weg zu gehen, wenn diese Leute sich einem aufdrängten? ›Es kann der Frömmste nicht in Frieden bleiben...‹ Louise North hatte sich ihren Mantel – Kindergröße 152 – gar nicht erst angezogen, sondern nur um die Schultern gehängt. Sie trat fröstelnd ins Haus, ehe Susan sie daran hindern konnte, und ihre kleinen Pfennigabsätze klapperten über den Parkettboden. Louise zitterte, sie konnte sich kaum auf den Beinen halten.

»Haben Sie fünf Minuten Zeit für mich, Susan? Fünf Minuten für ein Gespräch?« Sie blickte auf und neigte den Kopf nach hinten, um Susan ins Gesicht sehen zu können. Ihre Augen, so reizlos blaßblau wie Glasperlen, tränten vor Kälte. Aber sie kommt doch direkt von nebenan, dachte Susan, weint sie etwa? Sie weinte tatsächlich. »Ich darf doch Susan zu Ihnen sagen? Ich bin natürlich Louise für Sie.«

Du bist am Ende, Mädchen. Susan hätte es beinahe gesagt. Zwei Tränen liefen über das hagere Gesicht von Louise. Sie wischte sie ab und marschierte in Richtung Wohnzimmer. »Ich kenne mich schon aus«, murmelte sie. »Das Haus ist genau wie meines.« Ihre Absätze hinterließen eine Doppelspur kleiner Löcher, irreparabel, ein bleibender Schaden im Parkett.

Susan ging hilflos hinter ihr her. Das Gesicht von Louise war eine Maske aus Make-up, die sie über der alten, von Tränenrinnsalen durchzogenen Schminke aufgetragen hatte. In dem warmen, behaglichen Wohnzimmer stützte sie den Kopf in die Hände, und zwischen den Fingern kullerten Tränen auf die Gänsehaut ihrer Handgelenke.

3

Susan stand am Fenster und wartete, daß Louise zu weinen aufhörte. Sie bemühte sich, nicht vorschnell den Stab über ihre Nachbarin zu brechen, doch ihre Ungeduld wuchs. Louise hatte kein Taschentuch. Jetzt durchstöberte sie matt und verlegen ihre Manteltaschen und schaute sich suchend nach der Handtasche um, die sie nicht mitgebracht hatte.

In der Küche schepperte der Kessel auf dem Herd. Susan wußte, daß es an dem Schwämmchen lag, das sie vor Jahren einmal hineingetan hatte, damit es die Kalkablagerungen des Wassers aufnahm. Der Schwamm war mit der Zeit versteinert, und das Geräusch stammte nur von diesem Kiesel, der gegen die Kesselwand schlug. Susan ging in die Küche und drehte das Gas ab.

»Es tut mir ja so leid«, schluchzte Louise. Die Tränen hatten ihr kindliches Gesicht gerötet und aufgedunsen. Sie fuhr sich mit der Hand ans Haar, bekam ein paar Strähnen zu fassen und zupfte sie zu der Turmfrisur zurecht, die ihren Halt einem guten Festiger verdankte und sie fünf Zentimeter größer machte. »Sie müssen mich für sehr unbeherrscht halten, daß ich hier so einfach hereinplatze und in Tränen ausbreche, wo wir uns doch kaum kennen.« Sie biß sich auf die Lippe und fuhr bedrückt fort: »Aber wissen Sie, meine Freunde sind alle katholisch, mit denen möchte ich nicht gern darüber sprechen. Ich meine Pater O'Hara, Eileen und solche Leute. Was die sagen würden, kann ich mir denken.«

Susan hatte vergessen, daß Louise Katholikin war. Jetzt erinnerte sie sich, gesehen zu haben, wie sie manchmal mit Eileen O'Donnell zur Kirche ging, in den Händen schwarze Spitzenschals, die sie während der Messe als Kopfbedeckung benutzten. »Scheiden kann ich mich natürlich nicht lassen«, sagte Louise, »aber ich dachte… Meine Güte, ich finde nicht die richtigen Worte. Da stehle ich Ihnen die Zeit mit meiner Heulerei, und jetzt bringe ich es einfach nicht über die Lippen.« Sie warf einen Seitenblick auf Susan. »Mir geht es da wie Ihnen, ich bin eher zurückhaltend.«

Susan war mit dem Vergleich nicht ganz einverstanden. Mit Zurückhaltung landet man nicht im Nachbarhaus, um sich auszuweinen und Taschentücher zu borgen. »Wie wär's, wenn Sie hier erst mal ein bißchen sitzen bleiben und sich ausruhen, während ich Tee mache?«

»Sie sind schrecklich nett, Susan.«

Der ohrenbetäubende Lärm der Preßluftbohrer setzte wieder ein, als Susan gerade Brot aufschnitt und mit Butter beschmierte. Sie begann darüber nachzudenken, was sie Louise sagen sollte, wenn sie wieder ins Wohnzimmer ging, aber sie fürchtete, ihre Ratschläge, soweit sie denn welche geben konnte, würden sich kaum von denen Eileens oder des Pfarrers unterscheiden. Es fiel ihr nicht schwer zu erraten, was Louise ihr sagen wollte. Sie würde ihr einen trotzigen Vortrag darüber halten, daß Liebe einem das Recht gäbe, zu tun, was einem beliebt; daß es besser sei, jetzt ein Leben zu zerstören als zwei auf ewig zu verpfuschen; daß man sich nehmen mußte, was man kriegen konnte, solange man noch jung war. Das alles hatte Julian schon gesagt und bessere Worte dafür gefunden, als es Louise je gelingen würde. Falls in ihrer Schilderung irgendwelche Lücken auftauchen und sie ins Stocken geraten sollte, dachte Susan bitter, konnte sie jederzeit mit Entschuldigungen aus Julians logischer und ganz und gar herzloser Rechtfertigung einspringen. Mit einem Tischdeckchen und dem Teegeschirr ging sie wieder hinein. Louise war aufgestanden und sah mit gramerfülltem Gesichtsausdruck auf die bebenden Ulmen und den unfreundlichen, wetterwendischen Himmel.

»Geht's wieder ein bißchen besser?« fragte Susan und

setzte dann vorsorglich hinzu: »Paul wird jeden Moment nach Hause kommen.« Ihre Miene, so hoffte sie, würde Louise zu verstehen geben, daß sie ihrem Sohn, der einer in die Brüche gegangenen Ehe entstammte und schon viel zwischenmenschliches Leid hatte miterleben müssen, nicht schon wieder die Eheprobleme und Tränen einer Erwachsenen zumuten wollte.

Doch die Sorgen anderer Leute kümmerten Louise wie ihren Mann nur wenig. »Ach du meine Güte«, sagte sie pathetisch. »Bestimmt mit Doris Winter. Susan, ich habe den ganzen Nachmittag dazu gebraucht, mir ein Herz zu fassen und zu Ihnen zu kommen. Es dauerte stundenlang, bis ich mich traute. Aber im Garten waren Sie so nett und freundlich zu mir, und da dachte ich... Hören Sie, Bob kommt heute abend erst spät, und ich bin allein im Haus. Würden Sie zu mir rüberkommen? Nur auf ein Stündchen?«

Das Gartentor schnappte auf und fiel knallend ins Schloß. Einen Moment lang begegneten sich die Blicke der beiden Frauen, und Susan fiel auf, wie harmlos Louise aussah. Als ob sie keiner Fliege etwas zuleide tun könnte. Weshalb sich mit Fliegen aufhalten, wenn man doch Menschen quälen kann?

»Huhu!«, rief Doris von der Hintertür. »Wir kommen schon wieder mit Verspätung. Mich bringt jetzt bloß ein Tee wieder auf die Beine.«

»Wollen Sie auch auf eine Tasse bleiben?«

Louise schüttelte den Kopf und nahm ihren Mantel vom Sessel. Ihr Gesicht zeigte immer noch Tränenspuren. Sie blickte auf, als Doris ins Zimmer kam, und ein klägliches Lächeln zuckte auf ihren Lippen.

»Oh, ich wußte nicht, daß du Besuch hast«, sagte Doris. »Da wäre ich natürlich nicht einfach so hereingeplatzt.« Vor Begeisterung, hier, am unwahrscheinlichsten Ort und zur unwahrscheinlichsten Zeit vielleicht zufällig etwas Aufregendes mitzuerleben, riß sie die Augen weit auf. Sie zog sich die Wollhandschuhe von den steifgefrorenen roten Fingern, wandte sich an Susan und hob fragend eine Augenbraue in die Höhe. Susan reagierte nicht und sah mit einigem Vergnügen, wie sich Doris' neugierige Erwartung in Verdruß verwandelte, bis sie sich schließlich an den Heizkörper schmiegte und schmollend sagte: »Herrliches Wetter heute – für Polarbären. Ich schnattere schon den ganzen Tag.«

Im nächsten Moment war es heraus. Wenn Louise den Mund gehalten oder irgendeine harmlose Bemerkung gemacht hätte, dachte Susan später, hätte die folgende Tragödie einen ganz anderen Verlauf genommen oder wäre vielleicht sogar vermieden worden. Trotz ihrer festen Absicht, sich nicht in die Sache hineinziehen zu lassen, hätte sie aus Schwäche und Mitleid die Einladung ihrer Nachbarin für den Abend angenommen. Sie hätte die Wahrheit erfahren, Verständnis gezeigt und wäre in der Lage gewesen, auf der richtigen Seite Stellung zu nehmen.

Doch Louise, die an ihrem Mantel herumfummelte und sich nicht entscheiden konnte, ob sie Susans Taschentuch in die Tasche stecken oder auf die Sessellehne legen sollte, richtete den Blick ihrer tränenden Glasperlenaugen auf Doris und sagte: »Nächsten Winter haben wir auch Zentralheizung. Demnächst wird sie eingebaut.« Ein Anflug von Begeisterung brachte etwas Röte auf ihre Wangen. »Den Verkäufer haben Sie wahrscheinlich schon bei mir gesehen.«

Doris' stets lebhafte Augenbrauen fuhren ruckartig nach oben und verschwanden fast unter ihren Ponyfransen.

»Ich bringe Sie noch zur Tür«, sagte Susan kühl. Vor Wut ließ sie den Vornamen weg, den sie eigentlich hatte hinzusetzen wollen, damit es nicht nach einem glatten Rauswurf aussah. Daß Louise in ihr Haus kam und sich wegen ihrer Liebesaffäre ausweinte, um keine fünf Minuten später unbeirrt an der Ausrede festzuhalten, mit der sie alle hinters Licht führen wollte, ließ heftigen Zorn in ihr aufsteigen. Ihre Unehrlichkeit und Falschheit war schlicht unerträglich.

In der Diele stolperte Louise, aber Susan streckte nicht die Hand aus, um ihr Halt zu geben. Der metallbeschlagene Absatz hinterließ ein Loch und einen großen Kratzer im Parkett, das Susan und Mrs. Dring, ihre Putzfrau, mit soviel Mühe immer spiegelblank bohnerten. Diese fahrlässige Beschädigung brachte Susan noch mehr auf die Palme als die Doppelzüngigkeit und mangelnde Selbstbeherrschung ihrer Nachbarin. An der Haustür blieb sie stehen und fragte leise: »Kommen Sie heute abend?«

»Ich fürchte, ich kann Paul nicht allein lassen.«

»Dann besuchen Sie mich doch morgen, zum Kaffee«, bettelte Louise. »Gleich, nachdem Sie Paul zur Schule gebracht haben.«

Susan seufzte. Es lag ihr auf der Zunge zu sagen, daß sie nie kommen würde, daß sie sich einen feuchten Kehricht um die Norths und ihre Probleme scherte. Bob würde ausnahmsweise einmal nicht da sein, deshalb wollte sich Louise wie ein Kind bei ihr ausweinen. Konnte sie sich denn nicht denken, daß Susan, nachdem Julian sie endgültig verlassen hatte, ständig allein war? An allem hatte nur Julian Schuld. Wäre er dagewesen, hätte er nicht zugelassen, daß sie zwischen den Norths vermittelte und sie beriet. Aber in diesem Fall wäre es ohnehin nie zu diesen Vertraulichkeiten gekommen. Nur weil sie ihr Mann verlassen und sich von ihr hatte scheiden lassen, hielten die Norths sie als Ratgeberin für geeignet. Ihre Erfahrungen prädestinierten sie dafür; von ihr konnte man erwarten, daß sie Verständnis für die Beweggründe der Frau und des Mannes hatte; das, was sie erlebt hatte, verlieh ihr einen entscheidenden Vorteil gegenüber dem Pfarrer und den frommen weltfremden Freunden.

»Louise...«, setzte sie hilflos an und öffnete die Tür, so daß die feuchtkalte Luft über ihr erhitztes Gesicht strömte.

»Bitte, Susan. Ich weiß, daß es ungehörig ist, aber ich kann einfach nicht anders. Bitte sagen Sie ja.«

»Ich komme um elf.« Susan konnte diesem gequälten, flehentlichen Blick nicht länger standhalten. Resignierend, wenn auch noch wütend, folgte sie Louise aus der Tür, um die Jungen zum Tee zu rufen.

Louise stöckelte auf ihren Pfennigabsätzen zum Gartentor. Vorn, wo ihre Zehen sie nicht ganz ausfüllten, waren die spitz zulaufenden Schuhe zerknautscht und runzelig. In dem langen Schlottermantel und diesen lächerlich großen Schuhen erinnerte sie Susan an ein kleines Mädchen, das zum Spaß in die Kleider seiner Mutter geschlüpft ist.

Einen Moment lang schweifte Susans Blick über die Fassade *Braesides*. Von allen Häusern in der Straße war es das einzige, dessen Bewohner sich nie die Mühe gemacht hatten, sein Äußeres zu verschönern. Susan hatte keinen Sinn für Gartenzwerge, Kutschenlampen oder Vogelbäder auf dorischen Säulen, doch sie erkannte den Wunsch nach Individualität in dem eingetopften Lorbeerbaum der Gibbs, das sehnsüchtige Verlangen nach Schönheit in den Blumenkästen der O'Donnells.

Braeside wirkte heute noch genauso trist wie vor zehn Jahren, als man es erbaut hatte. Seit damals war sein Anstrich nie erneuert worden, und die ständig geschlossenen Fenster sahen aus, als ließen sie sich nie mehr öffnen. Das Haus gehörte den Norths, aber dennoch erweckte es den Eindruck eines stets auf kurze Zeit vermieteten Gebäudes, das seine Bewohner eher als einstweilige Absteige denn als Zuhause ansahen.

Nicht einen Baum hatten sie im Vorgarten gepflanzt. Vor fast allen anderen Häusern standen Zypressen, ein Pflaumenbaum oder ein Ginkgo. Der Garten von *Braeside* war bloß ein großes Stück Land, das mit Osterglocken bepflanzt war und von einem schmalen Rasenband gesäumt wurde. Die Osterglocken wirkten wie die zum Verkauf in einer Gärtnerei gezüchteten, so geradlinig verliefen die Reihen des Beets. Aber Louise schnitt sie nicht mal ab. Susan erinnerte sich, in vergangenen Frühlingen ihre Nachbarin dabei beobachtet zu haben, wie sie vorsichtig durch die Reihen ging und die wächsernen grünen Blätter befühlte oder sich bückte, um an dem frischen und leicht säuerlichen Duft der Blüten zu riechen.

Noch waren erst Knospen von ihnen zu sehen, jedes

dicht zusammengefaltete gelbe Köpfchen so hermetisch verschlossen wie das Haus selbst, und wie dieses schienen sie Geheimnisse zu bergen.

Susan rief die Kinder und verfrachtete sie durch den Garten ins Haus. Die Fenster *Braesides* sahen schwarz und undurchsichtig aus, ideal für eine Frau, die sich dahinter verstecken und die Augen ausweinen wollte.

Doris' Neugier auszuweichen und gleichzeitig Paul eine befriedigende, wenn auch zwangsläufig unwahre Antwort auf seine Frage zu geben, warum Mrs. North denn geweint habe, strapazierte Susans Nerven und verschlechterte ihre Stimmung. Sie brauchte dringend jemand, mit dem sie über diese Krise im Leben der Norths sprechen konnte, und nicht ohne Wehmut dachte sie daran, daß Doris jetzt wahrscheinlich John mit dem neuesten Lagebericht ergötzte. Ein Mann sähe die ganze Sache nüchterner – und weniger feinfühlig – als sie; ein Mann würde ihr raten, wie sie freundlich und taktvoll einer weiteren Verwicklung aus dem Weg gehen konnte.

Als um halb acht das Telefon klingelte, konnte es nur Julian sein, und einen Augenblick spielte sie allen Ernstes mit dem Gedanken, ihm ihre Sorgen anzuvertrauen. Wenn Julian doch nur ein wenig menschlicher wäre und nicht so sehr den grantelnden Egozentriker aus einer Konversationskomödie verkörperte! Seit seiner zweiten Heirat war er sogar noch spöttischer, witzelnder und in gewisser Hinsicht wirklichkeitsfremder geworden. Voller Verachtung war er schon immer gewesen, auch misanthropisch und elitär, ganz abgesehen von seiner merkwürdigen Überzeugung, daß Bewohner eines Vororts halbtierische Menschenwesen seien, die mit ihm nicht viel gemein hätten und ihr kümmerliches Dasein auf dem Bewußtseinsstand einer Karotte fristeten. Ihr Tun war ihm gleichgültig, obwohl alles, was in seinen eigenen Kreisen geschah, fast kindliche Neugier bei ihm weckte. Sobald Susan seine Stimme hörte, ließ sie alle Hoffnung fahren. Wenn sie Julian um Rat fragte, würde sie nur eine schroffe Abfuhr ernten.

»Du sagtest, diese Zeit passe dir am besten«, sagte die gedehnt und pedantisch genau sprechende Stimme. »Und da mir dein Wunsch Befehl ist, habe ich mich blutenden Herzens von meinem halbverzehrten Krabbencocktail losgerissen.«

»Hallo, Julian.«

Seine Angewohnheit, ohne Gruß, Einleitung oder Vorstellung sofort das Gespräch zu beginnen, irritierte sie immer wieder. Selbstverständlich konnte man von einer Geschiedenen erwarten, die Stimme ihres Exmanns zu erkennen; das war nicht zuviel verlangt. Aber Susan wußte, daß er es bei allen so machte, selbst bei flüchtigsten Bekannten. Seiner Ansicht nach war er einmalig, und daß man ihn mit jemand anderem verwechseln könnte, erschien ihm selbst bei schwerhörigen oder telefonierunwilligen Menschen ausgeschlossen.

»Wie geht's dir?«

»Es geht mir gut.« Diese völlig korrekte aber unidiomatische Antwort war noch eine von Julians Eigenheiten. Ihm ging es nie ›prima‹ oder auch nur ›sehr gut‹. »Was gibt es Neues aus Matchdown Park?«

»So das Übliche«, sagte Susan und machte sich auf einen Seitenhieb von ihm gefaßt.

»Das habe ich befürchtet. Hör mal, Liebes, das mit Paul am Sonntag klappt leider nicht. Elizabeths Mama hat uns übers Wochenende eingeladen, und da kann ich mich natürlich unmöglich drücken, selbst wenn ich wollte.«

»Ihr könntet ihn doch mitnehmen.«

»Lady Maskell ist nicht sehr erbaut, wenn Gören in ihrem Haus herumtollen.«

Susan war es schon immer ein bißchen merkwürdig vorgekommen, daß Julian, der Chefredakteur einer linksstehenden Zeitschrift, erstens überhaupt die Tochter eines Baronets geheiratet hatte und zweitens so großen Wert auf den Landadel legte, dem seine Schwiegereltern angehörten.

»Du vertröstest ihn jetzt schon das zweite Mal seit Weihnachten«, sagte sie. »Die Entscheidung des Richters, daß du jeden vierten Sonntag etwas mit ihm unternehmen kannst, erscheint mir ziemlich sinnlos, wenn du jedesmal keine Zeit für ihn hast. Er hat sich wirklich darauf gefreut.«

»Du kannst doch irgendwas mit ihm machen. Geh mit ihm in den Zoo.«

»Er hat übermorgen Geburtstag. Ich dachte, ich erinnere dich lieber daran.«

»Schon geritzt, Liebes. Elizabeth hat es auf ihren Einkaufszettel gesetzt, damit wir es nicht vergessen.«

»Dann bin ich ja beruhigt.« Susans Stimme bebte vor Zorn. Hinter ihr lag ein unmöglicher Tag voller unmöglicher Leute. »Du solltest dich jetzt wohl besser um dein Steak kümmern«, sagte sie in dem nörgelnden Ton, den er provozierte, aber nicht ausstehen konnte, »oder was ihr sonst als nächsten Gang habt.« Elizabeth hatte es auf ihren Einkaufszettel gesetzt! Susan konnte sich diesen Zettel lebhaft vorstellen: 1 Dose Krabben, Pfeffer, Cocktailspießchen, Geburtstagsgeschenk für ›Göre‹, Filetsteaks, Pralinen für Mami... Julian besaß wirklich die Gabe, einen rasend zu machen! Komisch, Worte und Redewendungen von ihm, an die sie sich erinnerte, konnten sie traurig stimmen und an altes Leid rühren, diese wöchentlichen Telefongespräche jedoch nicht.

Bestimmt würde er Paul etwas völlig Lächerliches schicken, eine elektrische Gitarre oder eine Taucherausrüstung; beides lag durchaus im Bereich dessen, was Julian oder Elizabeth für ein am Stadtrand lebendes Kind aus dem Mittelstand als passendes Geschenk zum sechsten Geburtstag ansahen. Susan ging durchs Haus und verriegelte die Türen über Nacht. Normalerweise fiel bei diesem allabendlichen Rundgang ihr Blick nicht auf *Braeside*, anders an diesem Abend, und es beunruhigte sie, das Haus in Dunkelheit gehüllt zu sehen.

War Louise schon zu Bett gegangen? Schon um acht Uhr? Schlichte Neugier, ebenso unentschuldbar wie Doris' Wißbegierde, überkam sie und trieb sie hinaus in den vorderen Garten, um das Haus nebenan unverhohlen anzustarren. Inmitten der hell erleuchteten Nachbarhäuser wirkte es wie ein dunkler Fleck. Vielleicht war Louise ausgegangen. Höchstwahrscheinlich war sie mit ihrem Liebhaber verabredet und saß jetzt händchenhaltend in irgendeinem Restaurant. Aber Susan glaubte das nicht, und die Vorstellung, Louise könnte schlaflos in jenem Haus liegen und mit offenen Augen ins Dunkel sehen, bereitete ihr Unbehagen.

Sie lauschte, ohne genau sagen zu können, auf was. Ein wenig nervös, ließ sie die Stille auf sich wirken. Julian bezeichnete Matchdown Park als Schlafbezirk, und nachts, wenn sich die Bewohner wie Bienen in ihren heimeligen Waben verkrochen, war es das wirklich. Trotzdem war es unglaublich, rings um sie lebten und atmeten so viele Menschen, aber alles lag in vollkommener Stille.

Doch diese Stille war nichts im Vergleich zu der totalen Lautlosigkeit im hinteren Garten. Susan vergewisserte sich, daß die Hintertür abgeschlossen war. Der Wind, fiel ihr auf, hatte sich gelegt. Im Geäst der schwarzen Bäume rührte sich nichts, und abgesehen von dem dahinströmenden Verkehrsfluß in der Ferne war kein Licht zu entdecken, nur drei rote Tupfer, es waren die Lampen, mit denen die Arbeiter den Erdhaufen abgesichert hatten.

4

David Chadwick hatte Bernard Heller seit Monaten nicht mehr gesehen, eines Dienstagabends traf er ihn dann ganz zufällig auf dem Berkeley Square. Es war vor den Türen von Stewart and Ardern's, und Heller hatte die Arme voller Kartons. Heizungszubehör wahrscheinlich, dachte David. Bestimmt wollte er es zur Geschäftsstelle in Hay Hill verfrachten, wo die Zentrale von *Equatair* lag.

Sonderlich erbaut schien Heller nicht zu sein, ihn zu sehen, wenn er seinem Gesicht auch ein mißglücktes Grinsen abrang. David andererseits war froh über ihr

Wiedersehen. Letzten Sommer hatte er, einer großzügigen Regung folgend, Heller seinen Diaprojektor geliehen, und jetzt hielt er es für an der Zeit, ihn zurückzubekommen.

»Wie geht's denn so?«

»Oh, so lala.« Die Kartons reichten Heller bis ans Kinn, vielleicht lag es daran, daß sein Gesicht so erstarrt aussah.

»Wenn Sie Schluß für heute machen, könnten wir einen trinken gehen.«

»Ich muß noch ein paar Kartons ausladen.«

»Ich helfe Ihnen«, sagte David bestimmt. Er wollte ihn jetzt nicht wieder aus den Augen verlieren.

Er fuhr immer noch denselben grünen Zephyr Six, bemerkte David, als er die drei restlichen Schachteln aus dem Kofferraum hob, den Heller aufgeschlossen hatte. Bei der obersten war der Karton aufgerissen, so daß ein Teil von einem Gasbrenner zu sehen war.

»Danke«, sagte Heller, und setzte dann, sichtlich um Freundlichkeit bemüht, hinzu: »Vielen Dank, David.«

Die Drehtür von *Equatair* war noch nicht verschlossen, und ein paar Sekretärinnen in weißen Stiefeln und Synthetikpelzjacken kamen ihnen auf der Treppe entgegen. Heller stellte seine Schachteln auf dem Boden einer kleinen Halle ab, und David tat es ihm nach. An den Wänden hingen Fotos von Heizkörpern und Kesseln, darunter auch eines, auf dem eine geschmackvolle Wohnzimmereinrichtung zu sehen war. Es erinnerte David an einen seiner eigenen Entwürfe für die Ausstattung eines Fernsehfilms. So hatte er auch Heller kennengelernt, über die Firma. *Equatair* stellte auch Kamine her, und

David hatte sich für die Dekoration einer Serie mit dem Titel *Kennwort: Mord* einen ausgeliehen.

»Trinken wir einen?«

»Von mir aus. Ich hab's nicht eilig, nach Hause zu kommen.« Heller sah David nicht an, als er dies sagte, und mit abgewandtem Kopf fügte er murmelnd noch etwas hinzu. Es klang wie: ›Weiß Gott nicht‹, aber David hatte es nicht genau verstanden.

Heller war ein großer, untersetzter Mann, mit einem Mondgesicht und widerspenstigem, kurzem Stoppelhaar. Für gewöhnlich ging einem die Fröhlichkeit des Heizungsmonteurs fast schon auf die Nerven, besonders wenn er einem auf den Rücken schlug, was er gerne tat, und müde Witze erzählte, die sich trotz allem durch eine gewisse naive Klamaukhaftigkeit auszeichneten. An diesem Abend zog er jedoch eine Leichenbittermiene, und David hatte den Eindruck, daß er abgenommen hatte. Seine plumpen Backen waren eingefallen und sahen grau aus, was vielleicht nicht nur daran lag, daß Heller, der normalerweise auf ein gepflegtes Äußeres achtete, sich mal wieder rasieren mußte.

»Ich kenne eine nette kleine Kneipe in der Berwick Street«, sagte David. Er war nicht mit dem Auto da, deshalb nahmen sie den Wagen von Heller. Für einen Monteur und Außendienstler ist er ein miserabler Fahrer, dachte Heller. Zweimal sah er sie schon von hinten ein Taxi rammen. Er kam zum erstenmal in den Genuß von Hellers Fahrkünsten, da sich ihre bisherigen Begegnungen in der Regel auf einen Drink vor dem Essen oder einen kleinen Imbiß beschränkt hatten. Heller war die Freundlichkeit in Person gewesen und hatte sich bei der

Sache mit dem Kamin fast peinlich großzügig gezeigt. Es war gar nicht leicht gewesen, ihn davon abzubringen, David immer einzuladen. Irgendwann letzten Juli hatte er dann beiläufig erwähnt, daß sein Zwillingsbruder bei Verwandten in der Schweiz Urlaub gemacht habe – anscheinend waren sie Schweizer, oder ihr Vater oder ihre Mutter stammte aus der Schweiz –, nun aber die dort aufgenommenen Dias nicht vorführen könne, weil er keinen Projektor habe. David hatte schon lange darauf gewartet, seine Dankbarkeit zu beweisen, aber da Heller immer darauf beharrt hatte, daß alles auf seine Rechnung ging, war das nicht so einfach gewesen. Mit dem geliehenen Projektor war der Fall erledigt.

Er hatte dem Mann zwar einen Gefallen geschuldet, aber nicht damit gerechnet, daß er das Gerät gleich acht Monate behalten würde.

»Könnte ich wohl irgendwann bei Gelegenheit meinen Projektor zurückbekommen?« fragte er, als sie über die Regent Street fuhren. »Der Sommer steht vor der Tür, und wenn dann alles in Urlaub fährt...«

»Aber klar«, meinte Heller ohne große Begeisterung. »Ich gebe ihn bei den Studios für Sie ab.«

»Gern.« Wenigstens bedanken hätte er sich können. Aber offensichtlich beschäftigte ihn gerade etwas anderes. »Hier ist es, *Der Mann mit der eisernen Maske*. Wenn Sie schnell machen, können Sie in die Lücke zwischen dem Lieferwagen und dem Mercedes stoßen.«

Heller machte aber nicht schnell. Der Pub lag versteckt zwischen einem indonesischen Restaurant und einer Stripteasebar. Heller bedachte die Fotos von Nackten auf Leopardenfellen mit einem angewiderten Blick.

Über dem Eingang zum *Mann mit der eisernen Maske* hing ein Schild mit einer Abbildung dieser apokryphen Gestalt, auf dem der von Gitterstäben umschlossene Kopf abgebildet war. David ging voran. Das Lokal war gemütlich und überheizt, die schwarz-weißen Fliesen und die Wandtäfelung aus dunklem Holz erinnerten an eine Inneneinrichtung im holländischen Stil. Doch die Stiche mit den Jagdszenen konnten nur englisch sein, und nirgendwo außer in England sah man witzige Slogans und an die Wand gepflasterte Karikaturen.

Rotlicht überströmte den Raum hinter der Bar, der dadurch wie der Vorplatz eines Schmelzofens wirkte, und in dasselbe Licht waren auch die Gesichter des Mannes und der jungen Frau getaucht, die dort saßen. Ihre Fingernägel blinkten malvenfarbig, als sie die Hände aus dem roten Leuchten zog, um ihrem Freund über die Schulter zu streicheln. Ein genauer Beobachter hätte sein graues Gewand als den Waffenrock einer Südstaatenuniform erkannt.

»Was wollen Sie trinken?« fragte David und rechnete mit dem gewohnten: »Nein, den übernehme ich.«

»Ein kleines Bier«, sagte Heller nur.

»Donnerwetter – gibt's was zu feiern?«

»Bloß weil ich noch fahren muß.«

David ging an die Bar. Er versuchte, sich ins Gedächtnis zu rufen, wo Heller wohnte. Irgendwo im Süden Londons. Wenn er diesen seinen Gedanken nachhängenden Mann in ein Gespräch verwickeln wollte, würde er etwas Hochprozentiges brauchen.

»Einen doppelten Scotch und ein kleines Bier bitte«, bestellte er bei dem Barmann.

»Großer Scotch, kleines Bier – lieber Gott, wir danken dir«, witzelte der Barmann beim Herausgeben.

Heller massierte sich die breite Stirn, als habe er Kopfschmerzen. »Sind Sie oft hier?«

»Ab und zu. Es ist gemütlich, und man sieht ein paar interessante Paradiesvögel.« Gerade als er dies sagte, küßte der Südstaatler seine Freundin auf den austernfarbenen Mund. Plötzlich wurde die Tür aufgerissen, und zwei bärtige Männer traten ein.

Sie gingen zur Bar, und weil diese momentan verwaist war, klopften sie laut auf die Theke. Nachdem der größere der beiden mürrisch für sie bestellt hatte, fuhr er mit seiner kurz unterbrochenen Erzählung fort. Das rote Leuchten verlieh seinem Bart einen orangefarbenen Schimmer.

»Jedenfalls habe ich dann zu diesem Bankfritzen gesagt: ›Ist ja schön und gut, wenn ihr euch wegen meines überzogenen Kontos beklagt‹, hab ich gesagt. ›Aber wo wärt ihr denn ohne diese Überziehungskredite? Das würd ich mal gern wissen. Davon leben die Banken doch. Arbeitslos wärt ihr, Jungchen‹, hab ich gesagt.«

»Stimmt«, meinte der andere Mann.

Heller lächelte nicht einmal. Um seine Augen hatten sich lauter Falten gebildet, und die Mundwinkel zeigten nach unten.

»Wie sieht's geschäftlich aus?« fragte David.

»Immer der alte Trott.«

»Arbeiten Sie immer noch im Bezirk Wembley-Matchdown Park?«

Heller nickte und murmelte in sein Glas: »Aber nicht mehr lange.«

David zog eine Augenbraue nach oben.

»Ich gehe ins Ausland. Schweiz.«

»Dann haben wir also doch einen Grund zum Feiern. Wenn ich mich recht entsinne, haben Sie mal erzählt, das sei Ihr Ziel. Hat die *Equatair* dort nicht auch irgendwo eine Niederlassung?«

»In Zürich.«

»Wann brechen Sie Ihre Zelte hier ab?«

»Im Mai.«

Das Verhalten des Mannes war hart an der Grenze zum Unverschämten. Wenn er immer so war, kam es einem Wunder gleich, daß er auch nur einen Ersatzthermostaten verkaufte, geschweige denn eine komplette Heizungsanlage. David fiel mit einem Mal ein, daß es bis Mai nur noch zwei Monate waren. Falls er seinen Projektor nicht abschreiben wollte, sollte er sich jetzt besser um ihn kümmern.

»Sie sind zweisprachig aufgewachsen, nicht wahr? Deutsch sprechen Sie fließend?«

»Ich ging in der Schweiz zur Schule.«

»Bestimmt sind Sie ganz aus dem Häuschen.« Es war eine dumme Bemerkung, genausogut hätte er einen wie Espenlaub Zitternden fragen können, ob ihm zu warm sei.

»Na, ich weiß nicht«, sagte Heller. »Früher vielleicht.« Er trank aus, und für einen Augenblick blitzte etwas Wildes in seinen dunklen Augen auf. »Der Mensch verändert sich, man wird älter.« Er stand auf. »Ist doch sowieso alles sinnlos, oder?« Ohne sich für Davids Einladung zu revanchieren, fragte er: »Kann ich Sie irgendwo absetzen? Fahren Sie mit der U-Bahn?«

David wohnte allein in einer Junggesellenwohnung. Er hatte heute abend nichts vor und wollte essen gehen. »Sehen Sie, ich möchte Ihnen nicht auf die Nerven gehen«, setzte er verlegen an, »aber falls Sie direkt nach Hause fahren, würde es Ihnen etwas ausmachen, wenn ich mitkomme und meinen Projektor gleich selbst abhole?«

»Meinen Sie jetzt?«

»Eigentlich ja. Im Mai reisen Sie ab, und bis dahin werden Sie bestimmt noch viel um die Ohren haben.«

»Von mir aus«, stimmte Heller widerwillig zu. Sie stiegen in das Auto, und Davids Stimmung hellte sich ein wenig auf, als sein Gegenüber den Ansatz seines alten Grinsens zeigte und zu ihm sagte: »Sie müssen etwas Nachsicht mit mir haben, alter Knabe. In letzter Zeit kann ich mich selbst nicht riechen. Es war sehr nett von Ihnen, uns den Projektor zu leihen. Ich wollte ihn nicht absichtlich so lange behalten.«

»Das weiß ich«, sagte David erleichtert.

Sie fuhren über eine Brücke und am Elephant and Castle vorbei. Heller nahm einen komplizierten Schleichweg über Nebenstraßen; er schien sich zwar auszukennen, achtete aber nicht auf die Ampeln, und einmal rauschte er über einen Zebrastreifen, den einige Fußgänger gerade überqueren wollten.

Schweigen breitete sich zwischen ihnen aus, das Heller erst mit der Ankündigung unterbrach: »Wir sind gleich da.« Die vielen Busse auf der Straße fuhren alle in Gegenden, die David nur dem Namen nach kannte: Kennington, Brixton, Stockwell. Auf der linken Seite erstreckte sich über gut und gern zweihundert Meter eine große kahle Mauer mit kleinen Fensterchen. Vielleicht eine Kaserne oder ein Gefängnis. Kein Baum, kein Fleckchen Grün war zu sehen. Bei einem hell erleuchteten Filmpalast bog Heller rechts ab, und David sah, daß sie auf einen der für Londons Süden typischen Plätze gelangten, der von einer säulengetragenen Kirche im Stil Sir Christopher Wrens beherrscht wurde, nur war Wren schon einhundertfünfzig Jahre tot gewesen, als man sie erbaut hatte. Ihr gegenüber lag eine U-Bahn-Station. Ihren Namen kannte David nicht. Mehr als einen Blick auf das blau und rot leuchtende, saturnförmige Symbol von London Transport konnte er nicht erhaschen. Menschenströme ergossen sich auf die Kreuzung, blaß grünliche Gesichter im Licht der Quecksilberdampflampen.

Manche nahmen auf dem Nachhauseweg die Abkürzung durch einen baumlosen Park, der mit einem Krikketfeld und einer Bedürfnisanstalt ausgestattet war. Heller fuhr ruckelnd auf der rechten Spur des Kreisverkehrs. Die Straße war halb Einkaufszentrum, halb Wohngebiet und nichts davon richtig. Bei den meisten der großen alten Häuser hatten die Abrißarbeiten schon begonnen. Geschäfte gab es zwar, aber alle waren von der gleichen Sorte und zogen sich in einer scheinbar endlosen regelmäßigen Abfolge dahin: Schnapsladen, Kneipe, Zoohandlung, Wettbüro, Schnapsladen, Kneipe... An Hellers Stelle hätte er nicht bis Mai warten können. Die Aussicht, bald nach Zürich zu kommen, wäre ihm wie das Paradies erschienen. In welcher Bruchbude wohnte der Mann eigentlich?

Eine Bruchbude war es keineswegs. Der Wohnblock war vielleicht zehn Jahre alt und sah ganz annehmbar aus. Die Wohnungen waren vierstöckig um einen teils grasbewachsenen, teils zubetonierten Innenhof angeordnet. *Hengist House*, hieß es. David sah sich nach seinem Pendant um und entdeckte fünfzig Meter weiter *Horsa House*. Offenbar ein Bauunternehmer mit einem Faible fürs Angelsächsische, dachte er belustigt.

Heller stellte den Wagen auf einen mit weißen Linien markierten Parkplatz.

»Wir wohnen im Erdgeschoß«, sagte er. »Nummer drei.«

Der Hausflur sah ein bißchen ramponiert aus. Auf die Wand zwischen zwei grünen Türen hatte jemand »Verpißt euch nach Kingston« geschrieben. David glaubte nicht, daß Kingston im County Surrey gemeint war. Heller steckte den Schlüssel in das Schloß von Tür Nummer drei. Sie waren da.

Ein schmaler Gang verlief durch die Wohnung zu einer offenstehenden Badezimmertür. Heller machte sich nicht bemerkbar, und als seine Frau auftauchte, gab er ihr keinen Kuß.

Ihr Anblick weckte Davids Aufmerksamkeit. Heller war erst Anfang Dreißig, zeigte aber bereits deutliche Altersspuren. Dieses Mädchen sah sehr jung aus. Er hatte nie über sie nachgedacht und sich daher auch keine Vorstellung von ihr gemacht. Dennoch war er verblüfft, und als sich ihre Blicke trafen, merkte er, daß sie mit seiner Verblüffung gerechnet hatte und sich darüber freute.

Sie trug Bluejeans und einen von diesen hautengen Sweatern, die Schlanke eigentlich nicht nötig haben. Ihre Figur war von der Art, wie sie groß und verführerisch auf den Titelseiten der Regenbogenpresse prangten. Langes schwarzes Haar, dem ein Bürstenstrich funkelnden Glanz verliehen hätte, fiel ihr auf die Schultern.

»Ich glaube, ihr kennt euch noch nicht«, murmelte Heller, und weiter wurde David nicht vorgestellt. Mrs. Heller löste sich von der Wand und setzte ein gleichgültiges Gesicht auf. »Machen Sie es sich bequem. Es dauert nicht lange.« Er wandte sich an seine Frau. »Diesen Diaprojektor, den Carl zurückgebracht hat, wo hast du den hin?«

»In den Schlafzimmerschrank, glaube ich.«

Heller führte ihn ins Wohnzimmer, falls man das Aufstoßen einer Tür und undeutliches Gemurmel so bezeichnen konnte. Dann verschwand er. Drei der Zimmerwände waren weiß, die andere, an der über einem Heizkörper von *Equatair* ein Saiteninstrument hing, rot gestrichen. Die Mitte der Bodenfläche wurde von einem kleinen Flickenteppich eingenommen. Mrs. Heller kam herein und deckte den Tisch demonstrativ für zwei Personen. David machte es Spaß, einmal die tatsächliche Wohnsituation eines festangestellten Handelsvertreters kennenzulernen. In den Filmen und Theaterstücken, die er ausstattete, wohnten sie in weiträumigen Apartments, zwölf Meter lang, Zimmertreppe und Teppichboden selbstverständlich, ebenso efeuüberwucherte Raumteiler und Ledergarnituren. Er ließ sich in einem Sessel nieder, einem mit Plastikbändern bespannten Metallrahmen. Die Busse draußen verbreiteten weißes und gelbes Scheinwerferlicht.

»Entschuldigen Sie, daß ich einfach so bei Ihnen hereinplatze«, sagte er. Sie stellte zwei Gläser Wasser auf den Tisch. In seinen Filmen wurden italienische Rotweinflaschen in Strohummantelungen kredenzt. »Bernard ist mir zufällig über den Weg gelaufen, und da ist mir der Projektor eingefallen.«

Sie drehte sich um und reckte das Kinn. »Ach, er ist Ihnen über den Weg gelaufen?« In ihrer Stimme schwang ein schnarrender Akzent mit, den er nicht einordnen konnte: »Können Sie mir vielleicht sagen wo?«

»Es war am Berkeley Square.« Die Frage überraschte ihn.

»Sind Sie sicher, daß es nicht in Matchdown Park war?«

»Absolut.« Was bezweckte sie damit? Matchdown Park gehörte doch zum normalen Vertretungsbezirk ihres Mannes. Er beobachtete sie dabei, wie sie den Tisch zu Ende deckte. Sie hat ein Gesicht wie eine Orchidee, dachte er. Ein gewagter Vergleich, aber er beschrieb genau die feine samtene Haut, die kleine Nase und die vollen perlrosa Lippen. »Wie ich höre, gehen Sie in die Schweiz. Freuen Sie sich darauf?«

Sie zuckte mit den Schultern. »Noch ist nichts entschieden.«

»Aber Bernard hat doch gesagt...«

»Sie müssen nicht alles glauben, was er sagt.«

David ging mit ihr in die Küche, weil er es in dem Zimmer mit den Wassergläsern und der Mandoline nicht länger auszuhalten glaubte. Die Jeans wirkten aufreizend, als sie sich vorbeugte, um an der Gasflamme eine Zigarette anzuzünden. Er fragte sich, wie alt sie wohl war. Nicht älter als vierundzwanzig oder fünfundzwanzig. Im Zimmer nebenan hörte er Heller herumpoltern, der offenbar einige Sachen in einem Schrankfach umräumte.

Auf dem Herd stand ein Topf Wasser. Zwei kleine, zu lange gebratene Koteletts waren bereits fertig und lagen kläglich auf einem Teller. Als das Wasser in dem Topf kochte, nahm ihn die Frau vom Gas und schüttete den Inhalt eines Päckchens hinein, das die Aufschrift trug: »Bauern-Glück. Himmlisches Kartoffelpüree in nur dreißig Sekunden.« David bedauerte nicht, daß sie ihn offensichtlich nicht zum Essen einladen wollten.

»Magdalene!«

Heller klang mißmutig und verärgert. So hieß sie also mit Vornamen: Magdalene. Als ihr Mann hereinstampfte, blickte sie mürrisch auf.

»Ich weiß einfach nicht, wo das Ding stecken könnte.« Heller war sichtlich bekümmert und sah verlegen auf seine staubigen Hände.

»Lassen Sie's gut sein«, meinte David. »Ich halte Sie beim Essen auf.«

»Vielleicht ist er da oben drin«, sagte die Frau und deutete auf einen Küchenschrank über der Anrichte. David war ein wenig verblüfft, denn bisher hatte sie wenig Interesse daran bekundet, daß er sein Eigentum wiederbekam, und ob er ging oder blieb, schien ihr gleichgültig zu sein.

Heller zog einen Schemel unter dem Tisch hervor und schob ihn vor die Anrichte, auf der ein Haufen ungebügelter Wäsche lag. Seine Frau sah ihm zu, wie er den Schrank öffnete und in ihm herumkramte.

»Da hat jemand für dich angerufen«, sagte sie unvermittelt und zog eine Schnute. »Diese North.« Heller brummte etwas. »Eine Frechheit, finde ich, hier einfach anzurufen.« Diesmal reagierte ihr Mann nicht. »Glattweg unverschämt!« fügte sie hinzu, als wolle sie seinen Zorn reizen.

»Hoffentlich bist du am Telefon nicht aus der Rolle gefallen.«

David war ziemlich schockiert. Magdalene mochte vielleicht taktlos und ein wenig ungehobelt sein, vielleicht sogar eifersüchtig, dennoch hatte sie es nicht verdient, daß ihr Mann sie vor einem Fremden so väterlich streng zurechtwies. Sie holte augenscheinlich gerade Luft für eine passende Erwiderung, doch David sollte nie erfahren, was sie hatte sagen wollen. Als Heller, der mit den Armen bis zu den Schultern in dem Schrank verschwunden war, wieder zum Vorschein kam, plumpste etwas Schweres aus Metall auf die Wäsche.

Es war eine Pistole.

David kannte sich mit Feuerwaffen nicht aus. Er konnte eine Beretta nicht von einer Mauser unterscheiden. Ihm fiel lediglich auf, daß es sich um eine Art Selbstladepistole handeln mußte. Funkelnd lag sie da, halb auf einer von Hellers Unterhosen, halb auf einem rosa Kissenüberzug.

Weder Mr. noch Mrs. Heller sagten etwas. Um das lastende Schweigen zu brechen, ergriff schließlich David das Wort. »Ihre Privatartillerie?«

Hellers Wortschwall daraufhin wollte gar kein Ende mehr nehmen. »Ich weiß, eigentlich dürfte ich sie nicht besitzen, es ist verboten. Ich habe sie aus den Staaten eingeschmuggelt. War geschäftlich dort. Der Zoll kontrolliert nicht jeden, wissen Sie. Magdalene hatte Angst bekommen, weil sie doch immer allein in der Wohnung ist. Hier in der Gegend treiben sich verdammt komische Typen rum, da kommt es schon mal zu Auseinandersetzungen, Schlägereien und so. Erst letzte Woche brüllte so ein Kerl auf dem Gang eine Frau an, sie solle ihm sein Geld geben. Ein Zuhälter, kein Zweifel. Hat sie geschlagen und angeschrien. Auf griechisch«, fügte er hinzu, als mache das die Sache noch schlimmer.

»Das geht mich nichts an«, sagte David.

»Ich dachte nur, Sie könnten sich darüber wundern.«

Magdalene stampfte plötzlich mit dem Fuß. »Herrgott noch mal, beeil dich gefälligst. Um halb acht wollen wir ins Kino, und jetzt ist es zehn nach. Außerdem muß erst noch der Abwasch gemacht werden.«

»Das mache ich.«

»Dann kommst du also nicht mit?«

»Nein, danke.«

Sie drehte das Gas ab, nahm die Teller in die Hand und ging mit ihnen ins Wohnzimmer. David dachte, sie käme noch einmal wieder, was aber nicht der Fall war. Die Tür ging zu, und von dahinter drang leise die Musik eines Agentenfilms zu ihnen in die Küche.

»Da haben wir ihn endlich«, sagte Heller. »Lag ganz hinten beim Fön.«

»Ich habe Ihnen viel Mühe gemacht.«

Heller reichte ihm den Projektor nach unten. »Jedenfalls muß ich mir darum keine Sorgen mehr machen«, sagte er. Er machte die Schranktüren nicht zu und ließ die Pistole liegen, wo sie war.

Vielleicht lag es am Anblick der Pistole – abstoßend und irgendwie bedrohlich in diesem häßlichen Haushalt –, der David zu der folgenden Bemerkung hinriß: »Hören Sie, Bernard, falls ich irgend etwas für Sie tun kann...«

»Niemand kann etwas für mich tun«, erwiderte Heller wie versteinert. »Können Sie hexen? Sind Sie Gott? Auch Sie können das Rad der Zeit nicht zurückdrehen.«

»Es wird Ihnen besser gehen, wenn Sie nach Zürich kommen.«

»Falls ich dorthin komme.«

Der Vorfall hatte David beträchtlich erschüttert. Kaum war er aus dem Innenhof auf die Straße gelangt, ging er in den nächsten Pub, der größer, lärmender und unpersönlicher als der *Mann mit der eisernen Maske* war. Er trank noch einen Whisky und ging dann zu der U-Bahn-Station, die sich als East Mulvihill herausstellte. Als er unter das steinerne Vordach des Eingangs trat, bemerkte er auf der anderen Straßenseite Magdalene Heller, die zügigen Schritts fast laufend auf das Kino zusteuerte, an dem Heller und er auf dem Hinweg vorbeigefahren waren. Ehe sie eintrat, sah sie nervös nach rechts und links. Er beobachtete, wie sie den Reißverschluß ihrer schweren Umhängetasche öffnete, eine Karte kaufte und allein die Treppe zur Empore hinaufging.

Der Grund für Hellers jämmerliche Verfassung stand nun nicht mehr in Zweifel. In seiner Ehe kriselte es. Einer aus dieser schlecht harmonierenden, ganz offensichtlich unverträglichen Ehe hatte sich einen Seitensprung geleistet, und nach dem, was Magdalene über den Anruf hatte durchblicken lassen, war der Missetäter offenbar Heller. Allem Anschein nach hatte er sich eine Freundin zugelegt. War er zu diesem wortkargen Schatten seiner selbst, des einstmals so fröhlichen Spaßvogels geworden, weil er nicht sie, sondern Magdalene in die Schweiz mitnehmen mußte?

5

Auf dem Weg zur Schule begegneten sie dem Briefträger, und Paul sagte: »Ich muß doch morgen nicht zur Schule, bevor er bei uns war?«

»Warten wir's ab«, meinte Susan.

»Ich geh jedenfalls nicht«, erklärte er rebellisch, wahrscheinlich wegen Richard. Der Nachbarsjunge lief voraus und sprang ab und zu hoch in die Luft, um an den Kirschenzweigen zu zerren. »Er kommt sowieso immer ganz früh«, sagte Paul in versöhnlicherem Ton und faßte seine Mutter bei der Hand. »Vati schickt mir eine Uhr. Er hat's versprochen.«

»Eine Uhr! Ach, Paul...« Von allen zerbrechlichen und letztendlich für einen Sechsjährigen zu Tränen führenden Geschenken – nämlich dann, wenn Paul auf dem Spielplatz mal wieder hinfallen würde, was pro Woche mindestens zwei- oder dreimal vorkam – mußte es ausgerechnet das sein! »Die kannst du aber nicht jeden Tag tragen.«

Sie gelangten zum Schultor, und die beiden kleinen Jungen verschwanden im Gewühl. Susan betrachtete die Kinder heute mit anderen Augen, sah in ihnen die potentiellen Erwachsenen und Leidbringer. Triste Melancholie beschlich sie. Energisch riß sie sich zusammen, winkte Paul zu und lenkte ihre Schritte Richtung Orchard Drive.

Es war zehn vor neun, um diese Zeit sah sie in der Regel Bob North. Für gewöhnlich fuhr er gegen neun mit dem Auto am Schultor vorbei. Susan wollte ihm nicht begegnen. Die Erinnerung an ihr letztes Zusammentreffen löste Widerwillen in ihr aus. Da er sehen mußte, daß sie auf dem direkten Weg nach Hause war, würde er sie heute nicht zum Mitfahren auffordern, aber anhalten würde er, da war sie sicher. Wahrscheinlich hatte er von Louises Besuch bei ihr und der Verabredung für heute früh erfahren und würde darauf brennen, ihr seine Version zu erzählen, ehe Louise ihn bei ihr anschwärzen konnte. Leute in der Lage von Louise gaben immer ihren Ehepartnern die Schuld. Julian war immer lang und breit auf ihre Unzulänglichkeiten als Ehefrau eingegangen, auf ihre Nörgelei, ihre Abneigung gegenüber seinen der Avantgarde nahestehenden Freunden und ihre altmodischen Moralvorstellungen, ehe er auf seinen Seitensprung zu sprechen kam.

Auf dem Nachhauseweg unter den Kirschbäumen entlang kam sie sich wie auf dem Präsentierteller vor und mußte ständig daran denken, daß Bobs Auto jeden Moment aus der Einfahrt von *Braeside* auftauchen konnte. Sie spielte mit dem verwegenen Gedanken, sich im entscheidenden Moment zu bücken, um sich die Schnürsenkel zu binden oder, falls dieser Trick nicht klappte, sich ins Haus einer flüchtigen Bekannten zu retten. Das Dumme war nur, daß sie niemand gut genug kannte.

Der Tag war trüb, nicht richtig neblig, aber eintönig grau. Regen lag in der klammen Luft. Susan beschleunigte ihre Schritte, als sie *Braeside* vor sich auftauchen sah, doch dann fiel es ihr wieder ein: Bobs Auto war in der Inspektion. Er mußte heute mit dem Zug zur Arbeit fahren, deshalb war er wahrscheinlich viel früher aus dem Haus gegangen – bestimmt war er längst weg. Ihre Stimmung hellte sich schlagartig auf. Es war doch wirklich albern, daß sie sich in eine Hysterie hineinsteigerte, nur weil eine der Nachbarinnen ihr in zwei Stunden etwas ziemlich Unkonventionelles anvertrauen wollte. Und auf mehr lief es schließlich nicht hinaus.

Braeside wirkte wie ausgestorben. An allen Fenstern im oberen Stock waren die Vorhänge zugezogen, als ob die Norths verreist wären. Vielleicht lag Louise um diese Zeit noch im Bett. Wer unglücklich ist, schläft gern etwas länger. Jane Willingale hätte dies auf den Wunsch zurückgeführt, in den Mutterschoß zurückzukehren, aber Susan war der Meinung, der einzige Grund sei, daß man das Gefühl hatte, aufzustehen lohne nicht.

Wie gewöhnlich stand kein einziges Fenster offen, nicht einmal eine der Lünetten war eingekippt. Die Luft dort drin mußte kühl und stickig sein, muffig vor wütend ausgestoßenem Atem, Tränen und Streit.

Jeden Moment würde Mrs. Dring auftauchen. Susan schloß die Tür auf, trat in ihr mollig warmes Haus und machte sich ans Einfetten der Backformen und Teigkneten für Pauls Geburtstagskuchen. Die Standuhr schlug neun, und als der letzte Schlag verklungen war, setzten die Preßluftbohrer ein.

Zwischen dem schrillen Jaulen drang das dumpf klingende Gebell des Terriers. Inzwischen hatte er sich an Mrs. Dring gewöhnt, wegen ihr kläffte er nicht mehr. Wie schon öfters fragte sich Susan, was diesen tierischen Warnruf so unwiderstehlich machte. Kaum einmal verirrte sich jemand wirklich Interessantes in den Orchard Drive, und doch bellte Pollux nie vergebens. Sie selbst war gegen das Signal ebensowenig gefeit wie die anderen

Frauen, wenn sie auch im Unterschied zu ihnen ein Wechsel beim Zustelldienst oder ein neuer Gasmann kalt ließ. Sie wollte sich nicht den Kopf darüber zerbrechen, weshalb bei Familie Gibbs ein Lieferwagen von Fortnum's parkte oder ein paar Nonnen bei den O'Donnells klingelten. Manchmal dachte sie, sie stürze deshalb ans Fenster, wenn Pollux bellte, weil sie entgegen aller bisherigen Erfahrung stets hoffte, das Gekläff kündige einen Neuankömmling an, der Hoffnung und Freude in ihr Leben bringen und es ändern würde.

Wie pathetisch und kindisch das war, dachte sie, als sie unwillkürlich ins Wohnzimmer lief und den Vorhang zur Seite schob. Winters Gartentor klapperte zwischen den Betonpfosten, und Pollux, der, außer sich vor Wut, an ihm hochgesprungen war, plumpste wieder auf den Kiesweg.

Susan bekam große Augen. Auf dem Grünstreifen neben dem Bürgersteig, mit den Rädern genau in den Furchen vom Montag, stand der grüne Ford Zephyr.

Louise North hatte wieder ihren Geliebten zu Gast.

»Guten Morgen, meine Liebe. Dachten wohl schon, ich käme nicht mehr?«

Mrs. Dring schmetterte ihr diese Frage stets in triumphierendem Ton entgegen, wenn sie mehr als eine Minute zu spät kam. Sie war fünfundvierzig, ein großer, hagerer Rotschopf. Sich und ihre Arbeit schätzte sie ungeheuer hoch ein und war überzeugt, daß ihre Arbeitgeber im Falle ihres Nichterscheinens wie ausgesetzte Kleinkinder zu einem hilflosen und verzweifelten Häufchen Elend würden.

»Ich mach mich unten an die Arbeit, ja?« sagte sie, als sie den Kopf zur Tür hereinsteckte. »Damit für das Fest des Jungen alles schön sauber ist.« Das Zimmer vor dem Kindergeburtstag zu putzen, erschien Susan zwar reichlich unnütz, aber mit Mrs. Dring zu diskutieren, war zwecklos. »Soll ich Ihnen morgen ein bißchen zur Hand gehen? Mit Kindergeburtstagen kenn ich mich aus wie sonst niemand. Ist direkt eine Spezialität von mir.«
Wie sie zu ihren Kenntnissen der Organisation von Kindergeburtstagen gekommen war, erklärte Mrs. Dring nicht. Sie selbst hatte keine Kinder, doch gab sie ständig bedeutungsschwangere Sätze von sich, als wolle sie damit andeuten, daß alle ihre Bekannten von der an Allmacht grenzenden Vielseitigkeit Mrs. Drings wußten und sie sich des öfteren zunutze machten. Sie ließ an niemandem ein gutes Haar außer an ihrem ›Gatten‹, einem Mann, dessen Fähigkeiten auf den unmöglichsten Gebieten höchstens noch mit den ihren vergleichbar waren und der, entsprechend seinem handwerklichen und verwalterischen Geschick, einen übermenschlichen Intelligenzquotienten besaß.

»Es gibt nichts, was dieser Mann nicht kann«, pflegte sie zu sagen.

Jetzt betrat sie das Zimmer und strebte sofort dem Fenster zu, wo sie stehenblieb und sich das Haar – an diesem Morgen war es fast scharlachrot – unter ein Kopftuch steckte.

»Was ich Sie noch fragen wollte«, sagte sie mit einem Blick auf das grüne Auto. »Geht nebenan eigentlich was Besonderes vor?«

»Was Besonderes?«

»Sie wissen schon, was ich meine. Ich hab's von einer Bekannten, die Mrs. Gibbs zur Hand geht. Freilich lügt meine Bekannte, sobald sie nur den Mund aufmacht, und wer auch nur ein Wort von dem glaubt, was Mrs. Gibbs sagt, kann sich gleich in der Klapsmühle anmelden.« Im nächsten Atemzug schickte sich Mrs. Dring an, in dieser Gruppe der Geistesgestörten unverzüglich einen Platz für sich zu sichern. »Sie behauptet, Mrs. North habe was mit dem Heizungsmenschen.«

»Kennen Sie ihn?« Susan konnte sich die Frage nicht verkneifen.

»Bloß vom Sehen. Mein Gatte könnte Ihnen seinen Namen sagen. Sie wissen ja, was für ein erstaunliches Gedächtnis er hat. Als wir daran dachten, uns eine Zentralheizung einbauen zu lassen, habe ich zu ihm gesagt: ›Da mußt du mal mit dem Heizungsfritzen reden, der fährt hier in der Gegend mit so einem grünen Auto herum – heißt Heffer oder Heller oder so ähnlich.‹ Schließlich hat mein Gatte die Rohre dann aber selbst verlegt. Es gibt nichts, was der nicht fertigbringt, wenn er es sich erst mal in den Kopf gesetzt hat.«

»Aber die Besuche bei Mrs. North könnten doch auch geschäftlicher Natur sein.«

»Umgekehrt wird ein Schuh draus – falls er hinter so was her ist, hat er sich das richtige Geschäft dafür ausgesucht. Aber ich rege mich mehr wegen ihr auf.« Da sie merkte, daß Susan keine Anstalten machte, sich ans Fenster locken zu lassen, zog Mrs. Dring den Vorhang wieder zu und strich sich zwei strahlend rote, wie mit Leuchtfarbe gefärbte Schmachtlocken in die Stirn. »Gefällt Ihnen mein Haar? Flamingo heißt dieser Ton. Mein Gatte hat es gestern abend gefärbt. Er hat seinen Beruf verfehlt, sage ich immer. Als Friseur wäre ihm seine Karriere sicher gewesen, inzwischen hätte er's zu einem Salon in West End gebracht.«

Susan fing unkonzentriert zu tippen an. Lange schwieg Mrs. Dring nie, und an solchen Vormittagen war Susan gereizt, da überflüssige Bemerkungen sie ständig von der Arbeit ablenkten. Ihre ursprünglich ›fürs Grobe‹ eingestellte Putzfrau hatte schon bald unmißverständlich zu erkennen gegeben, daß sie Abstauben und Silberputzen schwerer Arbeit vorzog, und am liebsten waren ihr solche Aufgaben, die ihr einen guten Aussichtsplatz in der Nähe eines Fensters boten.

Nachdem sie nun alles erfaßt hatte, was es im Orchard Drive zu sehen gab, postierte sie sich mit Putzpulver und einem Tablett mit Susans Silber bewaffnet an der Terrassentür. Es war halb zehn. Obwohl es zu regnen begonnen hatte, waren die Bohrer während der vergangenen halben Stunde fast nie verstummt. Susan bezweifelte, daß es von der Terrassentür aus etwas Interessantes zu sehen gab, doch Mrs. Dring verrenkte sich immer wieder den Hals und drückte sich die Nase an der beschlagenen Scheibe platt, bis sie schließlich sagte: »Heute kriegen sie keinen Tee.«

»Hmm?« Susan blickte von der Schreibmaschine auf.

»Die Arbeiter. Sehen Sie mal, jetzt geht er wieder zurück.« Es wäre unhöflich gewesen, dieser Aufforderung nicht zu entsprechen. Susan trat zu ihr an die Terrassentür. Auf dem Kiesweg des Northschen Anwesens ging ein großer Arbeiter im Parka, dessen Kapuze er sich über den Kopf gezogen hatte, von der Hintertür zum Gartentor auf der anderen Seite. »Ich habe gehört, wie er an der Tür klopfte. Der will seinen Tee, hab ich mir gedacht. Pech, Kumpel, die Kantine ist heute leider geschlossen. Die Gnädige hat momentan anderes im Kopf. Merkwürdig, daß der Hund von Winters nicht gebellt hat. Ist der Köter ausnahmsweise mal im Haus?«

»Nein, er ist draußen.«

Es regnete ununterbrochen. Der Arbeiter öffnete das Tor. Seine Kollegen standen in dem tiefen Graben, wo einer nach wie vor mit dem Bohrer hantierte. Der Mann wärmte sich für einen Augenblick die Hände an dem Feuer in dem Kübel. Dann drehte er sich um, zog die Schultern hoch und schlug den Weg zur Straße ein, die am Friedhof entlangführte.

Grimmig nickend sah ihm Mrs. Dring nach. »Der holt sich jetzt eine Tasse aus dem Café«, sagte sie, und da Susan wieder an ihren Platz zurückgegangen war, fügte sie hinzu: »Steht der Wagen noch da?«

»Ja, er steht noch da.« Regen lief über die hochgekurbelten Scheiben und an der lindgrünen Karosserie herab. Noch jemand blickte auf den Wagen, Eileen O'Donnell, die aus Louises Garten eilte und gerade ihren Schirm aufspannte.

»Gleich kommt Mrs. O'Donnell an die Hintertür, Mrs. Dring«, sagte Susan. »Sehen Sie doch mal nach, was sie möchte.«

Sie war sicher, daß man sie zu der folgenden Unterredung hinzuziehen würde, doch nach einem kurzen Gespräch an der Hintertür kehrte Mrs. Dring allein zurück.

»Mrs. North hat sie gebeten, ihr ein paar Fischstäbchen mitzubringen, falls ihr Mann zum Mittagessen heimkommt. Sie sagt, sie habe sich die Finger an der Haustür wund geklopft, aber niemand habe sie gehört. Die Vorhänge im oberen Stock seien alle zugezogen, aber das liege daran, weil Mrs. North nicht wolle, daß die Sonne ihre Teppiche ausbleicht. Manche Leute gehen eben mit Tomaten auf den Augen durchs Leben und fallen auf alles herein. Sonne, frage ich, welche Sonne denn? Ein fünfjähriges Kind könnte einem erklären, weshalb sie die Vorhänge zugezogen hat.«

Susan nahm ihr das Päckchen ab und stellte amüsiert fest, daß es in die *Certainty* von letzter Woche eingewickelt war. Wie Julian das weh tun würde! Die Verwendung als Isoliermaterial für Gefriergut war fast so schlimm, wie sie als Einwickelpapier für fish and chips zu benutzen.

»Und was soll ich jetzt damit?«

»Mrs. O'Donnell hat gesagt, Sie seien zum Kaffee bei Mrs. North eingeladen. Ob Sie da nicht vielleicht das Päckchen mitnehmen könnten, nur für den Fall, daß der arme Teufel, dem sie Hörner aufsetzt, zum Mittagessen heimkommt?«

Doch Susan waren Zweifel gekommen, ob Louise von ihr erwartete, die Verabredung einzuhalten. Als Mrs. Dring mit dem Wohnzimmer fertig war und sich an Julians früheres Arbeitszimmer machte, war es halb elf, und das Auto stand immer noch vor dem Haus. Allem Anschein nach hatte Louise sie vergessen. Liebe macht blind, sagte man, und wenn sich das Sprichwort vielleicht auch nicht darauf bezog, verdrängte sie Susans Erfahrung nach doch jeden Gedanken an feste Versprechen und früher eingegangene Verpflichtungen. Trotzdem war es seltsam. Louise hatte sie so nachdrücklich darum gebeten.

Die Zeit zwischen halb elf und elf verging jedoch nur sehr langsam. Aus dem Fenster zu sehen, war nicht erforderlich. Der Airedale, der vor dem Regen unter das Wintersche Vordach geflüchtet war, würde es ihr melden, wenn der Mann wegging. Es schlug elf, und mit dem letzten Schlag fiel Susan ein Stein vom Herzen. Der Regen lief in die Spuren vom Montag und bildete Pfützen um die Ränder des grünen Wagens. Der Fahrer war immer noch in *Braeside*. Susan seufzte erleichtert. In diesem Fall würde sie nicht hingehen müssen. Für Takt, Freundlichkeit oder guten Rat bestand nun keine Veranlassung, denn Louise hatte durch ihr Verhalten die Verabredung selbst abgeblasen.

Mrs. Dring zog sich eine blaue Regenhaut aus Plastik über und machte sich auf den Heimweg, nicht ohne kurz anzuhalten und einen finsteren Blick auf das Auto und die zugezogenen Vorhänge an den Fenstern zu werfen. Susan versuchte, sich zu erinnern, wie oft und wie lange das Auto jeweils vor dem Haus gestanden war. Bestimmt nicht öfters als dreimal, und so lange wie heute war der Mann noch nie geblieben. Mußte er sich denn nicht um seine Arbeit kümmern? Wie konnte er es sich leisten, so viel Zeit – einen ganzen Vormittag – mit Louise zu verbringen?

Sie wollte sich ein paar belegte Brote zum Mittagessen machen und öffnete die Kühlschranktür. Die Packung mit den Fischstäbchen lag ein wenig schief auf dem Metallgitter. War Bob denn jemals zum Mittagessen nach

Hause gekommen? Eileen O'Donnell hatte dies offenbar für möglich gehalten, und während Susan nun darüber nachdachte, fiel ihr ein, daß Bob ihr selbst gesagt hatte, er spiele mit dem Gedanken, einmal zur Mittagszeit nach Hause zu kommen.

Schön, sollte er also nach Hause kommen. Sollte er sie doch zusammen antreffen. Vielleicht war es für alle Beteiligten am besten so. Doch Susan nahm die Packung aus dem Kühlschrank und trat vor die Haustür, von wo sie *Braeside* im Blick hatte.

In der Diele oder dem Gang hinter der Haustür war niemand. Sie mußten sich immer noch im Schlafzimmer hinter den zugezogenen Vorhängen aufhalten. Susan warf einen Blick auf ihre Uhr und sah, daß es halb eins war. Wie hätte sie reagiert, wenn sie in das Hotel, oder wo sie sich sonst getroffen hatten, gegangen wäre und Julian mit Elizabeth im Bett überrascht hätte? Wahrscheinlich hätte sie der Schlag getroffen. Julian war viel diskreter als Louise vorgegangen – er war viel raffinierter –, dennoch war das allmähliche Herausfinden der Wahrheit ein schwerer Schlag gewesen. Falls Bob North jetzt nach Hause käme, wäre der Schmerz unendlich viel größer, als wenn man den Dingen ihren Lauf ließ.

Das gab den Ausschlag für sie. Ihre Entscheidung, sowenig wie möglich mit den Norths zu tun zu haben, war ja schön und gut gewesen. Aber diese Angelegenheit war verworren und von Umständen bestimmt, die sich vom Alltäglichen so sehr unterschieden wie Susans augenblickliches Leben von dem, das sie vor einem Jahr geführt hatte. Sie ging ins Haus zurück und schlüpfte in ihren Regenmantel. Kurz darauf klopfte sie laut an die Northsche

Haustür, klopfte und klingelte, aber niemand öffnete. Sie mußten eingeschlafen sein.

Widerstrebend ging sie um das Haus herum. Was sie vorhatte, würde Louise zumindest einstweilen Schande und möglicherweise Gewalttätigkeiten ersparen, doch würde ihr Louise dafür danken? Welche Frau könnte je wieder einer Nachbarin in die Augen sehen, die sie in flagranti ertappt hatte?

Lieber gar nicht erst daran denken. Geh hinein, wecke sie und verschwinde wieder. Was Louise von ihr dachte, war Susan im Grunde gleich. In Zukunft würde sie einen großen Bogen um die Norths machen.

Die Hintertür war nicht abgeschlossen. Falls Louise dieses Spielchen weitertreiben will, dachte Susan, hat sie noch viel zu lernen. Julian hätte ihr viele Tips geben können. In der Küche herrschte Unordnung und klirrende Kälte. Louise hatte das Frühstücksgeschirr zwar in die Spüle gestellt, aber nicht abgewaschen. Ein leichter Geruch nach kaltem Fett stieg von der mit Wasser gefüllten Bratpfanne auf.

Auf dem Küchentisch stand die Aktentasche. Susan hatte sie einige Male bei Louises Liebhaber gesehen, als er vom Auto zum Haus gegangen war, und über einer Stuhllehne hing sein Regenmantel. Sie legte das Päckchen auf den Tisch, trat in die Diele und rief gedämpft nach Louise.

Keine Antwort; von oben war nicht das geringste Geräusch zu hören. In der kleinen Toilette tropfte ein Wasserhahn. Sie gelangte zum Treppenabsatz und blieb an einer Wandnische stehen, in der eine Gipsmadonna ihrem Kind zulächelte. Es war grotesk.

Heute war in dem Haus kein Feuer gemacht worden, und die Asche von gestern lag grau im Wohnzimmerkamin. An den Fensterscheiben lief Wasser herab, so daß der Blick nach draußen verwehrt war. Starker Regen wie an diesem Tag sperrte die Menschen ein wie Tiere im Winterschlaf, die sich zwar im trockenen Bau zusammenrollen, aber rings von Wasserfluten umgeben sind. Louise und ihr Liebhaber mußten ähnlich empfunden haben, küssend, flüsternd, Pläne schmiedend, während draußen der Regen fiel und die Zeit auslöschte.

Susan ging die Treppe hinauf. Die Badezimmertür stand offen, und die Fußmatte, ein purpurnes Ding mit gelbem Schnörkelmuster in der Mitte, lag schräg auf den Fliesen. Das allmorgendliche Saubermachen schien heute nicht stattgefunden zu haben. Alle Schlafzimmertüren bis auf eine waren offen. Vor der geschlossenen Tür blieb sie stehen und lauschte.

Ihr Widerwillen, bei ihnen hereinzuplatzen, war mit jedem Schritt größer geworden, und nun empfand sie starke Abscheu davor. Vielleicht waren sie nackt. Sie fuhr sich mit der Hand über die Stirn und spürte kleine Schweißperlen. Es mußte jetzt mindestens zehn vor eins sein, und Bob konnte jeden Moment in den Orchard Drive einbiegen.

Susan umfaßte die Klinke und öffnete langsam die Tür.

Sie lagen beide auf dem Bett, aber der Mann schien noch ganz bekleidet zu sein. Von Louise waren nur die bestrumpften Füße zu sehen, denn der Mann lag mit weit ausgestreckten Armen und Beinen in der Haltung eines an ein Andreaskreuz Genagelten auf ihr. Sein Gesicht zeigte leicht zur Seite, als wäre er eingeschlafen, und die

Lippen ruhten auf Louises Wange. Beide waren völlig reglos.

So schlief kein Mensch.

Susan zwängte sich zwischen Bett und Toilettentisch und stolperte dabei über etwas Hartes aus Metall, das auf dem Teppich lag. Schnell atmend richtete sie den Blick nach unten und hielt es zuerst für ein Kinderspielzeug. Aber die Norths hatten keinen kleinen Jungen, der die Treppe hinauf- und hinunterpolterte und rief: »Peng, peng, du bist tot!«

Für einen Augenblick schlug sie sich die Hände vors Gesicht. Dann trat sie näher an das Bett und beugte sich über das Paar. Eine Schulter von Louise war unverdeckt. Susan faßte sie an, und der Kopf des Mannes fiel zur Seite. An der Stelle, wo sein Ohr hätte sein müssen, war ein sauberes rundes Loch, aus dem etwas Klebriges gesickert und festgetrocknet war. Die Bewegung ließ eine Blutlache zum Vorschein kommen, teils flüssig, teils geronnen, die ihre Gesichter zusammenklebte und die Vorderseite von Louises Nachthemd und Morgenmantel durchnäßte.

Susan hörte sich aufschreien. Sie preßte sich die Hand vor den Mund und wich stolpernd zurück, während der Boden unter ihren Füßen wankte und wackelte und die Möbel sich zu drehen begannen.

6

Die Polizei bat sie, an Ort und Stelle auf ihr Eintreffen zu warten. Susans Stimme hatte am Telefon so gezittert, daß sie überrascht war, sich überhaupt verständlich gemacht zu haben. Vor Schock war sie wie betäubt, und noch lange nachdem die freundliche Stimme, die sie angewiesen hatte, nichts zu unternehmen und nichts anzurühren, mit Reden aufgehört hatte, saß sie mit dem Hörer in der Hand und starrte auf die Madonna.

Ein spritzendes Platschen vor dem Haus signalisierte das Eintreffen eines Wagens. Erstaunt stellte sie fest, daß sie sich auf den Beinen halten konnte. Sie stützte sich auf die Möbel und suchte tastend wie eine Blinde einen Weg zur Haustür.

Der Airedale hatte nicht gebellt, doch in ihrer augenblicklichen Verfassung war dies für sie keine Warnung. Im nächsten Moment beobachtete sie mit Entsetzen, wie sich der Schlüssel in dem Schnappschloß drehte.

Bob war zum Mittagessen nach Hause gekommen.

Aus dem gerade gewarteten Auto war er durch den Regen zur Tür gestürzt und ins Haus getreten, wobei er sich die Wassertropfen aus dem Haar schüttelte, ehe er erkannte, wer in der düsterkalten Diele auf ihn wartete.

»Susan?« Sie konnte nicht sprechen. Ihre Lippen öffneten sich einen Spalt breit, und sie atmete tief durch. Erst blickte er auf sie, dann an ihr vorbei auf die kalte Asche im Kamin und die Aktentasche auf dem Küchentisch. »Wo ist Louise?«

Sie fand ihre Stimme wieder, brachte aber nur ein rauhes Flüstern heraus. »Bob, ich... Sie ist oben. Ich... ich habe die Polizei angerufen.«

»Was ist passiert?«

»Sie ist tot. Beide sind tot.«

»Sie waren zum Kaffee eingeladen«, sagte er dümmlich, dann stürmte er zur Treppe.

»Sie dürfen da nicht hinauf!« rief Susan. Sie bekam ihn an den Schultern zu fassen, doch sie waren steif und zitterten nicht unter ihren Händen. Wie um sich aus ihrem Griff zu lösen, packte er ihre Handgelenke, doch im selben Moment begann Pollux zu bellen, erst lustlos, dann wie rasend, als das Polizeiauto die auf der Straße stehenden Pfützen aufspritzte. Bob ließ sich schlaff auf der Treppe nieder und blieb mit in den Händen vergrabenem Gesicht dort sitzen.

Die Polizisten waren zu dritt, ein kleiner Inspector mit gebräuntem Gesicht namens Ulph, ein Sergeant und ein Constable. Ehe sie zu ihr kamen, hielten sie sich lange im oberen Stock und in der Küche auf, wo sie Bob befragten. Der Sergeant ging mit einem Bündel Papiere in der Hand, die wie Briefe aussahen, an der geöffneten Wohnzimmertür vorbei. Susan hörte Bob sagen:

»Ich weiß nicht, wer er ist. Ich kenne nicht mal seinen Namen. Fragen Sie die Nachbarn. Die werden Ihnen zur Antwort geben, daß er der Liebhaber meiner Frau war.« Susan fröstelte. Sie konnte sich nicht entsinnen, daß ihr jemals so kalt gewesen war. Jetzt wurde die Aktentasche untersucht. Durch die Durchreiche konnte sie die Polizisten und Bob sehen, der bleich und steif am Tisch saß. »Nein, ich wußte nicht, daß er verheiratet war«, sagte

Bob. »Weshalb sollte ich? Sie sagen, daß er Bernard Heller heißt. Selbstverständlich habe ich keine Zentralheizung bestellt.« Seine Stimme wurde lauter und überschlug sich. »Begreifen Sie denn nicht? Das war doch nur ein Vorwand.«

»Was haben Sie eigentlich heute vormittag gemacht, Mr. North?«

»Mein Auto war zur Inspektion in der Werkstatt. Ich bin zu Fuß zur Arbeit. Ungefähr um halb neun. Mit meiner Frau war da alles in Ordnung. Sie hatte ihren Morgenrock an und machte gerade die Betten, als ich wegging. Ich bin Kalkulator und ging nach Barnet, um einen Blick auf eine Baustelle zu werfen. Dann holte ich in Harrow, wo die Inspektion gemacht wurde, meinen Wagen ab und fuhr wieder hierher. Ich dachte... Ich dachte, meine Frau erwartet mich zum Mittagessen.«

Susan wandte den Kopf ab. Der Sergeant schloß die Tür und die Durchreiche. Über einer Stuhllehne hing der Mantel, den Louise gestern getragen hatte. Der Mantel strahlte eine gewisse Alltäglichkeit aus, als wäre er nur für eine kurze Weile dort abgelegt worden und Louise könnte jeden Moment hereinkommen, um ihren kindlichen Körper in seine mollige Wärme zu hüllen. Tränen stiegen Susan in die Augen, und sie schluchzte leise auf.

Oben trampelten laut die Polizisten herum. Kurz darauf hörte sie jemand auf der Treppe, und der kleine Inspector mit dem gebräunten Gesicht kam herein. Er schloß die Tür hinter sich und wandte sich freundlich an Susan: »Versuchen Sie bitte, ganz ruhig zu bleiben, Mrs. Townsend. Ich weiß, das war ein großer Schock für Sie.«

»Mir geht es eigentlich ganz ordentlich. Es ist bloß so

kalt hier drin.« Vielleicht dachte er, ihre Augen tränten vor Kälte, aber das glaubte sie nicht. Sein Blick verriet Mitgefühl. Er gehört nicht zu der Sorte Polizisten, dachte sie, die angesichts des Todes naßforsche Munterkeit zur Schau stellen oder unter Kollegen Witze darüber reißen.

»Wußten Sie, daß Mrs. North intime Beziehungen zu diesem Mann, diesem Heller unterhielt?« fragte Inspector Ulph im nächsten Moment.

»Ich... Nun, das war allgemein bekannt«, setzte Susan an. »Ich wußte, daß sie darüber sehr unglücklich war. Als Katholikin konnte sie sich nicht scheiden lassen.« Ihre Stimme zitterte. »Als sie mich gestern besuchen kam, war sie schrecklich bedrückt.«

»Ging diese Bedrücktheit so weit, daß sie sich vielleicht das Leben nehmen oder gemeinsam mit jemand anderem in den Tod gehen wollte?«

»Ich weiß nicht.« Diese plötzliche Übernahme von Verantwortung erschreckte Susan. Ihre Hände waren eiskalt und zitterten. »Eine Katholikin würde doch nicht Selbstmord begehen, oder? Aber sie war in schlechter Verfassung. Ich entsinne mich, wie ich noch gedacht habe, das Mädchen ist wirklich am Ende.«

Er befragte sie sachlich über die Geschehnisse des Vormittags, und Susan bemühte sich, mit ruhiger Stimme zu erzählen, wie sie kurz nach neun Hellers Wagen vor dem Haus sah, wie sie dann immerzu darauf wartete, daß Heller wegging, wie Mrs. O'Donnell bei ihr klingelte und wie sie schließlich hierher ins Nachbarhaus ging, um Louise und Heller zu warnen, da sie geglaubt hatte, daß sie eingeschlafen waren.

»Während des Vormittags ist sonst niemand in dieses

Haus gegangen?« Susan schüttelte den Kopf. »Haben Sie irgend jemanden weggehen sehen?«

»Nur Mrs. O'Donnell.«

»Schön, das wäre im Moment dann alles. Sie werden leider an der Untersuchung vor Gericht teilnehmen müssen. Also ich an Ihrer Stelle würde jetzt Ihren Mann anrufen und fragen, ob er heute nicht etwas früher nach Hause kommen kann. Sie sollten jetzt nicht allein sein.«

»Ich bin nicht verheiratet«, sagte Susan verlegen. »Das heißt, ich bin geschieden.«

Inspector Ulph ging nicht darauf ein, sondern begleitete Susan bis zur Tür, wobei er mit einer Hand ihren Ellbogen stützte.

Als sie in den Garten trat, riß sie erschreckt die Augen auf und wich etwas zurück. Ihre Reaktion beim Anblick der Menschenmenge auf dem Bürgersteig war dem Schock vergleichbar, den grelles Sonnenlicht bei jemandem hervorruft, der aus einem dunklen Zimmer kommt. In Mäntel eingemummt, standen Doris, Betty und Eileen vor dem Winterschen Gartentor, und bei ihnen sah sie die alte Frau, die allein im Haus neben Betty wohnte, die frischgebackene Ehefrau aus Fernost und das ältere Pärchen aus dem Eckhaus. Alle, die nicht zur Arbeit gehen mußten, hatten sich dort versammelt und schwiegen, als hätte es ihnen die Sprache verschlagen.

Sogar Pollux hatte dieses unerhörte Treiben zum Schweigen gebracht. Ermattet lag er mit dem Kopf zwischen den Pfoten zu Füßen seines Frauchens.

Der Regen hatte aufgehört und auf der Straße einen durchbrochenen, glitzernden Spiegel aus Pfützen und nassem Teer hinterlassen. Von den Knospen der Kirschbäume fielen Regentropfen stetig auf Schirme und Mantelkrägen. Doris wirkte fröstelnder und kläglicher, als Susan sie je erlebt hatte, doch ausnahmsweise machte sie keine Bemerkung über die Kälte. Sie ging einen Schritt auf Susan zu, legte ihr den Arm um die Schulter, und Inspector Ulph sagte: »Könnte sich eine von den Damen freundlicherweise um Mrs. Townsend kümmern?«

Susan ließ sich von Doris an dem grünen Zephyr, dem Polizeiwagen und dem schwarzen Leichenwagen vorbei nach Hause bringen. Die ganze Zeit über erwartete sie, daß hinter ihr das Geschwätz der Nachbarn einsetzte, doch sie hörte nur Stille, eine Stille, die lediglich von dem gleichmäßigen Tröpfeln des Wassers von den Bäumen unterbrochen wurde.

»Ich bleibe bei dir, Susan«, sagte Doris. »Die ganze Nacht. Ich werde dich nicht im Stich lassen.« Weder führte sie ihre Erfahrung als Krankenschwester an, um ihre Eignung für diese Aufgabe zu unterstreichen, noch stürzte sie sofort zum nächsten Heizkörper. Sie war grau im Gesicht und machte große Augen. »Ach Susan, Susan…! Der Mann, hat er sich und Louise umgebracht?«

»Ich weiß nicht. So muß es wohl gewesen sein.«

Die beiden Frauen, kurzfristig zu Freundinnen aus beiderseitiger Not geworden, klammerten sich einen Augenblick aneinander fest und legten den Kopf auf die Schulter der jeweils anderen.

Es war merkwürdig, dachte Susan, ein Unglück schien bei jedermann die besten Eigenschaften ans Licht zu bringen – Takt, Freundlichkeit und Mitleid. Das einzige Beispiel von Taktlosigkeit, an das sie sich später erinnern konnte, war die Ankunft von Roger Gibbs auf Pauls Party mit einem Spielzeugrevolver als Geschenk.

»Manche Frauen haben eben einfach einen Knall«, meinte Mrs. Dring. »Ausgerechnet einen Revolver! Mrs. Gibbs hätte doch wirklich etwas Rücksicht nehmen können. Außerdem hat sie den Jungen total erkältet zu uns geschickt. Was soll ich sie spielen lassen? Die Reise nach Jerusalem? Armer schwarzer Kater?«

Das beliebteste Partyspiel der knapp Zehnjährigen im Orchard Drive war ›Mörder und Detektiv‹. Als niemand den Vorschlag machte, es zu spielen, war Susan klar, daß sie von ihren Müttern davor gewarnt worden waren. Hatten diese Mütter ihren Söhnen das gleiche gesagt was sie Paul zur Antwort gegeben hatte, Mrs. North habe einen Unfall gehabt und man habe sie weggebracht? Was soll man jemandem sagen, der alt genug ist, um Fragen zu stellen und Angst zu bekommen, aber zu jung, viele Jahre zu jung, um zu begreifen?

»Ich will bloß hoffen«, sagte Mrs. Dring, »daß Paul nichts mit der Uhr passiert, die ihm sein Vater geschickt hat.« Sie war ungewöhnlich zurückhaltend heute nachmittag, sprach leiser und war liebenswürdiger als sonst, trotz der in den Augen schmerzenden Grellheit ihrer roten Haare und dem lila Kostüm, das, wie sie versicherte, ihr Mann gestrickt hatte. »Hat sich Mr. Townsend schon gemeldet?«

Die Uhr war mit der ersten Post gekommen, zusammen mit einer Karte, auf der van Goghs *Mühlen bei Dordrecht* abgebildet war, eine düstere Landschaftsszene, die Julian offenbar lieber gewesen war als der angemessene Teddybär mit der Sprechblase: ›Hallo, Sechsjähriger!‹ Er hielt es für richtig, daß man Kindern Kultur noch während der prägenden Jahre eintrichterte. Dem Päckchen war jedoch keine Mitteilung an Susan beigelegt, und angerufen hatte er auch nicht.

»Er muß doch davon gelesen haben«, sagte Doris empört, während sie mit einem Tablett belegter Brötchen vorbeiging.

Mrs. Dring warf ihr einen mißbilligenden Blick zu. »Vielleicht bringt er etwas in seiner Zeitung darüber.«

»So eine Zeitung ist das nicht«, erklärte ihr Susan.

Nur weil sie Pauls Interesse von der Tragödie im Nachbarhaus ablenken wollte, hatte sie sich entschlossen, die Party wie geplant stattfinden zu lassen. Doch jetzt, während die kleinen Jungen zu der lauten Musik des Plattenspielers jauchzten und herumtollten, fragte sie sich, wieviel von diesem Lärm hinüber zu Bob drang. Seit Auffindung von Louise und Heller hatte er *Braeside* lediglich zu zwei Besuchen auf dem Polizeirevier verlassen. Nicht nur oben blieben die Vorhänge zugezogen. Der Klatsch war auch den Arbeitern an der Friedhofsstraße zu Ohren gekommen; keiner von ihnen war heute zur Hintertür gegangen, um Tee zu holen. Der Gedanke, daß sich Bob allein in dem Haus aufhielt, in dem seine Frau erschossen worden war, dort wohnte, umherging und schlief, bereitete ihr Unbehagen. Wenn er die Kinder hörte, würde er ihre Ausgelassenheit dann als Indiz für Susans Gleichgültigkeit gegenüber seinem Kummer auffassen?

Sie hoffte, er würde das nicht tun. Sie hoffte, er würde Verständnis zeigen und begreifen, daß sie ihn bisher noch nicht besucht hatte, weil sie es für das beste hielt, wenn er eine Zeitlang allein blieb. Deshalb hatte sie sich nicht in den Strom der Hausfrauen eingereiht, die fast stündlich auf Zehenspitzen zur Haustür von *Braeside* schlichen, teils mit Blumen, teils mit abgedeckten Körben, als wäre er nicht todunglücklich, sondern krank.

Doris holte Susan von der gerichtlichen Untersuchung ab, lud sie zum Mittagessen ein und führte sie in das überheizte Zimmer, das die Winters ihre ›Wohndiele‹ nannten und wo ein gewaltiges Feuer im Kamin loderte. Susan blieb nicht verborgen, daß die sanfte, mitfühlende Stimmung ihrer Nachbarin nur eine Episode gewesen war. Ihre Neugier und Klatschsucht gewannen nun wieder die Oberhand, und obwohl Susan Bedenken kamen, ob sie gerecht gegenüber Doris war, durchschaute sie das riesige Feuer, den sorgfältig gedeckten Tisch und das auf Hochglanz geputzte Zimmer als einen Köder, ein genau vorbereitetes Fest, für das ihre Gastgeberin mit sämtlichen pikanten Einzelheiten ergötzt zu werden erwartete, die man vor Gericht erörtert hatte.

»Erzähl mir von der Pistole«, sagte Doris und häufte Susan reichlich Obstsalat auf den Teller.

»Dieser Heller hat sie anscheinend aus Amerika eingeschmuggelt. Sein Zwillingsbruder erschien vor Gericht, identifizierte die Waffe und erklärte, Heller habe im September einen Selbstmordversuch unternommen. Aber nicht mit der Pistole. Der Bruder ertappte ihn dabei, wie er sich mit Gas vergiften wollte.« Doris gab erwartungsvoll aufmunternde Laute von sich. »Er schoß zweimal auf Louise, beide Male durchs Herz, dann erschoß er sich. Der Gerichtsmediziner fand es reichlich eigenartig, daß er die Waffe hat fallen lassen, aber ihm waren ähnliche

Fälle bekannt. Man fragte mich, ob ich die Schüsse gehört habe, aber ich mußte verneinen.«

»Wenn diese Bohrer laufen, versteht man kaum sein eigenes Wort.«

»Deshalb werde ich wahrscheinlich auch nichts gehört haben. Das Untersuchungsergebnis lautete übrigens auf Mord und Selbstmord. Heller drohte anscheinend dauernd mit Selbstmord. Sowohl sein Bruder als auch seine Frau haben das ausgesagt.«

Doris nahm sich noch einmal von dem Fruchtsalat und fischte dabei die Ananasstücke heraus. »Was für einen Eindruck machte die Frau?«

»Ich fand sie recht hübsch. Erst fünfundzwanzig.« Susan mußte daran denken, wie Carl und Magdalene Heller versucht hatten, mit Bob ins Gespräch zu kommen, während alle auf den Beginn der gerichtlichen Untersuchung gewartet hatten, wie Bob ihren Annäherungsversuchen eine Abfuhr erteilt und sich brüsk von ihnen abgewandt hatte. Nie würde sie wohl vergessen, wie dieser große untersetzte Mann auf Bob zuging und ihn mit starkem Akzent ansprach, worauf Bob ihn wütend anfuhr und bittere Verachtung für die Witwe des Mannes zeigte, der Louise getötet hatte. Davon würde sie Doris nichts erzählen; nichts von Bobs heftigem Gefühlsausbruch vor Gericht, als ihm Magdalene Heller vorgeworfen hatte, seine Frau vernachlässigt und dadurch in die Arme eines anderen Mannes getrieben zu haben; und nichts von dem erstarrten, lähmenden Entsetzen in den Augen der jungen Frau, das in wüste Beschimpfungen gegen Bob ausgeartet war.

»Sie wußte von Louise«, sagte Susan. »Heller hatte versprochen, sie aufzugeben und seine Ehe so gut es ging zu kitten, aber er hielt sein Versprechen nicht. Dies bedrückte ihn sehr, und er trug sich mit Selbstmordgedanken. So ging das über Monate.«

»Sie und Bob – kannten sie sich?«

»Bob hat nicht einmal gewußt, daß Heller verheiratet war. Es blieb ein Geheimnis, wie sich Louise und Heller kennengelernt haben. Heller arbeitete für eine Firma namens *Equatair*, deren Geschäftsführer ebenfalls angehört wurde. Ihm zufolge hätte Heller im Mai als Vertreter für sie nach Zürich gehen sollen – anscheinend war es schon immer sein Wunsch gewesen, in die Schweiz zurückzukehren. Er war dort geboren und aufgewachsen – aber als man ihm die Stelle anbot, zeigte er sich gar nicht sehr interessiert. Wahrscheinlich hat er sich überlegt, daß er dadurch von Louise getrennt würde. Der Geschäftsführer sagte, die *Equatair* gewinne ihre Kunden durch Werbeantwortkarten, aber Louise hatten sie keine geschickt, und die allgemeine Vermutung ging dahin, daß Heller ihr eine gegeben hatte, damit sie sie ausfüllte und einen Termin mit ihm vereinbaren konnte. Dadurch waren seine Besuche bei ihr völlig harmlos erschienen.«

Doris verdaute diese Neuigkeit mit sichtlicher Befriedigung. Sie stocherte im Feuer herum, bis es prasselte und hell auflöderte. Dann sagte sie: »Weshalb sind sie wohl nicht einfach zusammen weggegangen?«

»Aus den Briefen habe ich mir zusammengereimt, daß Heller dies wollte, Louise aber nicht dazu bereit war. Allem Anschein nach hat Louise kein Sterbenswörtchen von der ganzen Sache gegenüber Bob erwähnt.«

»Briefe?« fragte Doris gespannt, nachdem sie diese neue Information verarbeitet hatte. »Was für Briefe?«

Die Polizei hatte sie in einer Schublade von Louises Toilettentisch gefunden, zwei Liebesbriefe von Heller an Louise, die er im November und Dezember vergangenen Jahres geschrieben hatte. Carl Heller hatte die Handschrift seines Bruders identifiziert, deren Echtheit durch eine Prüfung von Hellers Arbeitsaufzeichnungen ohnehin schon feststand. Als man sie vor Gericht verlesen hatte, war Bob aschgrau im Gesicht geworden, und Hellers Witwe hatte die Hände vors Gesicht geschlagen und den Kopf an die starke Schulter ihres Schwagers gelehnt.

»Es waren bloß Liebesbriefe«, sagte Susan, angewidert von diesem Verhör. »Nur ein paar Stellen wurden vorgelesen.« Seltsam und schrecklich, daß man gerade die Stellen ausgewählt hatte, die Bob am übelsten verleumdeten. »Ich kann mich nicht mehr erinnern, was er geschrieben hat«, log sie.

Susans Miene mußte ihre Abneigung verraten haben, weiter darauf einzugehen, denn Doris wagte es nicht, noch einmal nachzuhaken, ließ das Thema mit einem: »Das wird wohl alles in der Zeitung stehen« fallen und legte mit einemmal Besorgnis über Susans Wohlbefinden an den Tag. »Ich bin doch wirklich ein Ekel«, sagte sie. »Nach allem, was du hast durchmachen müssen, dir jetzt auch noch damit auf die Nerven zu gehen. Du siehst gar nicht gut aus, als ob du irgendwas ausbrüten würdest.«

»Mir geht's ganz ordentlich.« Tatsächlich fühlte Susan sich benommen und ziemlich krank. Wahrscheinlich lag es nur an ihrer Überreiztheit und der Affenhitze in diesem Zimmer. Zu Hause würde es ihr bestimmt bessergehen.

»Hoffentlich hast du es mollig warm daheim«, trällerte Doris in dem eiskalten Flur. »Aber das ist es ja meistens bei dir. Am allerwichtigsten bei Schock und Aufregung ist eine gleichmäßige Temperatur.« Sie zog die Schultern hoch und verschränkte die Arme vor der Brust. »Eine gleichmäßige Temperatur, das hat mir meine Oberschwester immer eingeschärft.«

Für Susans Nachbarn stellte die gerichtliche Untersuchung so etwas wie einen Schlußstrich dar. Mit ihrem Abschluß waren auch die Spannung, der Schrecken und der Skandal verpufft. Beteiligte und Zuschauer waren nun an dem Punkt angelangt, wo sie ihr Leben wieder selbst in die Hand nehmen mußten. Susan hatte zwei Leichen gefunden, aber sie konnte nicht erwarten, deshalb ständig im Mittelpunkt des Interesses, des Mitleids und des Trostes zu stehen.

Trotz alledem verstörte es sie ein wenig, als sie merkte, daß Doris nicht die Absicht hatte, sie nach Hause zu begleiten. Mrs. Dring war gestern abend bei ihr geblieben, doch sie hatte nicht gesagt, daß sie wiederkommen würde. Gefaßt und so aufgeräumt wie möglich verabschiedete sich Susan von Doris und bedankte sich für das Essen. Dann ging sie, bewußt ohne einen Blick auf *Braeside* zu werfen, über die Straße.

Arbeit gilt im allgemeinen als die beste Medizin für die meisten Leiden, und Susan klemmte sich sofort hinter die Schreibmaschine und Miss Willingales Manuskript. Ihre Hände zitterten, doch obwohl sie Fingerübungen machte und sie an der Heizung wärmte, konnte sie nicht einen Satz auf der Maschine schreiben. Würde sie in diesem Haus wohl je wieder arbeiten können? Es war *Braeside* so schrecklich ähnlich. Sie wünschte von ganzem

Herzen, sie hätte sich am Mittwoch um ihre eigenen Angelegenheiten gekümmert, wenn dies auch bedeutete, daß Bob an ihrer Stelle die Entdeckung gemacht hätte.

Braeside hatte sich durch ihren ersten Eindruck, den ersten Anblick des Inneren, unauslöschlich als Haus des Todes in ihr Gedächtnis eingeprägt, und ihr eigenes Haus, sein genaues Pendant, schien davon infiziert. Zum ersten Mal fragte sie sich, weshalb sie nach der Scheidung eigentlich hier wohnen geblieben war. Wie *Braeside* hatte dieses Haus glückliche Menschen beherbergt, bis sich jenes Glück mit der Zeit in Leid und Elend verkehrt hatte. Von dem einstigen Glück war nun nichts mehr vorhanden, und es gab nichts, was an seine Stelle hätte treten können, so daß die Wände nur den Kummer reflektierten, dessen Zeuge sie geworden waren.

Susan hörte Bobs Auto in der Einfahrt, doch sie konnte sich nicht überwinden aufzublicken. Nun, da alles vorbei war, hätte sie ihm möglicherweise Trost zusprechen können. Er hatte Rat wegen seiner Einsamkeit gesucht – jetzt war sie allein und hätte zur Verfügung gestanden. Sie war sich bewußt, daß sie weder über die physische Kraft noch über die Willensstärke verfügte, hinüberzugehen und bei ihm anzuklopfen. Was mußte dieser Vorstadtbezirk für ein trister häßlicher Ort sein, wo ein junger Mann und eine junge Frau in zwei genau gleichen Häusern direkt nebeneinander wohnen konnten, getrennt nur von zwei Mauern, und doch durch Anstand und Zurückhaltung so eingeengt, daß sie sich nicht auf das sie verbindende Menschliche besinnen und sich die Hände reichen konnten.

Oft hatte sie Doris' tägliches Auftauchen zur Teezeit

verflucht, doch als Paul allein nach Hause kam, vermißte Susan sie schmerzlich. So stark hatte sie schon seit Monaten nicht mehr Sehnsucht nach Gesellschaft empfunden; am liebsten hätte sie sich hingelegt und geheult. Ein Sechsjähriger, wie geliebt er auch sein mag, ist keine Gesellschaft für eine Frau, die selbst so besorgt und unsicher wie ein Kind ist, und Susan fragte sich, ob er hinter der Maske des festen Vorsatzes, einen gelassenen Eindruck zu machen, in ihren Augen wohl die gleiche Bestürzung entdeckte wie sie in den seinen.

»Roger Gibbs hat gesagt, Mrs. North sei von einem Mann erschossen worden.« Paul verkündete das völlig gelassen und verzog das blasse Gesicht zu einem breiten, männlichen Grinsen. »Ganz voll Blut sei sie gewesen, und dann gab's einen Prozeß wie im Fernsehen.«

Susan erwiderte das Lächeln, sehr nüchtern und ebenso tapfer und gefaßt wie er. In gleichmütig sanftem Ton setzte sie zu einer kindgerechten Erklärung an.

»Er hat gesagt, der Mann wolle sie heiraten, das ging aber nicht, deshalb hat er sie erschossen. Wieso denn? Wenn sie tot war, konnte er sie doch auch nicht heiraten. Vati hat Elizabeth nicht erschossen, aber heiraten wollte er sie.«

»Das war nicht ganz das gleiche. Wenn du älter bist, wirst du das verstehen.«

»Immer sagst du dasselbe.« Das Lächeln war verschwunden; Paul warf ihr noch einen kurzen Blick zu, dann ging er zu seiner Spielzeugkiste. Auf den kleinen Autos in den bunten Schächtelchen lag die Pistole, die ihm Roger Gibbs geschenkt hatte. Er nahm sie in die Hand, begutachtete sie einen Augenblick und warf sie dann lustlos wieder zurück. »Darf ich meine Uhr tragen?« fragte er.

»Von mir aus gern, Liebling.«

»So lange, bis ich ins Bett muß?«

Susan hörte, wie Bob mit dem Auto im Rückwärtsgang auf die Straße fuhr. Diesmal ging sie ans Fenster und sah ihm nach. Lange blieb sie dort stehen, starrte auf die menschenleere Straße und mußte daran denken, was sie ihm über ihre Einsamkeit an dem Abend erzählt hatte, als Julian gegangen war.

7

Der Bericht über die gerichtliche Untersuchung wurde mit einem Vierspalter im Innenteil des *Evening Standard* aufgemacht. David Chadwick kaufte ein Exemplar im West End, und während er im Gehen las, schlenderte er durch das abendliche Gedränge zu seinem Wagen, den er ungefähr zehn Minuten von hier geparkt hatte. In der Abendzeitung vom Mittwoch waren Fotos von Magdalene Heller, Robert North und einer jungen Frau erschienen, der Nachbarin, die die Leichen gefunden hatte, doch heute kam nur ein Bild, das zeigte, wie Mrs. Heller Arm in Arm mit einem Mann aus dem Gerichtsgebäude ging. Der Unterzeile zufolge war er Bernards Zwillingsbruder, und soweit David das erkennen konnte – der Mann hielt sich und der jungen Frau eine Zeitschrift vors Gesicht –, glichen sich die beiden Brüder wie ein Ei dem anderen.

Für ihn mußte Heller den Diaprojektor ausgeliehen haben. David hatte das Gerät am Dienstag abend ausgepackt und lächelnd bemerkt, mit welcher Sorgfalt Heller es unter der Hülle aus Packpapier noch in Zeitungen eingewickelt hatte. Dann aber war ihm das Lächeln vergangen, und Rührung und Trauer hatten sich seiner bemächtigt. Denn eine der Zeitungen, ein vergilbtes und zerknittertes Wochenblatt aus dem Süden Londons, enthielt eine knappe Notiz, in der Hellers Vermählung mit Miss Magdalene Chant angezeigt wurde. David fiel sie nur deshalb auf, weil die Notiz mit Kugelschreiber eingekreist war und Heller direkt daneben das Datum 7. 6. 62 geschrieben hatte.

Er hatte die Zeitung als Andenken behalten, dachte David, wie einfache Leute das öfters tun. Er hatte sie aufbewahrt, bis seine Ehe schiefgelaufen war und er Mrs. North kennengelernt hatte, so daß Hochzeitsandenken ihn nur noch an diese lästige Behinderung erinnerten. Daher hatte er sie vielleicht aus einem Stoß anderer erinnerungsträchtiger Zeitungen gezogen und als Packpapier für den Projektor genommen.

Einer Ahnung folgend, hatte David die Zeitungen, in denen der Projektor eingewickelt gewesen war, noch einmal durchgesehen und war, wie vermutet, auf weitere Anstreichungen gestoßen, die an Hellers Erfolg bei einem vorstädtischen Wettschwimmen und an seine große Stunde als Ehrengast bei der Jahresversammlung eines Dartvereins erinnerten. Offenbar war Heller auf diese winzigen Ehrenzeichen, diese gedruckten Chroniken ebenso stolz gewesen, wie ein bedeutender Mann vielleicht auf eine Notiz in der *Times* über die Verleihung des Verdienstordens an ihn gewesen wäre. Sie hatten ihm viel bedeutet, aber dann, weil sein Leben auf den Kopf gestellt worden war und den Sinn verloren hatte, plötzlich gar nichts mehr.

Dies alles ging David durch den Kopf, als er die Oxford Street entlangging, und er mußte daran denken, wie seltsam es doch war, daß er, ein entfernter Bekannter, am Vorabend seines Todes mit Heller zusammengewesen war und dabei mehr Zeit mit ihm verbracht hatte als bei irgendeiner anderen Gelegenheit während der zwei oder drei Jahre seit ihrer ersten Begegnung. Er überlegte, ob er an der gerichtlichen Untersuchung hätte teilnehmen sollen, doch er hätte nichts Neues zu der Sache beitragen können. Wie unter solchen Umständen die meisten, beschäftigte auch ihn jetzt die Frage, ob er Heller in seinen letzten Stunden im Stich gelassen hatte, ob er mehr Anteil hätte nehmen sollen und, was das schlimmste war, ob er irgend etwas Zuversichtliches oder Aufmunterndes hätte sagen können, das den Mann von seiner Absicht abgebracht hätte.

Wer konnte das wissen? Wer hätte erahnen können, was Heller geplant hatte? Dennoch fühlte sich David schuldig und kam sich wie ein kläglicher Versager vor. Oft hielt er sich für zaudernd und unschlüssig. Energischere und draufgängerische Menschen, das Salz der Erde, hätten vielleicht Hellers Verzweifelung gespürt und wären bei ihm geblieben, bis er ihnen das Herz ausgeschüttet hätte, ohne sich von seiner anfänglich ablehnenden Haltung abschrecken zu lassen. Andere wieder, die Feinfühligeren unter den Humanitätsaposteln, hätten sich die Pistole eine Warnung sein lassen und einen Zusammenhang zwischen der Waffe und Hellers eingestandenem Weltschmerz hergestellt. Er hatte nichts unternommen, schlimmer noch, er hatte sich mit sichtlicher Erleichterung aus der Wohnung abgesetzt.

Und tags darauf hatte sich Heller erschossen. David fühlte sich deprimiert. Er mußte noch fahren, aber er brauchte jetzt etwas zu trinken, sollte sich die Polizei mit ihren Röhrchen doch zum Teufel scheren. Er faltete die Zeitung zusammen und stopfte sie sich in die Tasche, dann machte er sich auf den Weg nach Soho zum *Mann mit der eisernen Maske*.

Es war früh, der Pub noch fast leer. Freitags war er noch nie hier gewesen. Gewöhnlich ging er an Freitagen nach Hause. Oft hatte er eine Verabredung, und was ihn anging, fing das Wochenende ohnehin Freitag nachmittag um fünf an.

Ganz allein wollte er aber doch nicht sein, deshalb sah er sich um, ob sich unter den Anwesenden ein Bekannter von ihm befand, zu dem er sich an den Tisch setzen, ein Gespräch hätte anfangen können. Doch obwohl ihm alle Gesichter vertraut waren, gehörte keines einem Freund. Ein Mann und eine Frau, beide Mitte Fünfzig, gingen umher und besahen sich schweigsam die neuen Karikaturen, die der Wirt an die Holzvertäfelung geheftet hatte; ein älterer Mann, der wie ein abgehalfterter Charakterdarsteller aussah, nippte am Tresen an einem Pernod; die beiden Bärtigen saßen an einem Tisch in der Nähe des Eingangs. Im Vorbeigehen hörte David den einen sagen: »›Aber das ist doch Aktienschwindel‹, habe ich in meiner naiven Art gesagt. ›Nennen Sie es, wie Sie wollen‹, hat er gemeint, aber er machte ein höchst unbehagliches Gesicht dabei.«

»Logisch«, sagte der andere.
»›Manche Leute machen alles für Geld‹, sagte ich. ›Geld ist nicht alles.‹«
»Das ist Ansichtssache, Charles...«
Das Paar, das sich die Karikaturen angesehen hatte, setzte sich, und David bemerkte, daß in dem schummrigen Winkel hinter ihnen eine junge Frau allein an einem Tisch saß. Sie wandte ihm den Rücken zu und starrte die kahle Wand an. Er bestellte ein Bier.
»Auf derart niedrigen Einschuß kaufen«, sagte der Mann namens Charles. »Von der moralischen Seite mal abgesehen – ich möchte nachts gern ruhig schlafen können. Gehen wir?«
»Ich warte nur auf dich.«
Sie standen auf und während David auf das Wechselgeld wartete, blickte er neugierig zu dem einsamen Mädchen hin. Er konnte nur ihren Rücken sehen, den eine Kunststoffjacke unförmig aufbauschte, einen glänzend schwarzen Haarschopf und die in einer Samthose steckenden langen Beine, die sich um die Stuhlbeine gehakt hatten. Völlig reglos saß sie da und starrte versunken wie der Zuschauer einer spannenden Fernsehsendung auf die braune Wandtäfelung.
Es überraschte ihn, eine junge Frau hier allein zu sehen. Früher war es allgemein üblich, eine Art ungeschriebenes Gesetz der Kneipenwirte im West End, Frauen ohne Begleitung nicht zu bedienen. Wahrscheinlich galt dies auch heute noch, denn die junge Frau hatte anscheinend nichts zu trinken.
Etwas an der Haltung ihrer Schultern kam ihm bekannt vor, und er überlegte sich gerade, ob er sie kennen

sollte, als die Tür aufging und vier oder fünf junge Männer eintraten. Der plötzliche kalte Luftzug veranlaßte sie, rasch und nervös den Kopf zu drehen. David erkannte sie sofort, wollte aber seinen Augen nicht trauen.

»Guten Abend, Mrs. Heller.«

Ihr Gesichtsausdruck ließ sich schwer deuten. Angst? Vorsicht? Bestürzung? Der Blick ihrer merkwürdig grünen Augen, die golden gesprenkelt waren und schillerten wie die Deckflügel einer Fliege, huschte hin und her und richtete sich dann auf sein Gesicht. David wunderte sich, was in aller Welt sie am Tag der gerichtlichen Untersuchung der Todesumstände ihres Mannes hier in einem Pub im West End zu suchen hatte.

»Ist das Ihre Stammkneipe?« fragte sie zugeknöpft.

»Ab und zu komme ich hierher. Darf ich Sie zu einem Glas einladen?«

»Nein.« Sie stieß die Ablehnung so laut hervor, daß sich mehrere Leute zu ihnen umdrehten. »Nichts für ungut, danke. Bemühen Sie sich nicht. Ich bin am Gehen.«

David hatte erwogen, ihr die übliche Kondolenzkarte zu schicken, aber da er es für unangebracht hielt, einer Frau sein Beileid auszudrücken, die durch einen Todesfall aus einer offenbar unglücklichen Ehe erlöst worden war, hatte er davon abgesehen. Jetzt hielt er es jedoch für seine Pflicht, etwas zu sagen, sei es auch nur, um zu zeigen, daß er von Hellers Tod wußte, und so setzte er zu einigen gespreizten Worten des Bedauerns an. Doch nach einem ungeduldig gemurmelten »Ja, ja« und einem Nikken unterbrach sie ihn mit einer Belanglosigkeit:

»Ich war hier verabredet, sie ist aber nicht gekommen.«

Sie? David ließ sich alle möglichen Treffpunkte für zwei Frauen im abendlichen London durch den Kopf gehen. Das Büro, in dem die andere Frau vielleicht arbeitete? Ein Geschäft, das länger geöffnet war? Ein Café? Eine Haltestelle der U-Bahn? Ein Pub in Soho jedenfalls ganz gewiß nicht. Magdalene Heller stand auf und knöpfte sich die Jacke zu.

»Kann ich Sie zur Haltestelle bringen? Mein Auto steht nicht weit von hier.«

»Bemühen Sie sich nicht. Das ist nicht nötig.«

David trank sein Bier aus. »Es macht überhaupt keine Mühe«, sagte er. »Tut mir leid, daß Ihre Freundin Sie versetzt hat.«

Höflichkeit war nicht gerade ihre Stärke, doch jedem außer einem Wilden verbietet es der Anstand, vor einem Bekannten allen Ernstes Reißaus zu nehmen und ihm die Tür vor der Nase zuzuschlagen. Genau das, dachte er bei sich, hätte sie jetzt am liebsten getan.

Sie gingen zur Tür, und sie kramte mit zittrigen Fingern in ihrer Handtasche herum. Endlich hatte sich die Zigarette gefunden. David zog sein Feuerzeug hervor und hielt ihr die Flamme vors Gesicht.

Hinter ihr ging die Tür auf. Sie öffnete sich einen Spalt, aber nicht weiter. Magdalene Heller machte einen Lungenzug und drehte den Kopf. David hätte nicht erklären können, weshalb er mit dem Daumen auf dem Feuerzeug blieb, so daß die Flamme weiterflackerte. Der Mann, der die Tür geöffnet hatte, stand auf der Schwelle und starrte in die Flamme.

Magdalene Heller wandte sich wieder zu David. Sie machte den Mund auf und sagte unvermutet überschwenglich: »Herzlichen Dank, David. Ich bin ja so froh, daß wir uns über den Weg gelaufen sind.«

David war von ihrem plötzlichen Stimmungsumschwung so verblüfft, daß er ihr in das schöne, mit einemmal errötete Gesicht starrte. Ihre Zigarette war ausgegangen. Er gab ihr noch einmal Feuer. Der Mann machte auf dem Absatz kehrt und ließ die Tür auf- und zuschwingen.

Sie wollten gerade gehen und das Lokal verlassen, doch sie öffnete noch einmal ihre Handtasche und wühlte wahllos in ihr herum.

»Kennen Sie den Kerl?« fragte David. Da er merkte, daß er unhöflich gewesen war, fügte er wahrheitsgemäß hinzu: »Ich habe ihn jedenfalls schon irgendwo gesehen. Kann sein, daß ich ihm mal beim Fernsehen begegnet bin. Sein Gesicht kam mir ungeheuer bekannt vor.«

»Ist mir nicht aufgefallen.«

»Ich könnte aber auch sein Bild in der Zeitung gesehen haben. Ja, so ist es, im Zusammenhang mit einem Prozeß, glaube ich.«

»Wahrscheinlich eher beim Fernsehen«, sagte sie.

»Er schien Sie zu kennen.«

Oder lag es daran, daß diese Frau selbst hier im West End, wo Schönheit etwas Alltägliches war, so ungewöhnlich gutaussehend wirkte, daß die Männer sie angafften? Sie legte ihm die Hand auf den Arm. »David?« Sie war wunderschön, ihr Gesicht, das seinem ganz nahe kam, als sie auf die Straße traten, erschien durch die Orchideenhaut und die goldgesprenkelten Augen makellos. Warum rief ihre Berührung dann aber so ein eigenartiges Gefühl in ihm hervor, fast so, als hätte ihn eine Schlange am Ärmel gestreift? »David, wenn Sie nichts Besseres vorhaben, würden Sie – würden Sie mich dann nach Hause fahren?«

Den ganzen Weg zum Auto schwatzte sie wild drauflos und hing wie eine Klette an Davids Arm. Ihm fiel auf, daß sie einen Akzent hatte, der nicht aus London oder Nordengland stammte. Er konnte ihn nicht genau einordnen, versuchte es aber, während er so tat, als höre er ihrem Redeschwall zu. Ob sie wohl die Wohnung würde halten können, wie ihre Zukunft aussähe, ihre nicht vorhandene Berufsausbildung...

Wie eine frisch Verwitwete sah sie nicht aus. Sie hatte nicht dieselbe Kleidung wie auf dem Bild in dem Bericht über die gerichtliche Untersuchung an, obwohl ihm auch die schon ziemlich unschicklich erschienen war. Was sie jetzt auf dem Leib trug, war abgetragen, salopp und – dies merkte er, als sie in den Wagen einstieg – aufreizend. Hosen mit Reißverschluß mochte er an Frauen nicht, und die war viel zu eng. Sie zog die leichte Jacke aus und hängte sie über den Sitz. Ihre Brüste waren zwar zweifellos echt, wirkten aber aufgeblasen und wie aus Gummi, außerdem saßen sie so weit oben, daß es für sie sicherlich unangenehm sein mußte, aber er hatte den Eindruck, daß sie diese Unannehmlichkeit um der erotischen Wirkung willen gern in Kauf nahm. Das alles, das grelle verführerische Make-up, die bis auf die Wange herabfallenden Haare und die Betonung der kurvenreichen Figur, mochte bei einer hübschen Fünfundzwanzigjährigen durchaus angehen. Aber sie war eben nicht nur eine Fünfundzwanzigjährige. Sie war eine Witwe, die erst heute morgen an der gerichtlichen Untersuchung über die Todesursache ihres Mannes teilgenommen hatte und von der man erwartete, daß sie, wenn schon nicht gramgebeugt, so doch tief erschüttert und kummerbeladen war.

Ungefähr eine Viertelstunde waren sie unterwegs, als sie ihm die Hand aufs Knie legte. Er fand nicht den Mut, sie dort wegzunehmen, und fing an zu schwitzen, als sie seinen Schenkel streichelte und durchknetete. Sie rauchte unaufhörlich und öffnete alle Augenblicke das Fenster, um Asche auf die Straße zu schnippen.

»Geht's hier geradeaus oder links?« fragte er.

»Ich kenne eine Abkürzung, die ist schneller.« Sie kurbelte das Fenster herab und warf die Zigarettenkippe auf den Bürgersteig, wobei sie nur knapp eine kleine Chinesin verfehlte.

»Nehmen Sie die nächste Ausfahrt. Ich sage dann, wie Sie fahren müssen.«

David folgte ihren Fahrtanweisungen, fuhr links, rechts, wieder links und landete schließlich in einem Labyrinth schäbiger Straßen. Es war noch ziemlich hell. Sie gelangten an eine Brücke mit riesigen Betonpfeilern an beiden Seiten, aus Stein gemeißelten Säulen, die irgendwie ägyptisch wirkten und vielleicht aus dem Tal der Könige stammten. Darunter befand sich eine Art Verschiebebahnhof, den Fabriken und Hochhäuser umgaben.

»Hier entlang«, sagte Magdalene Heller. Es war eine schmale Gasse mit winzigen Slumhäusern. Am anderen Ende fiel ihm ein hoher Schlot ins Auge, ein Gasometer.

»Haben Sie's eilig?«

»Sonderlich hübsch ist es hier nicht gerade. Wurzeln will ich hier keine schlagen.«

Sie seufzte, dann berührte sie ihn mit den Fingerspitzen sanft an der Hand. »Könnten Sie mal kurz anhalten, David? Ich muß Zigaretten holen.«

Warum hatte sie die nicht in der Innenstadt gekauft? Die Schachtel, aus der die drei oder vier stammten, die sie bisher geraucht hatte, war sowieso noch fast voll. An der Ecke sah er ein Geschäft, aber er bemerkte auch, daß es geschlossen hatte.

Widerstrebend hielt er am Straßenrand. Sie waren völlig allein und unbeobachtet. »Ich bin so einsam, David«, sagte sie. »Seien Sie ein bißchen nett zu mir.« Ihr Gesicht war dem seinen ganz nahe, er konnte jede Pore in ihrer glatten Haut erkennen, Champignonhaut, so gummiartig, wie sich vermutlich auch ihr allzu makelloser kurvenreicher Körper anfühlen würde. Ihre Lippen schimmerten an der Stelle, wo sie mit der Zunge darüber gefahren war. »Ach, David«, hauchte sie.

Es war wie in einem Traum, einem Alptraum. So etwas konnte doch nicht geschehen. Wie in einem Alptraum war er einen Augenblick gelähmt und machtlos. Sie berührte seine Wange und streichelte sie, dann legte sie ihm die warmen Hände um den Hals. Er sagte sich, daß er sich in ihr geirrt habe, daß sie schrecklich einsam sei, am Boden zerstört und sich nach Trost sehnte, deshalb nahm er sie in die Arme. Den vollen feuchten Lippen wich er aus und legte seine Wange an die ihre.

In dieser Stellung verharrte er ungefähr dreißig Sekunden, doch als sich ihr Mund in der Art einer Seeanemone an seinem Hals festsaugte, nahm er die Arme von ihren Schultern.

»Langsam«, sagte er. »Man kann uns sehen.« Es war

niemand da, der sie hätte sehen können. »Ich bringe Sie jetzt nach Hause, ja?« Er mußte sie regelrecht abschütteln, eine neue und Mut machende Erfahrung für ihn. Sie atmete schwer, und in ihren Augen lag Verdrossenheit. Ihre Mundwinkel wiesen kläglich nach unten.

»Bleiben Sie doch zum Essen bei mir«, sagte sie. In ihrer Stimme lag ein weinerlicher Ton. »Ach bitte. Ich kann für Sie kochen. Ich bin eine gute Köchin, wirklich. Sie dürfen mich nicht danach beurteilen, was ich Bernard neulich abends auftischte. Aufs Essen legte er keinen Wert.«

»Ich kann nicht, Magdalene.« Er war zu verlegen, um ihr ins Gesicht zu sehen.

»Aber jetzt sind wir schon so weit gefahren. Ich möchte mit Ihnen reden.« Er konnte es kaum fassen, aber die Hand legte sich wieder auf sein Knie. »Sie dürfen mich doch nicht mutterseelenallein lassen.«

Er wußte nicht, was er tun sollte. Einerseits war sie eine junge bedauernswerte Witwe, deren Mann erst vor wenigen Tagen gestorben war. Kein anständiger Mann konnte sie einfach im Stich lassen. Er hatte bereits ihren Ehemann im Stich gelassen, und der hatte sich das Leben genommen. Andererseits war da aber ihr empörendes Verhalten, der plumpe Versuch, ihn zu verführen. Die Einladung zum Essen als bloßen Vorwand zu nehmen, war gewiß nicht übertrieben zynisch. Doch hatte er dadurch das Recht, sie allein zu lassen? Er war ein erwachsener Mann und verfügte über ein vernünftiges Maß an Erfahrung; er konnte auf sich aufpassen, ohne unter den gegebenen Umständen unfreundlich werden zu müssen. Vor allem beschäftigte ihn jedoch die Frage, weshalb er überhaupt auf sich aufpassen mußte. War sie eine Nymphomanin, oder hatte sie der Schock so verstört, daß sie am Rande eines Nervenzusammenbruchs stand? Er war nicht so eitel, entgegen allen bisherigen Erfahrungen, die eher das Gegenteil bewiesen, und so zu dem Schluß gelangt, daß Frauen sich nicht so heftig und spontan von ihm angezogen fühlten. Der verwegene Gedanke, er könnte über Nacht einen unwiderstehlichen Sex-Appeal entwickelt haben, kam ihm zwar in den Sinn, jedoch nur, um sogleich als absurd abgetan zu werden.

»Ich weiß nicht, Magdalene«, sagte er unsicher. Sie fuhren an der Gefängnis- oder Kasernenmauer und dem hell erleuchteten Kino vorbei. An der Haltestelle bei dem Park wartete eine lange Menschenschlange auf den Bus. David hörte sich ein leises Geräusch ausstoßen, ein scharfes Ausatmen, ein unterdrückter Aufschrei. Seine Hände wurden feucht und rutschten auf dem Lenkrad. Am Ende der Schlange stand Bernard Heller und las die Abendzeitung.

Natürlich war es nicht Bernard. Dieser Mann war noch stämmiger und dicker, sein Gesicht wies noch mehr ochsenhafte Züge auf und wirkte weniger intelligent als Bernards. Wäre David nicht ohnehin schon nervös und verwirrt gewesen, hätte er ihn sofort als den Zwillingsbruder Carl erkannt, der den Diaprojektor ausgeliehen hatte. Dennoch glichen sie sich auf unheimliche Weise. David bereitete die Ähnlichkeit ein flaues Gefühl im Magen.

Er hielt mit dem Auto neben der Schlange, und Carl Heller zwängte sich auf den Rücksitz. Magdalene war ziemlich bleich geworden. Sie machte die beiden gereizt miteinander bekannt, wobei ihr Akzent deutlicher hervortrat.

»David kommt zum Essen zu mir, Carl.« Als ob das Auto und David ihr gehörten, fügte sie hinzu: »Wir setzen dich vorher ab.«

»Ich kann nicht zum Essen bleiben, Magdalene«, sagte David bestimmt. Die Gegenwart von Bernards Zwillingsbruder brachte ihn in Verlegenheit, flößte ihm aber auch Selbstvertrauen ein. Carls erfahrenen Händen konnte er die Frau unbesorgt anvertrauen. »Ich weiß leider nicht, wo Sie wohnen.«

Magdalene murmelte etwas, das wie Copenhagen Street klang, und setzte gerade zu langatmigen Erklärungen an, als David spürte, wie sich eine schwere Hand auf seine Schulter legte und dort liegenblieb. Es erinnerte ihn groteskerweise an einen Gruselfilm.

»Für Besuche ist meine Schwägerin momentan nicht in der Verfassung, Mr. Chadwick.« Die Stimme klang rauher als die von Bernard. Dieser Satz enthielt mehr als die höfliche Andeutung, daß er unerwünscht war. David hörte aus den Worten einen angemaßten Besitzanspruch heraus, Stolz, Kummer und – ja, vielleicht auch Eifersucht. »Ich kümmere mich um sie«, sagte Carl. »Mein armer Bruder hätte es so gewollt. Sie hat einen schweren Tag hinter sich, aber sie hat ja mich.«

David hatte noch nie jemand so langsam sprechen hören. Carl Hellers Englisch war korrekt und umgangssprachlich, trotzdem klang es wie eine immer noch Mühe bereitende Fremdsprache. Wer diesem Mann über längere Zeit hinweg zuhören mußte, würde sich zu Tode langweilen, wenn nicht gar zur Verzweiflung getrieben.

Magdalene hatte resigniert. Sie blieb stumm, bis David vor *Hengist House* anhielt. Was immer sie vorgehabt hatte, jetzt hatte sie es aufgegeben.

»Danke fürs Mitnehmen.«

»War mir ein Vergnügen«, log David. Carls Miene war Bernard wie aus dem Gesicht geschnitten, unerträglich pathetisch und grambeladen. David ertappte sich dabei, wie er seine vergeblichen Worte an den Verstorbenen echoartig wiederholte: »Hören Sie, falls ich irgend etwas für Sie tun kann...«

»Niemand kann etwas tun.« Die gleiche Antwort, der gleiche Tonfall. Dann setzte Carl hinzu: »Die Zeit heilt alle Wunden.«

Magdalene blieb kurz zurück. »Na dann, gute Nacht«, sagte David. Er sah zu, wie Carl sie beim Arm nahm und mitschleifte, während sie sich ein wenig sträubte und zurückblickte wie ein Kind, dessen Vater es von einem gefährlichen Spiel mit dem Nachbarsjungen nach Hause holt.

8

Julian und Susan hatten sich bemüht, sich in ihrer Situation verständig und aufgeklärt zu verhalten. Sie mußten sich gelegentlich sehen, damit Julian seinen Sohn besuchen konnte. Beiden war es klüger erschienen, eine emotionslose Freundschaft beizubehalten, und dies würde schwer werden, darüber war Susan sich im klaren gewesen. Wie schwer, ja nahezu unmöglich es war, davon hatte sie sich keine Vorstellung gemacht. Wenn das Leben seinen normalen Gang ging, wollte sie lieber nicht an Julians Existenz erinnert werden, und seine Anrufe, die sich zu solchen Zeiten besonders häuften, stellten für sie eine lästige Störung des häuslichen Friedens dar. Sobald sie jedoch unglücklich oder besorgt war, erwartete sie, daß er davon Kenntnis nahm und sich in gewisser Weise wieder wie ihr Ehemann verhielt, als ob er noch mit ihr verheiratet sei und vielleicht aus geschäftlichen Gründen von seiner Frau getrennt leben mußte.

Sie war sich bewußt, wie aussichtslos und unvernünftig diese Hoffnung war. Um keinen Preis hätte sie diese Einstellung irgend jemand verraten. Julian mußte sein eigenes Leben führen.

Doch war es tatsächlich so unvernünftig, in dieser Lage ein Zeichen seiner Anteilnahme zu erwarten? Louises Tod war durch alle Zeitungen gegangen; beide Abendzeitungen berichteten heute über die gerichtliche Untersuchung. Julian war natürlich ein passionierter Zeitungsleser, und die beiden abonnierten Abendzeitungen, die jetzt vor ihr aufgeschlagen auf dem Tisch lagen, waren noch ein Relikt aus ihrer Ehe mit Julian, der von seiner Frau erwartet hatte, über das Weltgeschehen stets auf dem laufenden zu sein.

Daß er sie immer noch nicht angerufen hatte, zeugte von einer desinteressierten Gleichgültigkeit ihr gegenüber, die ihre Einsamkeit von einer zunehmenden Depression zu der schrecklichen Angst steigerte, daß sich keine Menschenseele darum scherte, ob sie lebte oder starb. Den Abend und die Nacht hier allein zu verbringen, schien ihr mit einem Mal eine schlimmere Qual als alles andere, was sie seit der Scheidung hatte durchmachen müssen. Zum ersten Mal störte sie Paul. Ohne ihn hätte sie heute abend ausgehen können, ins Kino oder einen alten Freund aufstöbern. Hier in diesem Haus dachte sie an nichts anderes als an Louise, und die einzig mögliche Unterhaltung war ein Selbstgespräch zwischen ihr und ihrem Alter ego. Die Sätze drängten sich förmlich auf, alles unbeantwortbare Fragen. Hätte sie helfen können? Hätte sie den Lauf der Dinge ändern können? Wie sollte sie die kommenden Tage, Wochen und Monate in diesem Haus nur aushalten? Und vor allem, wie mit Paul zu Rande kommen?

Neulich abend hatte er in einem fort von Louise und diesem Mann gesprochen. Irgend jemand mußte ihm erzählt haben, daß Louise den Mann geliebt hatte, weshalb er in seiner kindlichen Naivität merkwürdige Parallelen zwischen ihrem Fall und dem seiner Eltern gezogen hatte. Auch Susan waren diese Parallelen aufgefallen, und sie konnte ihm keine befriedigende Erklärung dafür geben. Sie tadelte sich wegen ihrer Unzulänglichkeit, war aber froh, als er schließlich verstummte, seine geliebten Autos aus den Schächtelchen holte und bis zur Schlafenszeit völlig in das Spiel mit ihnen vertieft war.

Daher war es unverzeihlich, in so großen Zorn zu geraten, als sie an ihren Schreibtisch trat und sah, wie er ihn verlassen hatte: Aus dem Möbel war ein mehrstöckiges Parkhaus geworden, an dessen Ecken und Enden überall winzige Motorhauben und Stoßstangen hervorschauten. Die drei obersten Blätter des maschinengeschriebenen Textes verunstalteten schwarze Reifenspuren. Es war unverzeihlich, daß sie zornig wurde, fast schon grausam, daß sie diesen Zorn nicht zu bändigen verstand.

Aber die Worte waren heraus, als sie noch mitten auf der Treppe war, ehe sie sich zusammenreißen und mit zusammengebissenen Zähnen bis zehn zählen konnte.

»Wie oft habe ich dir schon gesagt, du sollst nicht meine Sachen anrühren? Das machst du nie wieder, verstanden, nie wieder! Andernfalls darfst du eine ganze Woche lang deine Uhr nicht tragen.«

Paul brach in herzzerreißendes Heulen aus. Er schnappte die Uhr aus der mit Samt ausgeschlagenen Schatulle und schmiegte sie sich ans Gesicht. Verzweifelt und selbst den Tränen nahe, fiel Susan neben ihm auf die Knie und schloß ihn in die Arme.

»Hör auf zu weinen. Darfst doch nicht gleich weinen.«

»Ich tu's nie wieder, aber meine Uhr mußt du mir lassen.« Wie schnell Kindertränen trockneten! Sie verschwanden spurlos, hinterließen keine häßlich aufgequollene Röte. Louises Tränen hatten ihr Gesicht runzlig, alt und aufgelöst werden lassen.

Paul beäugte sie mit der scharfsinnigen Intuition eines Kindes. »Ich kann nicht einschlafen, Mami«, sagte er. »Ich mag dieses Haus nicht mehr.« Seine Stimme klang kläglich und gedämpft an ihrer Schulter. »Wird man den Mann fassen und ins Gefängnis stecken?«

»Er ist auch tot, Liebling.«

»Bist du sicher? Rogers Mutter hat gesagt, er sei bloß von uns gegangen, aber das hat sie von Mrs. North auch behauptet. Was ist, wenn er nicht tot ist und wieder zurückkommt?«

Susan ließ das Licht in seinem Zimmer und am Treppenabtritt brennen. Als sie wieder unten war, zündete sie sich die zwanzigste Zigarette an diesem Tag an, doch der

Rauch würgte sie in der Kehle und löste einen langen Hustenanfall aus. Als er abebbte, zitterte sie vor Kälte. Sie drückte die Zigarette aus, stellte die Zentralheizung höher, ging zum Telefon und wählte Julians Nummer.

An einem Tag wie heute, wo alles schieflief und nichts klappte, mußte natürlich ausgerechnet Elizabeth abnehmen.

»Hallo, Elizabeth. Hier ist Susan.«

»Susan...« Der wiederholte Name hing in der Luft. Wie immer schwang in Elizabeths rauher Schulmädchenstimme ein leiser Zweifel mit. Man gewann den Eindruck, sie kenne mindestens zehn Susans, die alle mit gleicher Wahrscheinlichkeit ohne Nennung des Nachnamens oder sonstiger Hinweise bei ihr anriefen.

»Susan Townsend.« Es war grotesk, fast unerträglich. »Könnte ich bitte mit Julian sprechen?«

»Gewiß, wenn Sie möchten. Er sitzt gerade bei der Mousse.« Daß die beiden einem immer unter die Nase reiben mußten, was sie gerade aßen! Sie hatten vieles gemeinsam; eines Tages würden sie zweifellos beide kugelrund sein. »Sie haben Glück, uns noch zu erwischen. Wir sind gerade auf dem Sprung ins Wochenende zu Mutti.«

»Viel Spaß auch.«

»Unbesorgt, bei Mutti ist es immer lustig. Diese Morde in Matchdown Park sind ja wirklich das Letzte, und alles direkt in Ihrer Nachbarschaft. Aber Sie haben bestimmt kühlen Kopf behalten. Das tun sie ja immer, nicht? Ich geh jetzt mal Julian holen.«

Er klang, als spräche er mit vollem Mund.

»Wie geht's, Julian?«

»Es geht mir gut.«

Susan fragte sich, ob ihr entnervtes Aufseufzen am anderen Ende der Leitung wohl zu verstehen gewesen war.
»Julian, ich nehme an, du hast von dieser Sache hier bei uns gelesen. Was ich dich fragen wollte, hast du etwas dagegen, wenn wir das Haus verkaufen? Ich möchte so bald wie möglich von hier wegziehen. Ich weiß nicht mehr genau, wie das mit unserem gemeinsamen Besitz geregelt ist, aber es ist jedenfalls ziemlich kompliziert, und wir müssen beide damit einverstanden sein.«

»Das steht ganz in deinem Belieben, Liebes.« Hatte er die Mousse etwa mit ans Telefon genommen? Es hörte sich an, als würde er etwas essen. »Da hast du völlig freie Hand. Ich werde mich in keinster Weise einmischen. Auf gar keinen Fall solltest du aber Angebote unter zehntausend Pfund annehmen, und achte bei der Wahl deines neuen Zuhauses darauf, daß eine ordentliche Schule für meinen Sohn in der Nähe ist.« Er schluckte und fügte aufgeräumt hinzu: »Am besten suchst du dir einen Makler, der macht das dann für dich. Und sollte mir zufällig jemand über den Weg laufen, der erpicht darauf ist, den Rest seiner Tage im beschaulichen Matchdown Park zu verdämmern, schicke ich ihn postwendend zu dir. Sag mal, standen wir mit diesen Norths eigentlich auf dem Grüßfuß?«

»Den Tag, an dem du hier mal jemanden gegrüßt hast, konnte man sich rot im Kalender anstreichen, falls du das vergessen hast.«

Einen Augenblick dachte sie, er fühle sich beleidigt. Dann sagte er: »Weißt du, Susan, seit wir uns getrennt haben, hast du eine richtig spitze Zunge bekommen. Paßt gar nicht schlecht zu dir, könnte mich fast dazu bringen... na, das sage ich jetzt lieber nicht. Dieser North sieht ziemlich gut aus, soweit ich mich erinnere, ist er nicht so eine Art besserer Bauarbeiter?«

»Er ist Kalkulator.«

»Was immer das sein mag. Die dauernden Besüchchen fallen dir wohl auf den Wecker. Kein Wunder, daß du umziehen willst.«

»Ich kann mir kaum vorstellen, daß ich noch jemals mit ihm sprechen werde«, sagte Susan. Julian murmelte, sie müßten noch zu Ende essen, packen und sich dann auf den Weg zu Lady Maskell machen. Sie verabschiedete sich rasch, weil sie merkte, daß sie weinen mußte. Die Tränen kullerten ihr über die Wangen, aber sie achtete nicht darauf und wischte sie nicht ab. Immer wenn sie mit Julian sprach, hoffte sie auf Freundlichkeit und Rücksicht und vergaß dabei, daß er zu allen Leuten stets giftig, geringschätzig und frivol gewesen war. Zu diesen anderen Leuten zählte jetzt auch sie, und seine Freundlichkeit war Elizabeth vorbehalten.

Aber sie liebte ihn nicht mehr. Was ihr fehlte, war das Verheiratetsein, im Lebensplan eines Mannes nicht mehr die erste Stelle einzunehmen. Wenn man verheiratet war, konnte man nie völlig allein sein. Auf sich gestellt vielleicht, aber das war etwas anderes. Wen sie jetzt auch zu sich einlud, jeder würde sie zwangsläufig als Plage empfinden, als Nervensäge, die ihn von dem Menschen trennte, mit dem er lieber zusammen wäre.

Trotz allem erwog sie, Doris oder vielleicht sogar Mrs. Dring anzurufen. Ihr Stolz hielt sie zurück, als sie gerade schon zum Hörer greifen wollte.

Paul war eingeschlafen. Sie deckte ihn zu, dann wusch

sie sich das Gesicht und brachte ihr Make-up in Ordnung. Es war ein überflüssiger Gedanke, doch sie spürte, wenn sie jetzt um halb acht ins Bett ging, könnte daraus vielleicht ein Präzedenzfall für später werden. Man ging früh zu Bett, weil es nichts gab, für das es aufzubleiben lohnte. Man blieb lange im Bett, weil Aufstehen sich dem Leben stellen bedeutete.

Sie würde wegziehen von hier. Daran halte dich fest, dachte sie, daran halte dich fest. Nie wieder die Kreppapierblüten der Kirschbäume sehen müssen, die schwankenden Ulmenkronen über dem Friedhof, die drei mattroten Laternen, die an der Straßenbaustelle brannten. Nie wieder ans Fenster laufen, weil ein Hund bellt, oder beobachten, wie die Lichtkegel der Scheinwerfer von Bob Norths Wagen über die Decke wandern und in einem Schattengeflacker an der Wand erlöschen.

Auch jetzt fielen die Lichtbalken ins Zimmer. Susan zog die Vorhänge vor. Sie öffnete eine neue Zigarettenschachtel, und diesmal reizte sie der Rauch nicht zum Husten, ihre Kehle war trocken und rauh. Das mußte an der starken Hitze liegen. Warum war ihr abwechselnd heiß und kalt? Sie ging hinaus, um nochmals die Heizung neu einzustellen, blieb dann aber wie angewurzelt stehen und fuhr lächerlicherweise vor Schreck zusammen, als es an der Haustür klingelte.

Wer kam sie zu dieser Stunde noch besuchen? Doch nicht etwa die ehemaligen Freunde aus ihrer Ehe, Dian, Greg oder Minta, deren Gewissen vielleicht die Abendzeitungen aufgerüttelt hatten? Der Hund hatte nicht gebellt. Es mußte Betty oder Doris sein.

Der Mann vor der Tür räusperte sich, als sie die Hand

auf die Klinke legte. Das Geräusch nervös, verhalten und schüchtern – verriet ihr, wer es war, noch ehe sie die Tür öffnete. Ein unangenehm prickelndes Gefühl der Beklommenheit überkam sie, das sich jedoch rasch in große Erleichterung verwandelte, daß überhaupt jemand sie besuchen kam. Mit einem nochmaligen Hüsteln, das nicht minder nervös wie bei ihm klang, ließ sie Bob North herein.

Er machte sofort klar, daß es sich nicht bloß um einen kurzen Höflichkeitsbesuch handelte, und Susan, die Julian erzählt hatte, daß sie zu ihrem Nachbarn höchstens ein sehr distanziertes Verhältnis unterhalten würde, war seltsamerweise froh, als er wie ein Freund und häufiger Besucher geradewegs ins Wohnzimmer ging. Doch dann tadelte sie sich und hielt sich vor Augen, daß Bob weit mehr Veranlassung hatte als sie, sich einsam und unglücklich zu fühlen.

Seiner Miene war jetzt keine Spur des Leids und der Verbitterung anzumerken, die er im Gerichtssaal zur Schau getragen hatte, und obwohl er sich bei Susan nochmals für ihre Verwicklung in die Sache entschuldigte, sagte er nichts über den Grund seines Besuchs. Ihrem Mitgefühl und Bedauern für ihn hatte Susan bereits mit unbeholfenen Worten Ausdruck verliehen, und jetzt wußte sie nicht, was sie sagen sollte. Daß er mit einer bestimmten Absicht gekommen war, verriet sein nervöses Verhalten und der kurze taxierende Blick, den er ihr zuwarf, als sie sich in dem warmen unordentlichen Zimmer gegenüberstanden.

»Sind Sie am Arbeiten? Störe ich?«

»Nein, keineswegs.« Der Verlust seiner Frau unterschied ihn von anderen Männern, ließ ihn zu einer Art Paria werden, den man mit Vorsicht behandeln mußte, ohne es ihn jedoch spüren zu lassen. Sie wollte sich so verhalten, als hätte die Tragödie nie stattgefunden, andererseits aber auch so, als verdiene er besondere Rücksicht und Schonung. Ihr kam der merkwürdige Gedanke, daß man mit jemandem, der so gut aussah wie Bob, einfach nicht viel Mitleid haben konnte. Seine Erscheinung rief bei Männern Neid und bei Frauen eine eigentümlich demütigende Art der Bewunderung hervor. Wenn nicht das Unglück geschehen und er einfach so bei ihr vorbeigekommen wäre, hätte sie sich in seiner Gegenwart befangen gefühlt.

»Möchten Sie nicht Platz nehmen?« fragte sie förmlich. »Darf ich Ihnen etwas zu trinken anbieten?«

»Ja, das wäre nett.« Er nahm ihr Gläser und Flasche aus der Hand. »Lassen Sie mich das machen.« Sie sah zu, wie er Gin in ein Glas goß und mit viel Bitter Lemon auffüllte. »Und was trinken Sie? Nein, nicht mit dem Kopfschütteln...« Er grinste ganz leicht und ein wenig schief, das erste Lächeln, das sie seit Louises Tod an ihm sah. »Das wird eine lange Sitzung, Susan, falls Sie so viel Zeit für mich übrig haben.«

»Selbstverständlich«, murmelte sie. Dies war also der Grund für seinen Besuch, mit jemandem zu sprechen, der ihm nah genug stand, um zuzuhören, gleichzeitig aber auch so fern, daß man ihn fallenlassen konnte, wenn man sich alles von der Seele geredet hatte. Louise hatte das gleiche vorgehabt, aber die war vorher gestorben. Bob hatte sie fest im Blick, seine dunklen blauen Augen wirkten gelassen und doch zweifelnd, als müsse er noch eine Entscheidung fällen und frage sich nun, ob er die richtige Wahl getroffen hatte.

Sie trat einen Schritt von ihm zurück, um sich zu setzen, und das Sofa kam ihr plötzlich besonders weich und nachgiebig vor. Vor einem Moment noch hatte sie sich über Bobs Kommen gefreut; jetzt fühlte sie sich nur noch hundemüde. Bob schritt in dem Zimmer auf und ab, machte auf dem Absatz kehrt, zog einige zusammengerollte Blätter aus der Tasche und ließ sie auf den zwischen ihnen stehenden Couchtisch fallen. Er hatte die Anmut eines Schauspielers, bewegte sich in der Art eines Schauspielers, weil er diese Bewegungen eingeübt und sich angeeignet hatte. Susan war davon ein wenig überrascht, aber dann überlegte sie sich, ob seine Gesten vielleicht deshalb einstudiert wirkten, weil er sie peinlich genau unter Kontrolle hielt.

Sie griff nach den Blättern und sah ihn fragend an. Er nickte ihr energisch zu. Hatten diese Papiere vielleicht etwas mit einer Rechtssache zu tun? Waren sie etwa Louises Testament?

Ohne große Neugier strich sie die erste Seite glatt. Mit einem Aufschrei ließ Susan sie fallen, als wäre ein glühendes Eisen oder etwas ekelerregend Schleimiges in ihr eingewickelt.

»Nein, kommt nicht in Frage! Ich kann diese Briefe nicht lesen!«

»Sie kennen sie also?«

»Sie wurden auszugsweise vor Gericht vorgelesen.« Susans Gesicht war flammend rot. »Warum...« Sie räusperte sich; ihr Hals war entzündet und geschwollen.

»Warum wollen Sie, daß ich die Briefe lese?« wollte sie wissen.

»Seien Sie mir nicht böse, Susan.« Er zog eine Grimasse wie ein kleiner Junge. Sie mußte plötzlich an Paul denken. »Die Polizei hat mir die Briefe ausgehändigt. Sie gehörten Louise, nicht, und ich ... ich habe sie quasi geerbt. Heller hat sie ihr voriges Jahr geschrieben. *Voriges Jahr*, Susan. Seit ich sie gelesen habe, konnte ich an nichts anderes mehr denken. Sie lassen mir keine Ruhe.«

»Verbrennen Sie sie.«

»Ich kann nicht. Ich lese sie immer wieder. Jede schöne Erinnerung, die ich an Louise habe, wird mir durch sie vergällt.« Er nahm sein Gesicht in die Hände. »Sie wollte mich los sein. Ich war ihr bloß eine Last. Bin ich denn so widerlich?«

Sie vermied eine direkte Antwort, denn die Frage war absurd. Genausogut hätte sie ein Millionär fragen können, was sie zu seiner angespannten Vermögenslage meine. »Sie sind überreizt, Bob. Das ist nur natürlich. Wenn man verliebt ist, sagt man Dinge, die man nicht so meint, zumindest sind sie nicht wahr. Ich kann mir denken, daß Julians Frau eine Menge übertriebene, wenig schmeichelhafte Dinge über mich gesagt hat.« Darüber hatte sie noch nie nachgedacht. Es kostete sie Mühe, die richtigen Worte dafür zu finden.

Er nickte eifrig. »Deshalb bin ich zu Ihnen gekommen. Ich wußte, daß Sie mich verstehen würden.« Mit einem Satz war er auf den Beinen. Die Briefe waren auf Bögen im Quartformat geschrieben und hatten sich mittlerweile wieder zusammengerollt. Er strich sie mit der Handkante glatt und hielt sie Susan vor die Nase.

Sie hatte die Möglichkeit erwähnt, daß Elizabeth einige beleidigende Dinge über sie geschrieben haben könnte. Falls sie in den Besitz eines solchen Briefes gekommen wäre, hätte sie nichts auf der Welt dazu bewegen können, ihn einem Unbeteiligten zu zeigen. Doch die meisten Unbeteiligten hätten mit Begeisterung die Gelegenheit beim Schopf gepackt. Offenbar war sie außergewöhnlich zimperlich, vielleicht aber auch nur feige und steckte den Kopf in den Sand. Was hätte beispielsweise Doris nicht alles darum gegeben, jetzt an Hellers Lippen hängen zu können!

Susan nahm sich eine Zigarette. Ihr kam der Gedanke, daß sie noch nie einen Liebesbrief gelesen hatte. Vor ihrer Heirat war sie selten von Julian getrennt gewesen, und wenn doch, hatten sie telefoniert. Anderer Leute Liebesbriefe hatte sie natürlich auch nicht gelesen. Bob, der sie wegen ihrer Erfahrung schätzte, hätte ihre Unschuld in Erstaunen versetzt.

Vielleicht lag es an dieser Unschuld, daß sie immer noch zögerte. Louises Hausfrau-liebt-Vertreter-Verhältnis, eine von Heimlichtuerei bestimmte Affäre, erschien ihr einfach schmutzig, ungemildert durch echte Leidenschaft. Die Briefe waren vielleicht obszön. Sie blickte zu Bob auf und war sich mit einem Mal sicher, daß er ihr nichts Widerwärtiges zumuten würde. Leise seufzend richtete sie den Blick auf Hellers gewundene, schräg abfallende Handschrift, den Absender – Three, Hengist House, East Mulvihill, S. E. 29 –, das Datum – 6. November '67 –, und dann begann sie zu lesen.

*Mein Liebes,
Du bist Tag und Nacht in meinen Gedanken. Tatsächlich weiß ich kaum, wo das Träumen aufhört und das Wachsein anfängt, denn ich habe nur Dich im Sinn und schlafe mit offenen Augen. Ich bin meist nicht der Flinkste oder Gescheiteste – ich kann mir vorstellen, wie Du jetzt lachst und (hoffentlich!) kein Wort davon glaubst –, aber es stimmt, und jetzt bin ich auch noch halb blind und taub. Meine Liebe zu Dir hat mich blind gemacht, aber nicht so blind, daß ich nicht in die Zukunft vorausschauen könnte. Der Gedanke, daß es vielleicht noch jahrelang so weitergeht, daß wir uns nur hin und wieder und immer nur für wenige Stunden sehen können, macht mir angst.*

Warum kannst Du Dich nicht entschließen, es ihm einfach zu sagen? Es hat doch keinen Sinn, sich immer damit zu trösten, daß vielleicht einmal ein Wunder geschieht und alles gut für uns wird. Was soll denn geschehen? Er ist kein alter Mann und kann noch viele Jahre vor sich haben. Du sagst, Du wünschst Dir nicht seinen Tod, aber das kann ich nicht glauben. Jedes Wort von Dir, ja sogar Dein Gesichtsausdruck sagt mir, daß er nur eine Last für Dich ist. Alles andere ist Aberglaube, und insgeheim weißt Du das auch. Er hat Dir keine Vorschriften zu machen und schon gar kein Recht auf Dich, das heutzutage noch irgend jemand anerkennen würde.

Was Du sagst, läuft im Grunde darauf hinaus, daß wir alles beim alten lassen und einfach abwarten müssen, bis er stirbt. Versteh mich bitte nicht falsch, ich will Dich nicht überreden, ihm etwas in den Tee zu tun. Ich erkläre Dir nur zum x-ten Mal, daß Du ein Recht auf

Dein eigenes Leben hast, das Du ihm aus den Händen nehmen und mir anvertrauen sollst, das sagt Dir Dein Dich liebender, aber sehr trauriger

Bernard

Nein, widerwärtig war der Brief nicht – es sei denn, man kannte zufällig diesen Mann, den Heller als lästiges Hindernis beschrieb. Kannte man den Mann aber nicht, fand man den zweiten Brief vielleicht sogar sehr treffend. Natürlich nur, wenn man nicht in der Nachbarschaft der Frau gewohnt hatte, auf deren Ehebruch sich Hellers Anspielungen bezogen.

Der Absender war gleich, datiert war der Brief fast einen Monat später, 2. Dezember '67, las Susan, und dann:

Liebster Schatz,
ich kann ohne Dich nicht weiterleben. Ich kann nicht mehr meilenweit von Dir entfernt existieren und arbeiten, ständig mit dem Gedanken, daß Du bei ihm bist und dein Leben als seine Sklavin vergeudest. Du mußt ihm von mir erzählen, mußt ihm sagen, daß Du jemanden kennengelernt hast, der Dich wirklich liebt und Dir endlich ein richtiges Zuhause bietet. Bei unserem Treffen letzte Woche hast Du es fast versprochen, aber ich weiß, wie schwach Du sein kannst, wenn er vor Dir steht.

Braucht er denn wirklich soviel Fürsorge und Aufmerksamkeit, und könnte eine Haushälterin nicht auch alles machen, was Du jetzt für ihn tust? Er hat sich weiß Gott immer grob und undankbar verhalten, und Du sagst, manchmal sei er sogar gewalttätig geworden. Sag es ihm noch heute abend, Liebes, solange Du bei ihm in Deinem Gefängnis bist, denn anders kann ich es nicht nennen.

Die Zeit verstreicht so schnell (mir scheint sie fast stillzustehen, doch ich weiß, in Wirklichkeit verfliegt sie), und was wird in ein paar Jahren aus Dir werden, wenn Du älter und immer noch an ihn gefesselt bist? So wie die Dinge liegen, wird er Dich nie schätzen- und liebenlernen. Er will doch nur ein Dienstmädchen. Du wirst versauern und verbittern, und glaubst Du denn wirklich, daß unsere Liebe unter diesen Umständen Bestand haben kann? Was mich betrifft, so denke ich manchmal, daß mir ohne Dich nichts anderes übrigbleibt, als Schluß zu machen. Die Aussicht, das alles geht ewig so weiter, ist mir unerträglich.

Schreib mir, oder besser noch, komm zu mir. Du hast mich noch nie glücklich gesehen, nicht so glücklich zumindest, wie ich sein werde, wenn ich weiß, daß Du ihn endlich verlassen hast.

Bernard

Susan faltete die Briefe zusammen, und eine Weile starrten sie sich in tiefem und bedrücktem Schweigen an. Um es zu brechen, verdrängte sie den emotionalen Inhalt der Briefe und hielt sich an etwas Sachliches: »Sind das die einzigen? Hat er ihr nicht noch mehr geschrieben?«

»Genügen die nicht?«

»Das meinte ich nicht. Ich hätte nur mehr erwartet, eine ganze Reihe von Briefen.«

»Falls es mehr waren, hat Louise sie nicht aufbewahrt.«

»Vielleicht hat sie sich für sie geschämt«, sagte Susan bitter. »In unsterblicher Prosa sind sie nicht gerade verfaßt, es sind keine Perlen der Literatur.«

»Ist mir nicht aufgefallen. Ich kann solche Dinge schlecht beurteilen. Was er mit ihnen sagen wollte, kommt jedenfalls deutlich zum Ausdruck. Louise hat mich dermaßen gehaßt, daß sie gewillt war, alle möglichen Lügen über mich zu verbreiten.« Er nahm ihr die Briefe aus der Hand, ließ ihre Hand aber nicht los, sondern klammerte sich verzweifelt und ohne Hintergedanken an sie wie an eine Rettungsleine. »Susan«, setzte er an, »Sie glauben doch nicht, daß ich ein gewalttätiger, grober Sklaventreiber bin?«

»Natürlich nicht. Deshalb halte ich es auch für völlig sinnlos, die scheußlichen Dinger zu behalten. Sie werden sie bloß immer wieder lesen und sich damit quälen.«

Einen schrecklichen Augenblick lang dachte sie, er würde in Tränen ausbrechen. Sein Gesicht war entstellt und wirkte beinahe häßlich. »Ich bringe es nicht über mich, sie zu vernichten«, sagte er. »Susan, würden Sie es für mich tun, wenn – wenn ich sie bei Ihnen ließe?«

Bedächtig nahm sie die Briefe von seinem Schoß und rechnete damit, daß er wieder ihr Handgelenk packte. Sie kam sich dabei wie abends vor, wenn sie Paul klammheimlich die Uhr abstreifte, während er schlief. Dabei hielt sie ebenfalls den Atem an und fürchtete einen Protestschrei. Doch Paul liebte seine Uhr. Verband Bob eine Art Haßliebe mit diesen Briefen?

Susan nahm sie an sich. »Ich verspreche es, Bob«, sagte sie, wobei sie vor Erschöpfung zitterte. »Gleich wenn Sie weg sind, ich verspreche es.«

Sie dachte, er würde jetzt gehen. Es war noch früh am Abend, doch sie verschwendete keinen Gedanken mehr daran, keine Präzedenzfälle zu schaffen und sich gegen die Depression und Müdigkeit zur Wehr zu setzen. Nur noch schlafen wollte sie jetzt.

»Ich sollte Sie wirklich nicht mit diesem Zeugs langweilen«, sagte er in einem Tonfall, der genau dies verursachte. Offensichtlich war ihr die Müdigkeit nicht anzumerken. »Ich muß mich bei jemandem aussprechen. Ich halte es nicht aus, das alles in mich hineinzufressen.«

»Nur zu, Bob. Ich verstehe das.«

Und so hörte sie zu, während er von seiner Ehe erzählte, seiner einst so großen Liebe zu Louise und der Enttäuschung über ihre Kinderlosigkeit. Er stellte Vermutungen darüber an, wo Louise und Heller sich kennengelernt hatten, was sie miteinander verband und wie merkwürdig es sei, daß Louise in ihrem Glauben untreu geworden war. Aus seinen Worten klang Heftigkeit, Leidenschaft und Skepsis, und einmal sprang er auf und schritt im Zimmer auf und ab. Doch statt ihn so zu erschöpfen wie Susan, schienen ihn seine Gefühlsausbrüche noch zu beleben. Befreit und regeneriert redete er noch eine halbe Stunde weiter, während sich Susan zurücklehnte, von Zeit zu Zeit nickte und ihm ihr Mitgefühl versicherte. Die Kippen in dem Aschenbecher mehrten sich, bis er wie eine Abbildung auf den Postern in Arztpraxen aussah. Ihr Hals war rauh und kratzte wie Schmirgelpapier.

»Du meine Güte, entschuldigen Sie, Susan«, sagte er schließlich. »Ich habe Ihre Geduld wirklich über Gebühr strapaziert. Jetzt gehe ich aber.« Zu höflichem Widerspruch war sie nicht mehr fähig. Spontan ergriff er ihre Hand, und als er sich vorbeugte, verschwamm sein dunkles markantes Gesicht vor ihren Augen. »Versprechen Sie mir, daß mir diese widerlichen Briefe nie wieder unter die Augen kommen.« Sie nickte. »Bemühen Sie sich nicht, ich finde schon allein hinaus. Ich werde nie vergessen, was Sie für mich getan haben.«

Die Haustür fiel ins Schloß, und das Geräusch hallte in ihrem Kopf nach, bis es sich auf ein stetiges Pochen einpendelte. Lang anhaltende Schauder überliefen sie, und ihr schmerzte der Rücken. Als sie die Augen schloß, sah sie Bobs Gesicht vor sich. Hellers krakelige Handschrift tanzte, und das Pochen irgendwo in ihrem Kopf verwandelte sich in das laute Klappern von Louises Absätzen.

Als sie aufwachte, war es Mitternacht. Die Luft roch nach abgestandenem Zigarettenqualm. Die Heizung hatte sich abgeschaltet; die ihr in die Knochen eingedrungene Kälte mußte sie geweckt haben. Ehe sie eingeschlafen war, mußte sie irgendwann noch die Gläser in die Küche getragen und den überquellenden Aschenbecher geleert haben. Nichts mehr davon war ihr in Erinnerung, doch als sie sich schwankend aufrappelte, war sie sich durchaus darüber im klaren, daß ihre Trägheit und der stechende Schmerz in ihrem Hals wenig mit den emotionalen Belastungen des Tages zu tun hatten.

Solche Symptome hatten rein physische Ursachen. Sie hatte Grippe.

9

Seit Julians Weggang schlief Susan in einem der beiden Gästezimmer im hinteren Teil des Hauses. Das Zimmer war klein und hatte ein Nordfenster, jetzt war sie froh über diese Entscheidung. Krank in einem Schlafzimmer zu liegen, das dem Louises aufs Haar glich, sich in einem Bett zu wälzen, das genau an der gleichen Stelle stand wie das ihrer Nachbarin, wäre die schlechteste Medizin gewesen, die Susan sich vorstellen konnte.

Sie hatte eine schreckliche Nacht hinter sich, in der sie immer nur für kurze Augenblicke eingenickt war. Als der Morgen dämmerte, stapelten sich sämtliche im Haus vorhandenen Decken auf ihrem Bett, wenn sich Susan auch nur noch verschwommen daran erinnern konnte, sie geholt zu haben. Sie maß ihre Temperatur und stellte fest, daß sie 39,4° Fieber hatte.

»Geh zu Mrs. Winter rüber, Liebling«, sagte sie, als Paul um acht bei ihr hereinplatzte. »Bitte sie, dir ein Frühstück zu machen.«

»Was ist denn los mit dir?«

»Nur eine schwere Erkältung.«

»Die hast du dir sicher von Roger Gibbs auf meinem Fest geholt«, sagte Paul, und wie um die bemerkenswerte Selbstlosigkeit seines Freundes zu loben, fügte er hinzu: »Der steckt alle mit seiner Erkältung an.«

Der Arzt kam und traf gleichzeitig mit Doris ein, die sich am Bettende postierte.

»Ich möchte nicht, daß du dich auch noch ansteckst, Doris«, sagte Susan matt, als der Arzt gegangen war.

»Oh, keine Sorge. Ich hole mir nie etwas.«

Das stimmte. Ungeachtet ihrer Empfindlichkeit gegen Kältegrade und obwohl sie dauernd mit einer Strickjacke herumlief, war Doris nie erkältet. »Als Krankenschwester bin ich gegen so was immun geworden«, erklärte sie und drosch wie ein Boxer auf ein Kissen ein. »Hör dir nur mal meinen Hund an. Er ist ganz aus dem Häuschen, weil nebenan die Autos des Leichenzugs vorfahren.« Sie legte den Kopf schräg, horchte auf das leise Gebell und etwas, das sich wie die gedämpften Schritte eines Leichenbestatters anhörte. »Wenigstens habe ich eine Entschuldigung, nicht hinzugehen, und für dich wäre Aufstehen glatter Selbstmord.« Sie schlug sich die Hand vor den Mund. »Ach du liebes bißchen, das hätte ich jetzt wohl besser nicht sagen sollen. Wie ich hörte, lehnen es die Katholiken ab, daß Louise auf ihrem Friedhof beerdigt wird. Wirklich eine Schande, wo es doch Heller getan hat.« Der Hund bellte dumpf, eine Tür schlug zu. »Ich habe Bob getroffen, und er wünscht dir gute Besserung. Stell dir nur mal vor, trotz seiner vielen Sorgen hat er gefragt, ob er irgend etwas für dich tun kann. Ich habe zu John gesagt: ›Auf seine Art muß Bob North schrecklich viel Bewunderung für Susan empfinden‹, und John war ganz meiner Meinung. Ich habe die Heizung voll aufgedreht, Liebes. Hoffentlich stört es dich nicht, aber du weißt ja, was für ein verfrorenes Erdenkind ich bin. Ich frage mich, ob er wohl wieder heiraten wird.«

»Wer?«

»Na, Bob natürlich. Die Ehe wird einem schließlich auch zur Gewohnheit, und ich stelle es mir schon komisch vor, wenn man sich wieder darauf einstellen muß, allein zu leben. Du meine Güte, jetzt bin ich schon wieder ins Fettnäpfchen getreten! Doris errötete und schlang die Arme um ihre weite Strickjacke. »Hast du Appetit auf eine Scheibe Braten? Nein, besser nicht. Ich habe übrigens ein bißchen bei dir aufgeräumt und abgestaubt. Ist eigentlich gar nicht nötig gewesen, war alles blitzsauber.«

»Das ist schrecklich nett von dir.«

»I wo, ich mach mich nur gern wichtig.« Doris' unvermutete Selbsterkenntnis brachte ihr mehr von Susans Zuneigung ein als all die Ratschläge einer ehemaligen Krankenschwester. Sie wünschte, ihr schmerzender Hals und die gewaltige Müdigkeit hätten es zugelassen, ihrer Dankbarkeit Ausdruck zu verleihen. Krächzend fragte sie nach Paul, und Doris sagte: »Er ist mit Richard losgezogen. Du kannst ihn übers Wochenende bei uns lassen. Wie willst du dich beschäftigen? Vielleicht könnten wir den Fernseher zu dir heraufstellen.«

»Nicht nötig, Doris. Später lese ich vielleicht noch ein bißchen.«

»Falls dir langweilig wird, kannst du jederzeit den Arbeitern zusehen, wie sie sich zu Tode schuften.« Doris zupfte am Vorhang und lachte schallend. »Die sind so schlimm wie ich – ohne ihr Feuer und ihren Tee können die nicht sein.«

Unter spannender Unterhaltung stellte sich Susan, wenn sie gesund war, etwas anderes vor, als drei Arbeitern dabei zuzusehen, wie sie einen Graben auffüllen und zwei Meter weiter oben auf der Straße einen anderen ausheben. Wie die meisten Menschen hatte sie oft gedacht, daß, falls eine leichte Krankheit sie je ans Bett fesseln sollte, sie die Zeit dazu nutzen würde, einen jener Klassiker zu lesen, der anhaltende Aufmerksamkeit verlangt. Als ihre Nachbarin zur Mittagszeit zurückkehrte, bat sie Doris, ihr Prousts *Auf der Suche nach der Verlorenen Zeit* aus dem Regal zu holen, in dem die Bücher standen, die Julian nicht mitgenommen hatte.

Doch Proust ging über ihre Kräfte. Sie war zwar ungestört, doch ihre Konzentrationsfähigkeit war so geschwächt, daß ein wirres Durcheinander aus halbvergessenen Sorgen, zusammenhanglosen Ängsten und vagen Überlegungen zu ihrem Umzug aus Matchdown Park ihr Denken beherrschte. Nachdem sie zehn Minuten auf die vor ihren Augen tanzenden Buchstaben gestarrt hatte, legte sie das Buch beiseite und ertappte sich verärgert dabei, wie sie Doris' albernem Vorschlag folgte und den Blick zum Fenster richtete.

Der Himmel zeigte ein bewölktes Hellblau, vor das sich das schwarze Spitzenflechtwerk der Ulmenäste spannte. Sie konnte gerade noch die Sonne erkennen, ein gelber Fleck in den Wolken. Es sah schrecklich kalt aus, und das Verlangen der Arbeiter nach einem Feuer konnte sie gut verstehen. Zu dritt standen sie um den Blechkübel und rührten den Tee in ihren Bechern um, die schlicht waren und Sprünge hatten. Louise hatte ihnen Tassen und Untertassen aus Porzellan gegeben.

Sie schob sich die Kissen in den Rücken, damit sie besser sehen konnte. Seltsamerweise lag etwas eigentümlich Unterhaltsames darin, drei wildfremden Menschen zuzusehen, wie sie sich bewegten und miteinander sprachen. Daß sie nicht hören konnte, was gesagt wurde, machte es um so reizvoller. In dem Trupp war ein älterer Mann, ein jüngerer und ein Junge. Die beiden älteren schienen den Jungen zu hänseln, doch er ließ sich ihre Neckereien und Späße gutmütig gefallen. Ihm fiel die Aufgabe zu, die drei Becher einzusammeln und sie zurück in die Hütte zu bringen. Susan sah, wie er die Bodensätze auf den mit Erde bedeckten Bürgersteig goß und die Becher mit Zeitungspapier ausrieb.

Nach einer Weile kletterten sie wieder in ihren Graben, wo der alte Mann sich über den breiten Griff des Bohrers beugte. Der Junge hatte ein verdrecktes Kabelbündel zur Hand genommen und fuchtelte damit herum, worauf ihn sein Kollege in einen Scheinkampf verwickelte. Über dem Grabenrand waren nur ihre Köpfe und die wild aufeinander eindreschenden Arme zu sehen, doch der Junge lachte so schrill, daß es Susan trotz der Entfernung über den Lärm des Bohrers hinweg hören konnte.

Dann tauchte ein Mädchen in einem kurzen roten Mantel an der Ecke von O'Donnells Zaun auf, und die beiden jüngeren Männer unterbrachen sofort ihren Sparringskampf und pfiffen ihr nach. Sie mußte an der Baustelle vorbei und ging hocherhobenen Hauptes an den Arbeitern vorüber. Der Junge glotzte und rief ihr etwas nach.

Susan ließ sich in die Kissen sinken. Louise und Bob, Pauls Ängste und Julians schnoddrige Gleichgültigkeit waren vergessen. Eine wesentlich ältere Frau überquerte die Straße, aber auch sie erntete ermutigende Pfiffe. Susan lächelte und schämte sich ein bißchen, daß ihr etwas dermaßen Kindisches Spaß machte. Wie alt mußte eine

Frau wohl sein, überlegte sie, um dieser Ehrenbezeigung zu entgehen – fünfunddreißig, vierzig, *fünfzig?* Jedenfalls zeugte diese unterschiedslose Behandlung von hochherziger Großzügigkeit. Vielleicht war man nie zu alt, möglicherweise sparte sich der Alte, der grimmig schwieg, während die beiden anderen die vorbeigehende holde Weiblichkeit grüßten, aber auch die eigenen Pfiffe für seine Altersgenossinnen auf.

Um drei holte der Junge einen schwarzen Kessel aus der Hütte und hängte ihn über das Feuer. Wußten sie, daß Louise tot war? Hatten sie es von irgendeinem Klatschmaul erfahren? Oder war einer von ihnen am Donnerstag arglos an die Hintertür gegangen, um dort auf Bobs bitter anklagenden Blick und eine rasche Abfuhr zu treffen?

Der Tee wurde aufgebrüht, die Becher von neuem gefüllt. Bei der gewaltigen Menge, die sie tranken, kochten sie sich den Tee aus naheliegenden Gründen lieber selber, statt ihn aus dem Café zweihundert Meter weiter zu holen. Zweifellos mußte es ein schwerer Schlag für sie gewesen sein, als ihr Bote am Mittwoch an Louises Tor geklopft und keine Antwort erhalten hatte. Sie hatten an diesem Tag nicht den Jungen geschickt, rief sich Susan in Erinnerung, sondern den Mann in den Zwanzigern, der an der Kohlenpfanne hockte und sich gerade einen blauen Pullover anzog.

Der Graben ging inzwischen bis zur Straßenmitte, und nachdem er die Tassen eingesammelt hatte, postierte sich der Junge mit einer Fahne in der Hand auf einem Erdhaufen, um den spärlichen Verkehr umzuleiten. Er warf sich in Pose und hielt sich wohl für einen Verkehrspolizisten auf einer Kreuzung, doch als nach einer Weile lediglich ganze zwei Autos vorbeigefahren waren, beorderte ihn der Mann im Pullover mit heftigen Gesten zurück in das Loch. Susan hatte den Eindruck, einem Stummfilm zuzusehen, der jeden Moment in reinen Klamauk umschlagen mußte, oder vielleicht einem dieser modernen symbolüberfrachteten Epen aus Italien oder Schweden, bei denen Haltung und Mimik tiefere Bedeutung zukommt und die menschliche Stimme daher nur störend wirkt.

Nachdenkend traf Doris sie an, als sie um sechs mit Paul ins Haus kam, um ihn zu Bett zu bringen. Die Arbeiter waren heimgegangen, und Susan hatte sich in die Kissen sinken lassen und blickte träumerisch auf die mattroten Lampen, mit denen sie die Baustelle abgesichert hatten. Lächerlicherweise enttäuschte es sie, daß morgen Samstag war, und sie ärgerte sich wie ein gespannter Fernsehzuschauer, der weiß, daß er noch zwei lange Tage bis zur nächsten Folge der Serie warten muß.

»Ich habe Besuch für dich mitgebracht«, verkündete Doris am Sonntag nachmittag. »Rat mal, wen.«

Julian konnte es nicht sein, denn er war auf dem Land bei Lady Maskell, zweifellos vereint in fröhlicher Runde mit Minta Philpot, Greg und Dian und weiß Gott, wem sonst noch. Außerdem machte Julian um Krankenzimmer einen großen Bogen.

»Kein anderer als Bob.« Doris warf einen nervösen Blick über die Schulter, als sie seine Schritte auf der Treppe hörte. »Er wollte unbedingt kommen. Ich habe ihm erklärt, daß er in seinem Zustand für jeden Bazillus ein gefundenes Fressen ist, aber er ließ sich nicht abhalten.«

In den Armen hielt er einen riesigen Strauß Osterglocken. Susan war sicher, daß sie aus *Braesides* Vorgarten stammten, und vor ihrem geistigen Auge sah sie das große quadratische Beet mit den Stoppeln abgepflückter Blumenstengel vor sich. Louise hatte ihre Narzissen geliebt, und daß Bob die Blumen gepflückt hatte, erinnerte sie an eine Geschichte, die sie gehört hatte, der zufolge die Gärtner im Schloß von Lady Jane Grey sämtlichen Eichen auf dem Anwesen die Kronen abgehackt hatten, als sie im Tower enthauptet wurde. Bob gegenüber erwähnte sie nichts davon. Zuerst machte sie sein Anblick verlegen, und sie fragte sich, ob er seine mangelnde Zurückhaltung vom Freitagabend schon bereute. Er gab jedoch keine Befangenheit zu erkennen, wenn auch sein Verhalten eine Spur zurückhaltend war, bis Doris sie allein ließ.

»Ich habe eigentlich erwartet, daß Sie wegfahren würden«, sagte Susan. »Nicht gerade in Urlaub, einfach der Abwechslung halber.«

»Ich habe keine Lust zum Wegfahren. Alles, was mich gereizt hat, habe ich mit ihr zusammen gesehen.« Er holte eine Vase und stellte die Osterglocken hinein, wobei er sich für einen so feinsinnigen Mann sehr ungeschickt anstellte; die Stengel preßte er dicht zusammen und riß die zu langen brutal ab. »Hier bin ich besser aufgehoben«, sagte er, und als Doris breit grinsend den Kopf zur Tür hereinsteckte, fügte er hinzu: »Ich muß mich noch um vieles kümmern.«

»Sie haben wirklich Pech mit den Ferien«, sagte Doris. »Ich weiß noch, daß Louise letztes Jahr krank wurde und Sie bei diesem Schiffsunglück dabei waren.« Bob sagte kein Wort, sein Gesicht verdüsterte sich jedoch bedenklich. »Die arme Louise hatte genau das gleiche wie du jetzt, Susan, und Bob mußte sich so gut es ging allein amüsieren. Die arme Louise hat gesagt, sie für ihren Teil habe den Urlaub praktisch abschreiben können. Du liebe Zeit, Bob, wäre es Ihnen lieber, wenn nicht von ihr gesprochen wird?«

»Ja«, antwortete Bob angespannt. Er setzte sich auf Susans Bett und gab sich kaum Mühe, seine Ungeduld zu verbergen, während Doris unbeirrt weiterplapperte, daß Paul sich einfach nicht die Zähne putzen wolle und darauf bestehe, seine neue Uhr unters Kopfkissen zu legen. »Gott sei Dank ist sie weg«, sagte er, als endlich die Tür zuging. »Fällt Ihnen die nicht auf den Wecker?«

»Sie ist eine gute Freundin, Bob. Ungeheuer hilfsbereit.«

»Ihr entgeht nichts, was sich hier in der Straße abspielt. Ihr Köter hat mich fast in den Wahnsinn getrieben, als die Autos des Leichenzugs vorfuhren.« Er seufzte unglücklich, und mit einemmal empfand Susan für ihn das, was er die ganze Zeit von ihr gewollt zu haben schien – Bedauern. Mitleid stieg in ihr auf, so daß sie, wäre sie gesund gewesen, den Wunsch verspürt hätte, ihn in die Arme zu nehmen und an sich zu drücken, so wie sie Paul immer in die Arme nahm. Der Gedanke bestürzte sie. War er zu ihr gekommen, weil sie so jung und so bedauernswert verletzlich wirkte? Er war älter als sie, vier oder fünf Jahre älter. Einen Augenblick lang war sie verlegen, fast entsetzt.

Er ging zur Tür und öffnete sie einen Spalt weit, dann schloß er sie wieder leise. Er bewegt sich wie eine Katze, ging ihr durch den Kopf. Nein, nicht wie ein Haustier.

Eher wie ein Panther. »Die Briefe haben Sie vernichtet, ja?« Sein Ton verriet die gekünstelt unbeschwerte Beiläufigkeit eines Mannes, der eine für ihn ungeheuer wichtige Frage so stellen möchte, daß es sein Gegenüber nicht merkt. »Die Briefe von Heller, diesem Schwein. Sie sagten, sie wollten sie verbrennen.«

»Selbstverständlich habe ich sie verbrannt«, erklärte Susan. Aber die Frage ließ sie zusammenfahren und rief ein Summen in ihrem Kopf hervor, als ob ihr Fieber plötzlich stark angestiegen wäre. Bis zu diesem Moment hatte sie die Briefe völlig vergessen. Sie waren ihr so zuwider gewesen, und vielleicht hatten sie in ihrem Kopf das ausgelöst, was Julian eine geistige Sperre nannte. Ungeachtet dessen, was sie gerade Bob versichert hatte, konnte sie sich beim besten Willen einfach nicht mehr daran erinnern, ob sie die Briefe verbrannt hatte oder nicht. Hatte sie vor, nach oder vielleicht sogar während jenes traumreichen Zweistundenschlafs, der schon fast ein Koma gewesen war, die Briefe in den nicht mehr benutzten Kamin geworfen und mit dem Feuerzeug angezündet? Oder war es möglich, daß sie noch auf dem Tisch lagen, wo sie Doris oder Mrs. Dring hätten lesen können?

»Ich wußte, daß ich mich auf Sie verlassen kann, Susan«, sagte Bob. »Entschuldigen Sie, wenn ich Ihnen gestern abend auf die Nerven ging.« Er nahm das Buch zur Hand, das sie mit dem Rücken nach oben beiseite gelegt hatte. »Kniffliges Zeug, was Sie da lesen! Wenn ich krank bin, will ich nur ganz ruhig im Bett liegen und aus dem Fenster sehen.«

»Genau das habe ich gestern gemacht. Die meiste Zeit über habe ich einfach den Arbeitern zugeschaut.«

»Faszinierender Zeitvertreib«, meinte er ziemlich trocken. »Was für ein miserables einsames Leben Sie führen, Susan. Die ganzen Monate müssen Sie einsam gewesen sein, und ich habe mir nie Gedanken darüber gemacht.«

»Warum sollten Sie?«

»Ich wohne direkt nebenan. Ich hätte es merken müssen. Vielleicht hätte es Louise gemerkt...« Er hielt inne und fuhr mit zornerstickter Stimme fort: »Aber sie interessierte sich nicht sehr für die Verhältnisse hier. Oder sollte ich sagen, nur für ihr persönliches Verhältnis? Wie alt sind Sie, Susan?«

»Sechsundzwanzig.«

»Sechsundzwanzig! Und wenn Sie mal nicht in Ordnung sind, dann sitzen Sie in einem Vorstadtzimmerchen fest, wo sich niemand um Sie kümmert, und können nichts Besseres mit sich anfangen, als vier oder fünf Arbeitern beim Aufreißen der Straße zuzusehen.«

Es wäre sinnlos gewesen, ihm zu erklären, daß sich dieses ›Vorstadtzimmerchen‹ für einige Stunden in eine Theaterloge und die Arbeiter in Schauspieler einer fernen Lustspielbühne verwandelt hatten. Bob war so materiell und realistisch eingestellt, zwar anfällig für heftige Gefühlsaufwallungen, aber kaum der Mann, dem die stille Beobachtung menschlichen Verhaltens Vergnügen bereitet. Bei seinem Aussehen und seiner extrovertierten Lebenseinstellung war er nicht der Typ, der sich mit einem Platz im Hintergrund zufriedengibt. Jetzt sah er sie so teilnahmsvoll an, daß sie nicht verstehen konnte, wie sie je auf die Idee gekommen war, ihn für egoistisch zu halten. Sie wollte lachen, doch ihr Hals tat zu weh.

»Ich bin doch nicht die ganze Zeit allein«, sagte sie, wobei ihre Stimme immer mehr zu einem Krächzen wurde. »Außerdem kümmert sich Doris vorbildlich um mich.«

»Ja, Sie haben schon gesagt, daß sie ein echter Freund in der Not ist. Ich wünschte, Sie hätten dasselbe von mir behauptet. Ich wünschte, die Dinge hätten anders gelegen, damit Sie *Grund* dazu gehabt hätten.«

Darauf gab es keine Antwort. Er stand unvermittelt auf, und als er zurückkehrte, war Paul in seiner Begleitung, an dessen Handgelenk unter dem Schlafanzugärmel immer noch die Uhr hervorschaute.

»Heute kann ich dir keinen Kuß geben, Liebling. Ich bin die reinste Bazillenschleuder.«

»Du hast keine Uhr hier«, sagte Paul. »Möchtest du meine haben, bloß für heute nacht?«

»Das ist sehr lieb von dir, aber es würde mir nicht im Traum einfallen, dich zu berauben.«

Die Erleichterung auf seiner Miene war unübersehbar. »Na, dann gute Nacht.«

»Warte, mal sehen, ob ich dich hochheben kann.« Bob legte dem Jungen die Hände um die Hüften. »Mann, bist du groß geworden. Ich wette, du wiegst mehr als eine Tonne.« Susan sah mit gewisser Wehmut, wie das strenge bittere Gesicht mit einem Mal ganz sanft wurde. Er hatte keine Kinder, doch jetzt... Selbstverständlich würde er wieder heiraten. Vielleicht empfand sie den Gedanken deshalb als irgendwie unangenehm, weil es noch zu früh war, derlei Hoffnungen für ihn zu hegen.

Paul ließ sich von ihm hochheben, doch als Bob ihn wie ein kleines Kind auf den Armen schaukeln wollte, sträubte er sich und rief kindisch: »Laß mich runter! Laß mich runter!«

»Sei doch kein Dummkopf.« Susan fühlte sich müde. Am liebsten wäre ihr gewesen, wenn beide jetzt gegangen wären und sie allein gelassen hätten. Es würde sehr lange dauern, bis Paul heute endlich einschlief. Sollte Bob nur denken, daß ihr Sohn gequengelt hatte, weil er sich nicht gern wie ein Baby behandeln ließ; sie wußte, daß ein anderer, verborgener Grund dahintersteckte.

»Gute Nacht, Susan.« Die Zurückweisung hatte ihn nicht aus dem Konzept gebracht, und jetzt schenkte er ihr ein bezauberndes Jungenlächeln, das sie vergessen ließ, wie mürrisch dieses düstere Gesicht aussehen konnte. Sein Lächeln war so aufrichtig und unbeschwert, fast wirkte es einschmeichlerisch. Sie hatte das merkwürdige Gefühl, daß er diesen Annäherungsversuch bei ihrem Sohn nicht aus Kinderliebe unternommen hatte, sondern nur, um ihr zu gefallen.

»Gute Nacht, Bob. Vielen Dank für die Blumen.«

»Ich schaue bald wieder vorbei«, sagte er. »Glauben Sie ja nicht, Sie wären mich schon los.« Sie waren jetzt allein. Er ging zur Tür und zögerte. »Sie waren meine Rettung, Susan. Ein Licht in der Finsternis.«

Vor nicht einmal einer Woche hätte sie keine Mühe gescheut, ihm aus dem Weg zu gehen. Im nachhinein erschien ihr dies als feiges, übertrieben unnahbares Verhalten. Er war ganz und gar nicht egoistisch, sondern freundlich, rücksichtsvoll und spontan, alles Eigenschaften, die Julian nie besessen hatte. Doch sie konnte nicht sagen, weshalb sie überhaupt auf den Vergleich mit Julian kam – in Aussehen, Temperament und Verhalten Susan gegenüber waren sie völlig verschieden –, auch wenn es nicht daran lag, daß ihr früherer Gatte der einzige Mann war, den sie richtig zu kennen glaubte.

Als der monotone Singsang, das leise skandierte »Ticktack, ticktack«, aus Pauls Zimmer verstummte, schlüpfte Susan in ihren Morgenmantel, vergewisserte sich, daß ihr Sohn eingeschlafen war, und ging nach unten. Ihre Beine waren wacklig, und jeder Schritt löste eine Schmerzwelle aus, die sich in ihrem Körper bis zum Kopf fortpflanzte.

Das Wohnzimmer war so blitzsauber, wie es Mrs. Dring nie hinterließ. Susans Blick fiel sofort auf den Couchtisch, wo sie ihrer Erinnerung nach Hellers Briefe zuletzt gesehen hatte, doch auf der polierten kreisrunden Tischfläche stand nur ein unbenutzter Aschenbecher. Bedächtig ging sie das ganze Zimmer durch, blätterte unsinnigerweise sogar in einem Zeitschriftenstapel und zog alle Schubladen auf. Sie legte sich die Hand auf die Stirn und dachte: So muß sich ein Tiefseetaucher fühlen, der sich mühsam und schwerfällig einen Weg durch ein ungewohntes Element bahnt. Die Luft in diesem Zimmer schien ins Stocken zu geraten und lastete auf ihren Armen und Beinen.

Doris hätte diese Briefe liebend gern gelesen.

Dies von einer so hilfsbereiten Freundin zu denken war unverzeihlich. Außerdem hätte sie Doris nie mit aus dem Haus genommen. Susan schob den Kaminschirm beiseite und begutachtete den Rost. Auf den sauberen Stäben lag keine Papierasche.

Trotzdem mußte sie die Briefe eigenhändig verbrannt haben. Als sie sich nun in Gedanken noch einmal in jene benommenen Fieberstunden zurückversetzte, gelang es ihr fast, sich vorzustellen, daß sie sich daran erinnern konnte, die Briefe in den Kamin gesteckt und beobachtet zu haben, wie sich die Feuerzeugflamme über die Seiten fraß und Hellers Worte verschlang. Sie sah es deutlich vor sich, und nicht minder lebendig konnte sie sich ausmalen, wie Doris mit Kehrschaufel und Besen in der Hand den Rost auskehrte.

Ihre Erleichterung kam fast echtem Seelenfrieden gleich, und wenn sie dennoch am ganzen Körper zitterte, lag das nur daran, daß sie krank war und sich der Anweisung des Arztes widersetzt hatte, das Bett zu hüten.

10

Die leise, schmeichlerische Stimme am anderen Ende der Leitung ließ nicht so leicht locker. »Bernard hat große Stücke auf Sie gehalten, David. Er hat häufig von Ihnen gesprochen. Es wäre doch schade, die Verbindung einfach abreißen zu lassen, und von Carl weiß ich, daß er Sie gern wiedersehen würde. Wir waren beide enttäuscht, daß Sie am Freitag nicht zum Essen bleiben konnten, deshalb wollte ich fragen, ob es Ihnen ein andermal paßt. Sagen wir morgen?«

»Morgen paßt mir leider gar nicht.«

»Dann also am Dienstag?«

»Diese Woche geht es bei mir überhaupt nicht. Ich melde mich dann bei Ihnen.« David verabschiedete sich kurz angebunden und legte auf. Dann ging er wieder in das unordentliche, vollgestopfte, aber interessante Zimmer, das er als Studio bezeichnete, und ließ sich die Sache durch den Kopf gehen.

Ihr Gesicht war wie das von Goyas *Nackter Maja*, volllippig und sinnlich. Es wirkte nicht anziehend auf ihn. Er bemerkte oft Ähnlichkeiten zwischen lebenden Personen und vor langer Zeit porträtierten. An sämtlichen Wänden hingen Bilder, teure Reproduktionen, aber auch Postkarten aus Gemäldegalerien und ausgeschnittene Seiten aus den Farbbeilagen der Sonntagszeitungen. Vigée-Lebruns *Marie Antoinette* hing, mit Tesafilm befestigt, neben einem *Papst* von El Greco; Tizians *L'homme aux Gants* besaß einen Rahmen, den er van Goghs Bauern oder der *Nackten Maja* nicht zugestanden hatte.

Eine widersprüchliche Frau, dachte er, und er hatte dabei nicht den Goya im Sinn. Am Vorabend des Todes ihres Mannes hatte sie sich ihm gegenüber mürrisch verhalten, und als sie ihm im *Mann mit der eisernen Maske* begegnete, war sie geradezu entsetzt gewesen. Aber dann, nach fünf Minuten gespreizten Artigkeiten seinerseits und zerstreuten Erwiderungen ihrerseits, hatte sie ihr ganzes Auftreten mit einem Schlag verändert und hatte sich nett, verführerisch und überschwenglich gezeigt. Warum?

Man sagt, kein Mann könne einer hübschen Frau widerstehen, die sich ihm an den Hals wirft. Es liegt in seiner Natur, daß er sein Glück kaum fassen kann und der Versuchung erliegt. Gerade wenn er selbst nicht den leisesten Annäherungsversuch unternommen hat, gratuliert er sich zu seiner unwiderstehlichen Anziehungskraft, während er die Frau verachtet. Aber in Wirklichkeit spielt sich das meist nie so ab, dachte David. Ihm jedenfalls war so etwas noch nie passiert. Das Problem, sich gegen eine aufdringliche Frau zu wehren, hatte sich ihm nie gestellt. Von Anfang an war er verwirrt gewesen.

Dennoch hätte er sich normalerweise nicht den Kopf darüber zerbrochen. So wie verschiedene andere anscheinend unlösbare Rätsel des Lebens hätte er den Vorfall aus seinen Gedanken verbannt. Alle Menschen waren anders, die menschliche Natur ein ewiges Geheimnis. Damit hatte man sich abzufinden.

Doch sie hatte ihn angerufen und sich mit ihm wie eine alte Freundin unterhalten, die allen Grund zu der Hoffnung hat, einmal viel mehr als nur eine Freundin zu werden. Von dem anfänglich vagen Unbehagen nahm seine Verwirrung immer mehr zu, bis sie schließlich alles andere aus seinen Gedanken verdrängte. Ganz gleich, wie gründlich er darüber nachdachte und wie oft er sich die Ereignisse von Freitag abend Revue passieren ließ, er fand für Magdalene Hellers Verhalten keine andere Erklärung als die, daß sie nicht ganz zurechnungsfähig war. Doch er war sich darüber im klaren, daß dieser Schluß stets die faule und feige Zuflucht der Phantasielosen ist. Vielleicht war sie wahnsinnig, in jedem Fall mußte in ihrem Wahnsinn aber Methode stecken. Junge Witwen gehen am Tag der gerichtlichen Untersuchung nicht in West End Pubs; sie ziehen keine enganliegende Hose und Pullover an; vor allem aber werden sie nicht grundlos und unerklärlich flüchtigen Bekannten gegenüber zudringlich.

Sie hatte erklärt, sie sei hier mit jemand verabredet gewesen, und er hatte keinen Augenblick geglaubt, daß dieser Jemand eine Frau war. Dann fiel ihm der Mann ein, der eingetreten war, sie angestarrt und kurz gezögert hatte, ehe er sich hastig wieder zurückgezogen hatte. Genau von diesem Moment an hatte sich ihr Verhalten gegenüber David verändert.

Plötzlich war David ziemlich sicher, daß sie mit diesem Mann verabredet gewesen war. Sie hatte sich in dem Pub mit einem Mann treffen wollen, diese Begegnung sollte jedoch in aller Heimlichkeit stattfinden. Weshalb sonst hatte sie ihm den Mann nicht vorgestellt und geleugnet, sein Gesicht schon einmal gesehen zu haben, auf dem, wie David nun wieder einfiel, in diesen ersten Sekundenbruchteilen ein Ausdruck tiefer Befriedigung und erwartungsfroher Vorfreude gelegen hatte? Sie kannte ihn. Weil sie ahnte, daß David neugierig geworden war, hatte sie die Szene im Auto inszeniert, um ihn zu täuschen, zu verführen und letzten Endes vergessen zu lassen, was er gesehen hatte.

Es mußte sich um etwas schrecklich Wichtiges für sie handeln, überlegte er und rief sich ihr nervöses Geschnatter und das drängende Streicheln ihrer Hände in Erinnerung. Nachdem der Mann verschwunden war, hatte sie ihn noch eine Weile in dem Pub zurückgehalten. Schon im Lokal hatte er sich gewundert, wer der Mann wohl sein mochte; hätte er ihn womöglich zweifelsfrei erkennen können, wenn er ihn auf der Straße genauer betrachtet und sein Gesicht bei Tageslicht gesehen hätte?

Doch er und die Hellers hatten, soweit er wußte, keine gemeinsamen Bekannten. Wie hätte er einen von Magdalenes Freunden erkennen können? Und selbst wenn, weshalb war ihr das überhaupt so wichtig?

Plötzlich war es zu warm für ein Feuer geworden, auch draußen. Die Straßenarbeiter hatten einen Spirituskocher mitgebracht, auf dem der Junge in der Hütte das Wasser kochte. Als hätte ihn das schöne Wetter nach draußen gelockt, arbeitete der Mann im blauen Pullover zum ersten Mal nicht im Graben, und so konnte Susan ihn ebenfalls zum ersten Mal in voller Größe sehen.

Erstaunt stellte sie fest, daß er ziemlich klein war, vielmehr ziemlich kurze Beine hatte. Sie hatte sich wohl von der Länge seines Oberkörpers täuschen lassen. Dennoch hatte sie das Gefühl, diesen Mann mit einer beachtlichen Körpergröße in Verbindung bringen zu müssen, aber sie wußte nicht weshalb.

Dann fiel ihr wieder ein, daß sie ihn zuvor schon einmal außerhalb des Grabens gesehen hatte. Sie hatte ihn am Tag von Louises Tod im Garten der Norths gesehen, und nun, während sie darüber nachdachte, verstärkte sich ihr Eindruck noch, daß es damals ein wesentlich größerer Mann gewesen war. Sie sah es jetzt ganz deutlich vor sich: Dieser Mann war mindestens ein Meter achtzig groß gewesen, außerdem war er schmächtiger als der Pulloverträger, der gerade eine Spitzhacke schwang und dabei einen stattlichen Bauchansatz und dicke Muskelpakete auf dem Rücken sehen ließ.

Des Rätsels Lösung mußte sein, daß damals mehr als drei Leute auf der Baustelle gearbeitet hatten. Als Bob mit den Osterglocken gekommen war, hatte er von vier oder fünf Arbeitern gesprochen, und er wußte darüber bestimmt besser Bescheid als sie, die für den Bautrupp kaum einen Blick übrig hatte, bis er durch die Krankheit in den Mittelpunkt ihrer Aufmerksamkeit gerückt war.

Diese Krankheit war nun im Abklingen, und Mitte der Woche hatte Susan das Interesse an den Arbeitern verloren. Entweder hatte ihr Treiben seinen Reiz eingebüßt, oder Susans durch das Fieber abgeschwächte Anforderungen an Unterhaltung waren wieder gestiegen. Sie las ihren Proust und ließ sich dabei auch von dem gelegentlichen Kreischen der Bohrer nicht stören.

»Mr. North kam auf einen Sprung vorbei und hat was zu Lesen dagelassen.« Mrs. Dring stapelte einige neue Zeitschriften auf dem Bett auf. »Ich schätze, für ihn ist es ein Glücksfall, daß Sie krank geworden sind. Was Besseres hätte ihm gar nicht passieren können. Das lenkt ihn ab und reißt ihn aus seinen trüben Gedanken. Er kommt Sie doch heute abend wieder besuchen, nicht? Da müssen Sie aufpassen, daß man in der Nachbarschaft nicht zu reden anfängt. Diese Mrs. Gibbs hat eine spitze Zunge.«

»Ach Quatsch«, erwiderte Susan ärgerlich. »Sie haben doch selbst gesagt, daß er mich nur besucht, um auf andere Gedanken zu kommen.«

»Schon, aber er zählt zu der Sorte, die bloß Frauen im Kopf haben, wenn sie auf andere Gedanken kommen. Da brauchen Sie gar nicht so zu gucken. Das ist schließlich nicht weiter schlimm. Männer sind eben so. Mein Gatte ist da eine Ausnahme, aber so einen gibt es auch nur einmal unter einer Million, wie ich immer sage. Und wo wir gerade von Männern reden, wenn Sie sich jetzt im Bett aufsetzen, müssen Sie achtgeben, daß diese Kerle auf der Straße Sie nicht halbnackt vor Augen kriegen.«

Mrs. Drings Verhalten entsprach eher einem Kindermädchen als einer Putzfrau. Susan ließ sie die Vorhänge halb vorziehen und streifte mit einem schicksalsergebenen Achselzucken die Bettjacke über, die sie ihr aufs Kissen geworfen hatte.

»Wie viele Leute arbeiten eigentlich an der Straße, Mrs. Dring?«

»Bloß die drei.«

»Ich dachte, letzte Woche seien sie zu viert oder fünft gewesen.«

»Es waren nie mehr als drei«, sagte Mrs. Dring. »Vor Fieber müssen Sie doppelt gesehen haben. Sie waren immer nur zu dritt.«

Magdalene Heller rief David am Mittwoch abend wieder an. Sie fühle sich sehr einsam, sagte sie, und außer Carl kenne sie praktisch keine Menschenseele.

»Und der Freund, mit dem Sie im Pub verabredet waren?«

»Sonderlich gut kenne ich den nicht.«

»Aber doch bestimmt besser als mich?« War ihr klar, was sie gesagt hatte? Er murmelte rasch etwas zum Abschied. Nach diesem entscheidendem Satz hatte ihre Stimme ganz unsicher geklungen. Es war nicht die Angst, bei einem heimlichen Abenteuer ertappt zu werden, nicht die Angst vor einem Skandal. David spürte: eine Todesangst. Er hatte richtig geraten und den Grund für ihre Angst, den plötzlichen Stimmungswandel und die Avancen ihm gegenüber gefunden, die ihn eine kurze Zeit lang in Hochstimmung versetzt hatten. Sie würde ihn zukünftig in Ruhe lassen.

Vor Gericht hatte sie sich natürlich als Unschuldslamm hingestellt, als Musterbeispiel aller betrogenen Frauen. Da würde es schon komisch aussehen, wenn sich herausstellte, daß sie selbst auch ein Verhältnis hatte, und er erinnerte sich wieder, daß er den Eindruck gehabt hatte, sie sei mit einem Mann verabredet, als er sie ins Kino gehen gesehen hatte. Vielleicht war es gar keine schlechte Idee, noch einmal diesen Bericht über die Untersuchung zu lesen und nachzusehen, was genau sie eigentlich gesagt hatte.

Kurze Zeit später hatte er die alte Zeitung gefunden – er bewahrte Zeitungen immer wochenlang auf, bis er sie schließlich doch zu einem Bündel zusammenschnürte und der Müllabfuhr mitgab –, aber der Artikel war kurz und enthielt nur wenige Zitate von dem, was Magdalene ausgesagt hatte. Mit einem Achselzucken faltete er die Zeitung wieder zusammen, doch dann fiel sein Blick auf ein Foto auf der ersten Seite der *Evening News* vom letzten Mittwoch. Die Bildunterschrift lautete: »Mr. Robert North und seine Frau Louise, die heute mit Bernard Heller, einem 33jährigen Handelsvertreter, erschossen aufgefunden wurde. Diese Aufnahme entstand während eines Urlaubs der Norths voriges Jahr in Devon. Bericht Seite 5.«

Davids Augen verengten sich, während er prüfend das Gesicht auf dem Foto musterte. Dann blätterte er rasch auf Seite fünf. »Ich hatte nie auch nur Hellers Namen gehört«, hatte North dem Untersuchungsrichter erklärt, »bis mich jemand aus der Straße, in der ich wohne, darauf aufmerksam machte, daß der *Equatair*-Vertreter mehrmals in meinem Haus gewesen sei. Ich habe ihn vor seinem Tod nie gesehen, und daß er ein verheirateter Mann war, wußte ich natürlich auch nicht.«

Aber sechs Stunden später hatte er einen Pub in Soho

betreten, in dem er mit der Witwe dieses verheirateten Mannes verabredet war.

Eine feste Kolumne von *Certainty* war eine Art Tagebuch, das ausschließlich von Julian Townsend geschrieben wurde und ›Von Woche zu Woche‹ hieß. Da Julian von Woche zu Woche aber recht wenig Mitteilenswertes erlebte und zudem ein eingefleischter Faulpelz war, enthielt das Tagebuch weniger Berichte über von ihm besuchte Ereignisse, als vielmehr ein Mischmasch seiner persönlichen Meinungen. Meistens fand irgendwo ein kleiner Krieg statt, den Julian verdammen und zu dessen Schlichtung auf dem Verhandlungsweg er aufrufen konnte, ansonsten behandelte das Parlament vielleicht gerade einen Gesetzentwurf, der ihn in Harnisch brachte, oder es bot sich ein Politiker, über dessen Lebenswandel er sich ärgerte und den er als Buhmann aufbauen konnte. Herrschte dann doch einmal Sauregurkenzeit, was gelegentlich vorkam, verspritzte er sein Gift gegen alte Bräuche und Institutionen und geißelte das Königshaus, die anglikanische Kirche oder Pferderennen.

Auch in der neuesten Ausgabe war ›Von Woche zu Woche‹ mit Julians Namenszug aufgemacht, unter dem eine einspaltige Porträtaufnahme des Verfassers den Leser finster anblickte. Die hohe zerfurchte Stirn, glänzend vom Schweiß geistiger Schwerstarbeit, das runde Brillengestell aus Metall und der hochmütige Mund waren David als Stammleser von *Certainty* wohlbekannt und fielen ihm inzwischen fast nicht mehr auf. Eine Freundin von ihm, eine Fernsehschauspielerin namens Pamela Pearce, behauptete, den Chefredakteur von *Certainty* persönlich zu kennen, und drohte von Zeit zu Zeit, ihm David vorzustellen. Doch bisher war er dieser Begegnung ausgewichen, da er sich seine Illusionen nicht zerstören lassen wollte. So aufgeblasen, eingebildet und pedantisch wie seine Artikel konnte Townsend gar nicht sein. David glaubte, er könnte den Spaß an ›Von Woche zu Woche‹ verlieren, falls sich der Autor als Mensch wie du und ich entpuppte.

Julian versäumte es nie, aufs Essen einzugehen, und heute legte er sich besonders ins Zeug, widmete die ganze erste Spalte Rezepten für aphrodisische Fleischgerichte und Süßspeisen mit gelehrten Verweisen auf Norman Douglas und die Hälfte der zweiten auf einen heftigen Verriß des Mittagessens, das er während eines Wochenendes bei seinen adligen Schwiegereltern in einem ländlichen Hotel verzehrt hatte.

Lächelnd las David weiter. Anscheinend wollte der Kerl seine restlichen Zeilen mit einem Angriff auf die Londoner Randbezirke füllen. ›Von Woche zu Woche‹ war der falsche Titel für diese Gift-und-Galle-Ergüsse. »Das ländliche England, kastriert durch Spaten und Preßluftbohrer«, las David belustigt. Von der verwüsteten Landschaft kam Julian rasch wieder auf die Metropole. »Matchdown Park, wo kaum ein Monat ohne den Abriß eines weiteren georgianischen Juwels vergeht...«

Eigenartig. Jahre vergingen, ohne daß Matchdown Park einmal erwähnt wurde, und jetzt machte es laufend von sich reden. David las mit Erstaunen, daß Townsend sogar dort wohnte. Offensichtlich war es aber so. »Die Kenntnis des Verfassers«, stand in der letzten Zeile, »gründet sich auf einen fünfjährigen Aufenthalt dort.«

David holte den Band S bis Z des blauen Telefonbuchs, und da stand es schwarz auf weiß: Julian M. Townsend, 16 Orchard Drive, Matchdown Park. Er zögerte kurz und dachte nach. Doch als er den Hörer abnahm, wählte er nicht die Nummer auf der vor ihm liegenden Seite.

»Julian Townsend?« fragte Pamela Pearce. »Da hast du Glück. Zufälligerweise gehe ich morgen auf eine Party, zu der er bestimmt kommt. Warum kommst du nicht einfach mit?«
»Wird seine Frau auch dort sein?«
»Seine Frau? Vermutlich. Ohne sie geht er nirgendwohin.«
Eine gewisse Mrs. Susan Townsend hatte Hellers Leiche gefunden, und sie wohnte direkt neben den Norths im Orchard Drive. Das stand alles in der Zeitung; es mußte sich um die gleiche Frau handeln. Was er ihr sagen wollte, wenn er ihr begegnete, wußte David noch nicht genau, doch es dürfte nicht schwerfallen, das Gespräch auf die Northsche Tragödie zu lenken. Für sie würde es noch ein brandaktuelles Thema sein. Sie war mit Mrs. North befreundet gewesen. Hatte nicht in der Zeitung gestanden, sie hätte ihr einen alltäglichen Vormittagsbesuch abstatten wollen? Sie würde wissen, ob North und Magdalene Heller sich schon vor der gerichtlichen Untersuchung gekannt hatten, und da sie selbst als Zeugin dabeigewesen war, würde sie ihm sagen können, ob die Zeitungen Norths Aussagen – »Ich habe nicht einmal gewußt, daß er ein verheirateter Mann war« und so weiter – falsch wiedergegeben hatten oder ob sie, wenn man sie in ihrem ursprünglichen Zusammenhang hörte, einen an-

deren und harmlosen Sinn annahmen. Falls sie hilfsbereit war, konnte sie seinen Verdacht womöglich ausräumen.

Denn dieser Verdacht beunruhigte ihn nun mehr denn je. North hatte sich sechs Stunden nach der gerichtlichen Untersuchung mit Magdalene im *Mann mit der eisernen Maske* treffen wollen. Dafür gab es vielleicht noch eine Erklärung. Dies bedeutete nicht unbedingt, daß er dem Richter gegenüber gelogen hatte. Doch falls sich ein anderer Verdacht von David bestätigen sollte, hatte er frech und unverzeihlich gelogen.

Sie waren dort verabredet gewesen. Das wußte er mit Sicherheit. Aber hatten sie sich schon früher dort getroffen?

11

»Das schreit zum Himmel, wie der Boden wieder aussieht«, schimpfte Mrs. Dring, die auf allen vieren das Parkett schrubbte. »Durch die Löcher in diesem Parkett könnte man glatt den Finger stecken.« Louises Absätze, durchfuhr es Susan. Wahrscheinlich konnten sie nicht versiegelt werden, doch der neue Besitzer des Hauses brauchte nie zu erfahren, wer sie verursacht hatte. Auf einen solchen Kaufinteressenten hoffte sie nun sehr, denn ihre erste Tat, sobald sie wieder gesund war, hatte in einem Anruf bei einem Immobilienmakler bestanden. Sie sah Mrs. Dring dabei zu, wie sie kleine lehmige Fußspuren aufwischte, und hörte interessiert zu, als sie sagte: »Hoffentlich nimmt der Dreck jetzt ein Ende. Die Straße ist endlich fertig, haben Sie schon gesehen? Gestern abend schaufelten die drei dieses Loch zu, die sind wir jetzt Gott sei Dank los.«

Dann hatte sie also den Schlußakt der Vorstellung miterlebt. Als sie sich an ihrer Schreibmaschine niederließ, fragte sich Susan, weshalb sie diese Gräben überhaupt ausgehoben hatten und ob das Leben in Matchdown Park ohne das monotone Hämmern der Bohrer und die Erneuerung der verschleißanfälligen Kabel wohl zum Erliegen gekommen wäre. Die Fähigkeit, sich zu konzentrieren und logisch zu denken, die sie während der vergangenen beiden Tage wiederentdeckt hatte, bereitete ihr außerordentliches Vergnügen. Sie hatte den Eindruck, daß die Krankheit das Ende eines dunklen Abschnitts in ihrem Leben kennzeichnete, und im Verlauf jener Krankheit hatte sie neue Energie geschöpft, den Entschluß gefaßt, ihre Zelte in Matchdown Park abzubrechen, und in Bob North einen neuen Freund gefunden.

Doch als sie, froh über ihre Genesung, zu arbeiten begann, schlich sich ein leiser Zweifel in ihre Gedanken. Aus irgendeinem unerforschlichen Grund beunruhigte sie ihre Erinnerung an die Straßenarbeiter, und obwohl sie Mrs. Drings Erleichterung über ihren Weggang hätte teilen müssen, empfand sie statt dessen ein seltsames Unbehagen.

Mehr als drei Leute hätten nie auf der Baustelle gearbeitet, behauptete Mrs. Dring steif und fest, aber an dem Tag, an dem Louise mit Heller tot in ihrem Schlafzimmer lag, hatte sie einen vierten Mann im Garten ihrer Nachbarin gesehen. Dieser Mann hatte an Louises Hintertür geklopft – Mrs. Dring hatte es gehört – und war dann weggegangen, aber nicht zu den anderen Arbeitern, sondern allein die Straße entlang. Als sie sich die Szene wieder in Erinnerung rief und den Blick von der letzten Zeile hob, die vor ihren Augen verschwamm, entsann sich Susan deutlich, daß die drei anderen, der Alte, der Pulloverträger und der Junge, in dem Graben gearbeitet hatten, während er, unter der Kapuze unerkennbar, einen Augenblick an dem Feuer stehengeblieben war, um sich die Hände zu wärmen.

»Mrs. Dring.« Sie stand auf und spürte leichte Übelkeit in sich aufsteigen, die Nachwirkungen der Grippe. »Mir ist gerade etwas eingefallen, etwas ziemlich Beunruhigendes. Ich muß wohl schon die Grippe gehabt haben, als ich bei der gerichtlichen Untersuchung aussagte. Bloß – bloß, man hat mich gefragt, ob ich im Verlauf des Vormittags jemand nebenan gesehen hätte, und ich habe das verneint. Ich sagte...« Entsetzt über die Neugier auf Mrs. Drings Gesicht verstummte sie.

»Aber Sie haben doch auch niemand gesehen, oder?«

»Ich hatte es vergessen. Jetzt kann es gewiß keine Rolle mehr spielen. Das Ergebnis stand von Anfang an fest, aber dennoch...« Susan biß sich auf die Lippen, nicht wegen dem, was sie gesagt hatte, sondern weil sie es dieser Frau anvertraut hatte, diesem Schandmaul, dieser Erzhetzerin, die an niemand außer an ihrem Mann ein gutes Haar ließ. Schließlich brachte sie ein gepreßtes Lächeln zustande, überlegte, wie sie das Thema wechseln konnte, und sagte: »Jetzt wo Paul nicht mehr die ganze Zeit Lehm an den Schuhen ins Haus schleppt, haben Sie endlich Gelegenheit, den Boden auf Hochglanz zu bringen.«

Gin und das ›was Sprudliges‹, mit dem er seinen Drink immer mischte, Kaffeetassen auf dem Tablett, die letzte Osterglocke hübsch in eine Vase gestellt. Erst einmal zuvor hatte Susan diese Vorbereitungen getroffen, und schon waren sie zu einem Ritual geworden. Bob kam heute abend etwas später – vor zehn schaffte er es nicht, denn er hatte geschäftlich noch einen Termin –, doch das frühe Zubettgehen hatte sie bereits aufgegeben. Jetzt lohnte es sich wieder, länger aufzubleiben.

»Bei dir ist es immer so mollig warm, Susan«, sagte er, als er ins Wohnzimmer kam. Inzwischen waren sie beim Du gelandet. »Eine Zentralheizung hat doch viele Vorteile. Ich weiß auch nicht, weshalb ich mir nicht schon vor Jahren eine habe einbauen lassen.«

Sie wandte den Kopf ab, um ihr Erröten zu verbergen, doch obwohl ihr sein Ausrutscher nicht entgangen war, stieg befreiende Hochstimmung in ihr auf. Durch seine Bemerkung hatte er ihr gezeigt, daß ihn Louises Tod zwar nach wie vor stark beschäftigte, dessen Begleitumstände jedoch in seiner Erinnerung zu verblassen begannen. War es richtig, ihn jetzt mit der Frage zu belästigen, die sie ihm schon den ganzen Tag hatte stellen wollen? Ihre bisherigen Gespräche hatten sich fast ausschließlich um Heller und Louise gedreht, aber dennoch zögerte sie und wartete, bis er dieses Thema anschnitt und wie immer zwanghaft und peinlich genau auf Einzelheiten ihrer Liebe und ihres Todes zu sprechen kam.

Unbeschwertheit und ein Gefühl der Erleichterung überkam sie, als er statt dessen beiläufig fragte, ob sie jemand kenne, der in *Braeside* die Hausarbeit für ihn erledigen könne.

»Vielleicht Mrs. Dring. Ich werde sie fragen.«

»Du hast schon so viel für mich getan, Susan, und jetzt bitte ich dich schon wieder um einen Gefallen.«

»Das ist nicht die Welt. Womöglich kann sie gar nicht.«

»Ich habe so ein Gefühl, wenn du sie fragst, wird sie nicht ablehnen. Du zählst zu den Menschen, die einfach alles in Ordnung bringen können. Weißt du, vergangene Woche über habe ich mir oft überlegt, wenn wir uns nur die Mühe gemacht hätten, dich kennenzulernen, wenn du und Louise euch angefreundet hättet, wäre das alles nicht geschehen.«

Womit sie wieder beim üblichen Thema waren.

»Falls ich tatsächlich so begabt bin«, sagte Susan, und ein eindringlicher Ton bemächtigte sich ihrer Stimme, »falls ich wirklich alles in Ordnung bringen kann, dann möchte ich als allererstes von dir, daß du damit aufhörst, Bob. Versuch es zu vergessen!«

Er nahm sie in die Arme und hielt ihre Hände fest und warm umschlossen. Für jemanden, der einen anderen trösten und ihm festen Halt bieten will, fühlte sie sich plötzlich merkwürdig schwach und entkräftet.

Pamela Pearce war eine hübsche kleine Blondine mit einer Vorliebe für Glitzerzeug. Metallische Fäden durchzogen die meisten Stoffe ihrer Kleider; sie mochte Ziermünzen, Glasperlen und Knöpfe, alles, was funkelte. An diesem Abend trug sie ein Lamékleid, und vor dem Hintergrund des Kopfsteinpflasters und der grauen Backsteinmauern einer feinen Wohngegend in South Kensington glitzerte sie wie ein Goldfisch in trübem Wasser.

»Willst du mir nicht lieber verraten, bei wem ich heute abend eigentlich zu Gast bin?« fragte David, als er das Auto abschloß. »Ich will mir nicht wie die uneingeladene Schwiegermutter vorkommen.«

»Greg ist so ein Gesellschaftsfotograf. Du hast bestimmt diese reizenden Aufnahmen gesehen, die er von Prinzessin Alexandra gemacht hat. Seine Frau heißt Dian und ist einfach hinreißend. Du wirst dich bis über beide Ohren in sie verlieben. Glaube mir, allein sie zu sehen heißt für sie zu schwärmen.«

Das Dumme war nur, daß David nie ganz sicher war, ob er sie wirklich gesehen hatte. Er war kaum in der Lage, sich bis über beide Ohren in sie zu verlieben, weil sich niemand damit aufhielt, ihn mit irgend jemand bekannt zu machen, und da man ihm Pamela ins Obergeschoß entführt hatte, fand er sich, von einem Meer gleichgültiger Rücken umgeben, auf einer Teppichinsel wieder. Nach einer Weile bahnte er sich mit Armbewegungen wie beim Brustschwimmen einen Weg zwischen Rücken in Alcantarajacketts und Rücken in fast nichts, bis er sich schließlich auf einem kleinen antiken Stuhl niederließ. An der spanischen Wand hinter ihm hingen gefährlich viele brennende Kerzen, von denen Wachs auf eine provisorische Bar tropfte.

Geraume Zeit nahm niemand Notiz von ihm, und auch Pamela tauchte nicht wieder auf. Dann hörte er eine Stimme in seinem Rücken sagen: »Wollen Sie sich nicht die Kehle ein wenig anfeuchten?«

David blickte über die Schulter, erst auf den jungen Mann mit den butterfarbenen Haaren, dann auf die Bar, wo eine Schüssel mit einer hellgelben Flüssigkeit stand, in der Kirschen und Gurkenstücke herumschwammen. Ehe er noch sagen konnte, daß er genau das um alles in der Welt vermeiden wolle, landete ein Schöpflöffel davon in einem Glas, das ihm in die Hand gedrückt wurde.

Es schmeckte wie Fruchtsaft, in den jemand eine Flasche Hustensaft geleert hatte. David ließ das Glas hinter einem Teller mit Räucherlachshäppchen unauffällig verschwinden, wobei ihm auffiel, daß die anderen anscheinend auch alle diesen Kelch verschmäht hatten.

Für eine so große Party war das Zimmer eigentlich zu klein, aber dennoch hatten es die Gäste verstanden, scharf abgegrenzte Grüppchen zu bilden. Im Mittelpunkt der größten dieser Ansammlungen befand sich ein großer Mann mit einer riesigen Stirn, der direkt unter der Deckenlampe und somit in eine Art Scheinwerferlicht getaucht stand. David erkannte Julian Townsend auf Anhieb.

Der Chefredakteur redete wie ein Wasserfall, sein affektierter Mund klappte unaufhörlich auf und zu, während er mit der Hand, in der er ein Wurstbrötchen hielt, heftig gestikulierte. Fünf Frauen bildeten einen Kreis um ihn und hingen an seinen Lippen.

Eine davon mußte seine Frau sein, dachte David, die gutgläubige Nachbarin von Hellers Geliebter, die das tote Paar gefunden hatte. Townsends Zuhörerschaft bestand aus einer zigarrerauchenden Brünetten mit der Figur einer griechischen Statue, zwei sich wie ein Ei dem anderen gleichenden Blondinen, einem Teenager in Braun und einer älteren Dame, die das restliche Wochenende offensichtlich auf dem Lande zu verbringen gedachte, denn sie trug ein Tweedkostüm, Netzstrümpfe und Schaftstiefel. Von Pamela war nirgends eine Spur, obwohl von Zeit zu Zeit ihr schrilles Gekicher aus dem oberen Stock an sein Ohr drang, und er spürte seine aufkommende Verärgerung. Außer sich als Leser und Fan vorzustellen, sah er keine Möglichkeit, wie er ohne sie mit Townsend ins Gespräch kommen sollte.

Dann löste sich der Teenager aus dem Schmeichlerkreis und kam an die Bar. Ihre Art, sich zu bewegen, zeugte von der raschen und gänzlich egoistischen Direktheit der Jugend. Um ihr Platz zu machen, wich David an den Bambusschirm zurück.

»Himmel, Sie hätten sich fast das Haar in Brand gesteckt!« Der flachsblonde Barmann hatte ihn am Arm gepackt, und David trat einen Schritt von den Kerzenflammen zurück.

»Danke«, sagte er, und sein Gesicht trennten nur wenige Zentimeter von dem des Mädchens.

»Sie scheinen jemand zu brauchen, der auf sie aufpaßt«, sagte der Mann an der Bar. »Es tut mir in der Seele weh, wie Sie da allein auf weiter Flur herumstehen. Kümmer dich doch ein bißchen um ihn, Elizabeth.«

Nachdem sie die Bowle ausgeschlagen und sich einen Kognak eingeschenkt hatte, stellte sich das Mädchen ohne viel Federlesens vor: »Ich bin Elizabeth Townsend. Wie heißen Sie?«

»David Chadwick.« Er war überrascht und ließ sich das vielleicht anmerken. In dem sehr kurzen unförmigen Kleid, das die Farbe und Beschaffenheit von einem Vollkornbrot hatte, und mit ihrer braunen Mähne sah sie ungefähr wie siebzehn aus. Zweifellos an das Zusammensein mit einem nie um ein treffendes Wort verlegenen

Mann gewöhnt, funkelte sie ihn skeptisch an. »Ich glaube, Sie wohnen in Matchdown Park«, hörte er sich genau in dem Ton sagen, den jemand für die Frage wählen mochte, ob sein Bekannter immer noch ein Gästezimmer im Buckingham Palace bewohne.

»Lieber Gott, nein. Wie kommen Sie nur auf die Idee?«

»Ich habe es in *Certainty* gelesen«, antwortete David beleidigt. »Sie sind doch Mrs. Julian Townsend?«

»Selbstverständlich.« Sie wirkte ehrlich empört. Im nächsten Moment heiterte sich ihre Miene, die sich aus Verärgerung über die eingebildete Kränkung verdüstert hatte, wieder auf. »Ah, jetzt verstehe ich, da sind Sie ganz schön ins Fettnäpfchen getreten.« Seine Verlegenheit rief glucksendes Lachen aus den Tiefen des Vollkornkleids hervor. »Sie meinen seine Verflossene, meine – wie soll ich sie nennen? – meine Vorgängerin.« Sie kicherte beschwipst über ihren Witz. »Keine zehn Pferde könnten mich dazu bringen, in Matchdown Park zu wohnen.« Aus ihren Worten klang offene Verachtung, doch noch ehe sie zu Ende gesprochen hatte, ging auf ihrer Miene eine rasche Veränderung vor, und ein Anflug von lüsterner Gier machte sich dort breit. »Wieso fragen Sie eigentlich? Hätten Sie womöglich Lust, dort zu wohnen?«

»Vielleicht«, murmelte David, der nicht wußte, auf was sie hinauswollte. Noch nie in seinem Leben war er einem so schonungslos offenen und ungehemmten Menschen wie diesem Mädchen begegnet. Er fragte sich, auf was sich ihr Selbstvertrauen gründete, denn sie war unscheinbar, dicklich und reizlos.

»Es ist nämlich so, daß meine Vorgängerin...« Sie grinste vergnügt über ihr neues Lieblingswort. »...meine Vorgängerin umziehen möchte, weshalb Julian jetzt dieses Haus in Matchdown Park am Hals hat. Das Haus ist ganz prima.« Sie schien komplett vergessen zu haben, daß sie keine zehn Sekunden zuvor die Gegend praktisch als menschenunwürdig bezeichnet hatte. »Julian würde vor Freude an die Decke springen, wenn ich einen Käufer für ihn an der Angel hätte.«

Im Nachbarhaus der Norths, wo die Frau wohnte, die mit den Norths bekannt war und Hellers Leiche gefunden hatte. Die Kerzen hinter Davids Kopf flackerten auf, und ihr fahler gelblichweißer Widerschein tanzte in Elizabeth Townsends Glas. »Wie groß ist es?« fragte er vorsichtig.

»Kommen Sie, ich mache Sie mit Julian bekannt. Er kann Ihnen alles über das Haus erzählen.« Sie faßte ihn am Arm, und ihre Finger gruben sich drängend und fast zärtlich in seinen Ellbogen. »Julian, halt mal einen Moment die Klappe! Ich hab einen Typ gefunden, der allen Ernstes in Matchdown Park wohnen möchte!«

Susan hatte Paul nicht erzählt, daß Bob sie am Abend besuchen käme. Sie wollte nicht, daß er aufwachte und unten eine Männerstimme hörte, da ihn ohnehin schon Ängste und Alpträume quälten. In der Welt, in der er zur Zeit lebte, hatten Männer, die alleinstehende Frauen besuchten, immer eine Pistole in der Tasche...

Nachdem sie sich bei Bob murmelnd entschuldigt hatte, ging sie nach oben in Pauls Zimmer, deckte ihn wieder zu, legte die Uhr an einen sichereren Platz auf dem Nachttisch, ging wieder hinaus und ließ das Licht brennen. Sie war gerade auf der Treppe, als das Telefon klingelte.

»Ist das Haus etwa schon verkauft?« Julian klang vor dem Gelächter und der Musik im Hintergrund außergewöhnlich enthusiastisch.

»Wohl kaum«, erwiderte Susan trocken.

»Dachte ich mir. Aber kein Grund zu Besorgnis. Sag mal, hast du am Montag abend schon etwas vor?«

Sie liebte ihn nicht mehr, aber es war schrecklich, diese Frage von dem Mann gestellt zu bekommen, der früher mit ihr verheiratet gewesen war.

»Warum?«

»Weil ich jemandem gesagt habe, er könne vorbeikommen und sich das Haus mal ansehen. Heißt Chadwell, Challis oder so ähnlich. Er ist jetzt gerade bei mir – das heißt, nicht bei mir in der Wohnung, wir sind alle bei Dian. Elizabeth hat ihn aufgelesen.«

»So was habe ich mir schon gedacht. Ich kann dich in dem Radau kaum verstehen. Wie geht's Dian?«

»Fabelhaft, wie immer.«

Susan räusperte sich. »Um wieviel Uhr möchte dieser Mann vorbeikommen?«

»So gegen acht. Übrigens...« Er senkte die Stimme zu einem kaum hörbaren Wispern. »An deiner Stelle würde ich diese komische Sache nebenan nicht erwähnen.«

»Julian, du kannst doch nicht so naiv sein zu glauben, jemand könnte den ganzen Wirbel mitmachen, dieses Haus zu kaufen, ohne daß er von Louises Selbstmord Wind bekommt?« Entsetzt verstummte sie. Alle Türen standen offen. Bob mußte es gehört haben. Aber jetzt war es zu spät. »Ach, Julian!« Sie war wütend.

»Vielleicht merkt er es erst, nachdem er den Vertrag unterschrieben hat«, meinte Julian durchtrieben. »Sag bloß nicht, die Aussicht auf fünftausend Pfund läßt dich kalt. Aber ich muß mich jetzt wieder ins Vergnügen stürzen. Du sitzt vermutlich allein zu Hause?«

»Um die Wahrheit zu sagen, nein«, erklärte Susan. »Ein Freund ist bei mir, wenn du mich also bitte entschuldigen würdest, Julian, ich muß mich jetzt wieder um meinen Besuch kümmern.«

Bob saß noch genauso da, wie sie ihn verlassen hatte, und trug die ausdruckslose Miene eines Menschen zur Schau, der zwangsläufig ein Privatgespräch mitangehört hatte, aus Höflichkeit nun aber zeitweilige Taubheit vorschützen mußte.

»Entschuldige«, sagte Susan knapp. »Du hast es bestimmt gehört.«

»Ließ sich leider nicht vermeiden. Du willst also wegziehen?«

»Die Umgebung hier ist nicht das richtige für Paul, außerdem... Es ging mir nicht gut, Ende letzter Woche war ich fast hysterisch, ich wollte so schnell wie möglich weg von hier, aber das war, bevor...«

Bevor was? Was hatte sie gerade sagen wollen? Verwirrt wandte sie den Kopf ab. Sie hatte erwartet, daß er den Satz für sie beenden würde, doch statt dessen taxierte er sie nur mit einem kühlen, berechnenden Blick.

»Wann willst du wegziehen?«

»Sobald ich kann«, sagte sie ruhig, und dann zwang sie sich zu einem Lächeln und unterdrückte ihre alberne Enttäuschung. Hatte sie denn wirklich geglaubt, dieser Witwer, diese verlorene Seele besuche sie, weil er sie gern hatte? Er wollte doch nur jemand, an dessen Schulter er sich ausweinen konnte, und da schien er bei ihr an der richtigen Adresse.

»Ich kann gut verstehen, daß du dir den Staub von Matchdown Park von den Füßen schütteln, die ganzen Unannehmlichkeiten einfach hinter dir lassen willst«, sagte er. »Bestimmt wirst du Louise und mich bald vergessen.« Darauf begann er, Schritt für Schritt noch einmal jedes Wort, jede Handlung und jeden Anhaltspunkt durchzugehen, die ihn zu seinem Verdacht gegen Louise geführt hatten; zwanghaft, und weil er vielleicht nicht mehr wußte, daß er das alles schon x-mal gesagt hatte, ergründete er noch einmal die Umstände ihres Todes.

»Bob«, unterbrach ihn Susan energisch. »Du mußt damit aufhören. Sonst steigerst du dich in eine Neurose. Was willst du denn damit erreichen? Sie sind beide tot, es ist aus und vorbei.« Er sah sie entgeistert an, aus dem Konzept gebracht. Zum ersten Mal fragte sie sich, weshalb er sich so in den Tod seiner Frau verrannte, wo doch jeder andere Mann oberflächliche Gefaßtheit demonstriert hätte. Angesichts der Ungeheuerlichkeit dessen, was sie zu sagen beabsichtigte, überlief sie, mehr aus Nervosität denn aus Angst, ein leichtes Schaudern. »Es liegt doch nicht daran«, setzte sie bedächtig an, »daß du an ihrem Selbstmord etwa zweifelst?«

Er gab ihr keine Antwort. In seine rauchblauen Augen trat ein glasiger Blick, und sein Gesicht versteinerte, bis es im Lampenlicht wie eine kupferne Maske wirkte.

Susan war über die eigenen Worte erstaunt, und jetzt, wo sie heraus waren, schien es ihr, als wären sie besser unausgesprochen geblieben. Sie hatte keinerlei Begründung dafür, nur ein leises Unbehagen, das sie gestern und heute mitunter dazu veranlaßt hatte, plötzlich in einen Tagtraum zu versinken oder oben ausdruckslos aus dem Fenster zu starren.

»Während ich krank war, habe ich nämlich...« Sie wurde flammend rot im Gesicht. So mußte sich wohl Doris fühlen, wenn sie wieder mal einen Fauxpas beging. »Da waren ein oder zwei Dinge«, fuhr sie fort, »ein oder zwei Merkwürdigkeiten, die mir zu denken gaben.«

»Das hast du im Fieber geträumt.«

»Also wirklich, so krank war ich nicht.«

»Ich möchte nicht...« begann er. »Ich könnte es nicht ertragen... Susan, die Pistole gehörte ihm, man hat Pulverspuren an seiner Hand gefunden. Wie sollte da...?«

»Wenn du anderer Meinung bist«, sagte sie, »kann natürlich kein Zweifel bestehen.« Ihr war kalt und unwohl, denn er war aufgesprungen. Sie hatte ihn getröstet, doch jetzt schien er sie für nicht besser als all die anderen zu halten, die ihm Verdruß bereiteten und ihn in ihren Tratschzirkeln mißbrauchten. Wortlos war er in die Diele gegangen und an der Stelle stehengeblieben, wo Louises Absatz ein Loch ins Parkett gestoßen hatte.

»Bob«, sagte sie und ging zu ihm.

»Susan?«

»Ich habe es im Fieber geträumt.«

Er berührte ihre Schulter, beugte sich vor und strich ihr mit den Lippen über die Wange. Es kam ihr wie eine Ewigkeit vor, daß sie jemand außer Paul geküßt hatte, und als sie die sanfte Berührung seines Mundes spürte, glaubte sie, laut und deutlich das Gelächter und die Musik von der Party zu hören, als wäre die Verbindung noch nicht unterbrochen und übertrage alles. Abgrundtiefe Einsamkeit und der Wunsch, diese Einsamkeit um jeden Preis zu beenden, veranlaßten sie, seine Hand zu ergreifen und fest umschlossen zu halten.

»Verzeihst du mir?«

Er nickte, für ein Lächeln noch zu erschüttert. Sie hörte, wie er zügigen Schrittes in *Braeside* verschwand, doch obwohl auch sie nach kurzer, beklommener Wartezeit hinaus in den Garten ging, sah sie kein Licht im Nachbarhaus, dessen Fenster stets geschlossen waren.

12

Die Bäume, die in den rechteckigen Aussparungen im Bürgersteig wuchsen, gehörten zu den Arten, die David am wenigsten mochte: sterile Zierpflanzen, Kirsch- und Pflaumenbäume, die keine Früchte trugen. Sie standen gerade in voller Blüte, und David dachte, daß er für seinen Besuch vermutlich den einzigen Tag im Jahr erwischt hatte, an dem der Orchard Drive seinem Namen gerecht wurde. Alle Knospen hatten sich entfaltet, noch kein einziges Blatt war abgefallen, und die Blüten erinnerten ihn an Kreppapier. Hinter dem blühenden Meer von Rosa verbreiteten Straßenlaternen das bonbonfarbene Licht milchweißer Quarzlampen.

Er fuhr langsam und folgte dem Weg, den Heller immer genommen hatte, wenn er seine Geliebte besuchte. Die Häuser konnten nur auf Leute mit beschränktem Horizont groß wirken. Sie waren auch nicht gleich gebaut – er zählte vier verschiedene Sorten –, doch jedes stand für sich und war mit einem Garagenanbau und einem ziemlich großen Vorgarten ausgestattet, der entweder nur mit Rasen eingesät oder abwechslungsreicher angelegt war. Er kam an lilagestrichenen Türen und an ockergestrichenen Türen vorbei; da fiel ihm der protzige Lorbeerbaum auf, und die beiden Kutschenlampen made in Taiwan. Keine laute Stimme, keine gedämpfte Musik oder Schritte störten die Stille. Langsam begriff er, weshalb Elizabeth Townsend keine zehn Pferde dazu gebracht hätten, hier zu wohnen.

Zwar nicht wie zehn Pferde, aber doch wie ein zotteliges Shetlandpony hatte sie ihn zu dem Grüppchen geschleppt, das andächtig an den Lippen des Chefredakteurs von *Certainty* hing. Unter Rufen wie »Sei so gut, Minta!« und »Vorsicht, bitte!« hatte sie ihn ohne viel Federlesens ihrem Mann vor die Nase geschoben.

Julian Townsend hob die Augenbrauen und eine zurückweisende Hand in Richtung seiner Frau: »...und dann den unentbehrlichen Schuß Cointreau«, führte er seinen Satz zu Ende. »Er macht den entscheidenden Unterschied zwischen einem gewöhnlichen *potage* und *haute cuisine*. So, was wolltest du sagen, Liebling?«

Die Speichelleckerinnen stahlen sich davon. David sah verlegen in das Gesicht, das jede Woche tausend empörte Briefe auslöste. Ein leichter Schweißfilm schimmerte auf Townsends wulstiger Stirn, die sich in Falten legte und wieder glättete, als seine kleine braune Frau David flüchtig vorstellte.

»Eine private Transaktion wäre natürlich schön«, sagte der große Mann schließlich. »Weniger als zehntausend kämen allerdings nicht in Frage.«

»Heutzutage kein Betrag.«

Diese beiläufige Antwort brachte Townsend ein wenig aus der Fassung. Es war ihm anzumerken, daß sich seine Gedanken überschlugen, und vielleicht ärgerte er sich darüber, daß er eine so bescheidene Summe genannt hatte. Nachdem das lebhafte hochmütige Gesicht einige Augenblicke in heftige Bewegung geraten war, schien er diesen Gedanken aufzugeben und sagte fast sanft: »Das Haus liegt in einer entzückenden Gegend, *rus in urbe* sozusagen. Es befindet sich in ausgezeichnetem Zustand. Kennen Sie Matchdown Park?«

David, der hin und wieder mit der U-Bahn durchgefahren war und zweimal den Namen aus dem Mund von Bernard Heller gehört hatte, bejahte die Frage. Townsend strahlte ihn an.

»Darauf müssen wir unbedingt einen trinken.« Er machte keine Anstalten, selbst etwas zu holen, doch zwischen ihm und der Frau namens Minta schien eine Art telepathischer Verbindung zu bestehen. Sie trabte davon und kehrte mit einem Tablett Whiskys zurück. Townsend hob sein Glas und rief etwas, das wie »*Tärvädäksänne!*« klang.

»Ein finnischer Trinkspruch«, erklärte Minta ehrfurchtsvoll.

Und so hatte sich Townsend auf die Suche nach Dian gemacht und sie um Erlaubnis gebeten, ihr Telefon benutzen zu dürfen. »Ich hoffe sehr, Sie können sich zu dem Kauf entschließen«, hatte seine Frau noch gesagt und sich bei David untergehakt. »Wir könnten unsere Hälfte der zehn Riesen gut gebrauchen. Richten Sie der armen alten Susan liebe Grüße von mir aus.«

Nun, die arme alte Susan würde er gleich kennenlernen. Da war es, das Nachbarhaus von *Braeside*, das harmlose, bieder wirkende *Braeside*, in dem Heller etwas fand, was ihm die grünäugige Magdalene nicht geben konnte, und in das er den Tod geschleppt hatte.

Oder hatte er dort den Tod gefunden?

Das war vermutlich der Grund, dachte David, weshalb er hier war. Um eine Erklärung zu finden. Um diese lähmende, alles umgebende Stille aufzustören. Die hellen, trockenen, papierartigen Blüten streiften ihm übers Gesicht, als er aus dem Wagen stieg. Er schlug die Tür zu, und im nächsten Moment zerriß hinter ihm ein entsetzlicher Lärm die düstere Stille. Er zuckte zusammen und wirbelte herum. Doch es war nur ein Hund, ein großes, gelblichbraunes, zotteliges Vieh, das im gegenüberliegenden Garten herumsprang und einen monströsen Schatten wie aus einem Horrorfilm warf. David bemerkte erleichtert, daß zwischen ihm und dem Tier ein stabiles Eisentor stand. Jetzt gab es kein Zurück mehr. So verlockend und naheliegend der Gedanke auch gewesen wäre, die Sache einfach aufzugeben und auf gleichem Wege wieder zu verschwinden, bei diesem Radau mußte er sich das abschminken. Die arme alte Susan war inzwischen bestimmt alarmiert und beobachtete ihn hinter den zugezogenen Vorhängen.

Er ging über die Einfahrt zum Haus und empfand plötzlich Angst vor der Begegnung. War sie womöglich ein Abziehbild von Elizabeth, schrill und indiskret, oder ein moralinsaures Hausmütterchen, deren Tabuvorstellungen Townsend glücklich entronnen war? Das wütende Hundegekläff folgte ihm auf Schritt und Tritt. Er klingelte. Mit gelinder Erleichterung stellte er fest, daß es tatsächlich eine Klingel und kein Gong mit Westminister-Glockenspiel war. In der Diele ging Licht an, die Tür öffnete sich, und er stand Auge in Auge der Frau gegenüber, die Hellers Leiche gefunden hatte.

Sie entsprach nicht seinen Erwartungen. Als er das blonde Haar, die breite Stirn und die schmale, leicht schrägstehende Nase erfaßte, wußte er sofort, daß er dieses Gesicht schon einmal gesehen hatte. In der National Gallery, aber nicht an einer lebenden Frau. Effie Ruskin, ging ihm durch den Kopf, Millais, *The Order of Release*.

»Entschuldigen Sie den Hund«, sagte sie. »Einfach ohrenbetäubend. Fremde verbellt er immer so.«

»Nur Fremde?«

»Oh, ja. Sie brauchen keine Angst haben, daß er bei Ihnen immer so ein Gekläff aufführt, falls Sie hier einziehen. Wollen Sie nicht eintreten? Um den Garten anzusehen, ist es leider schon etwas spät.«

Plötzlich ergriff ihn Widerwillen. Julian Townsend und seine jetzige Frau aufs Kreuz zu legen, mochte noch angehen. Durch ihre oberflächliche, skrupellose und unaufrichtige Art hatten sie es selbst herausgefordert. Diese Frau aber, die ihn gutgläubig ins Haus gelassen hatte, wirkte auf den ersten Blick völlig aufrichtig auf ihn. Er spürte eine altmodische Integrität von ihr ausgehen, und mit einem Mal kam er sich wie ein Spitzel vor. Während der letzten paar Tage hatte er in der Welt eines Agentenromans gelebt, in der das Unkonventionelle die Regel und der Satz »Das macht man nicht« tabu ist. Sie holte ihn wieder auf den Boden der Tatsachen zurück, konfrontierte ihn auf unsanfte Art mit der harten Wirklichkeit.

»Das ist das Wohnzimmer«, sagte sie. »Hier ist auch die Eßecke, und die Tür dort geht in das Zimmer, das mein – äh, Julian als Arbeitszimmer benutzte. Ich zeige es Ihnen gleich.«

Auf dem Schreibtisch lag ein Papierstapel, der wie ein Manuskript aussah – vielleicht schrieb sie –, daneben stand ein voller Aschenbecher – sie rauchte zuviel –, und auf der Sofalehne sah er eine Ausgabe von *Im Schatten junger Mädchenblüte*. Offenbar verfügte sie auch über Verstand. Für einen Kaufinteressenten achtete er auf völlig falsche Dinge. Nicht sie stand zum Verkauf an.

»Sie haben sicher Verständnis für meine Bitte, ein wenig leise zu sein, wenn wir nach oben gehen. Mein kleiner Junge ist schon im Bett.«

»Ich wußte nicht, daß Sie einen Sohn haben.«

»Wie sollten Sie auch?« Ihr Ton wurde merklich kühler. Sie setzte zu Erläuterungen über die Bedienung der Zentralheizung an, und er mußte an Heller denken. Auf dem Büfett sah er ein Tablett mit einer Flasche Gin stehen, daneben Mineralwasser mit Kohlensäure und zwei Gläser. Sie erwartete Besuch, wahrscheinlich einen Mann. Zwei Frauen hätten Kaffee, Tee oder vielleicht einen Sherry getrunken.

Kurz darauf führte sie ihn nach oben. In dem Kinderzimmer brannte Licht, und er mochte die Art, wie sie zärtlich und leise an das Bett trat, um die zerknautschte Bettdecke wieder in Ordnung zu bringen; weit weniger gefiel ihm ihre besorgte Miene, und erst jetzt fiel ihm auf, wie ausgemergelt ihr Gesicht war.

Das Schlafzimmer wurde nicht benutzt. Er war zwar Junggeselle, dennoch sah er auf den ersten Blick, daß zwischen der Matratze und der Tagesdecke kein Bettzeug lag. Sie mußte aus dem Zimmer ausgezogen sein, als Townsend sie verlassen hatte. Zum Teufel mit Townsend! Es bereitete ihm echtes Vergnügen, sich die Enttäuschung des Mannes auszumalen, wenn die heißersehnten »fünf Riesen« sich als Windei entpuppten. Er hatte gute Lust, ihn eine Weile zappeln zu lassen, während er, David, es sich zum Schein überlegte. Er konnte sich Wochen, ja Monate Zeit dafür nehmen. Nur war da noch diese Frau. Unbehagen beschlich ihn, während sie redete und ihn auf die Vorzüge des Hauses aufmerksam machte. Er beging einen gemeinen Betrug an ihr, der um so verwerflicher war, weil sie auf das Geld aus dem Verkauf wahrscheinlich angewiesen war.

Sie schloß die Schlafzimmertür und sagte leise: »Es gibt da etwas, das Sie meiner Meinung nach erfahren sollten, ehe wir über den Preis reden. Ich weiß nicht, ob Ihnen das Haus gefällt, aber ich kann Sie nicht ein Angebot machen lassen, ohne Ihnen zu sagen, daß im Haus nebenan zwei Menschen Selbstmord begangen haben. Erst vor drei Wochen. Es ging durch alle Zeitungen, aber vielleicht haben Sie es nicht mit hier in Verbindung gebracht.«

Der Gegensatz zwischen ihrer Ehrlichkeit und seiner Unredlichkeit ließ ihn rot werden. »Ich...«

»Es wäre unredlich, Ihnen nichts davon zu sagen. Manche Leute sind abergläubisch in dieser Beziehung. Mrs. North und der Mann – er hieß Heller – haben sich in ihrem Schlafzimmer erschossen. *Diesem* Schlafzimmer. Diese Häuser sind innen genau gleich.« Sie zuckte mit den Schultern. »Jedenfalls wissen Sie es jetzt.«

Er ließ sie stehen und legte die Hände auf das Treppengeländer. »Ich habe es bereits gewußt«, sagte er, und verwegen setzte er hinzu: »Ich kannte Bernard Heller. Ich kannte ihn ziemlich gut.«

Das Schweigen in seinem Rücken wirkte belastend und fast beängstigend. Schließlich hörte er sie sagen: »Ich verstehe nicht ganz. Sie haben es gewußt und wollten trotzdem...«

Er begann, die Treppe hinabzugehen, wortlos, denn seine natürliche Schüchternheit hatte ihm die Sprache verschlagen. Unschlüssig folgte sie ihm. Er drehte sich nicht zu ihr um und empfand ein tiefes Bedauern, daß die sich eben erst anbahnende Freundschaft zwischen ihnen in die Brüche gegangen war.

Am Fuß der Treppe blieb sie in einigem Abstand von ihm stehen. »Sie wollen ein Haus kaufen, das direkt neben dem liegt, in dem sich Ihr Freund erschossen hat? Ich verstehe kein Wort.«

»Ich kenne auch Mrs. Heller, lassen Sie mich erklären...«

Sie blickte zur Haustür, dann wieder auf ihn. »Es geht mich wohl kaum etwas an, aber ich will wissen, ob Sie dieses Haus kaufen möchten oder nicht. Falls Sie Journalist oder Privatdetektiv sind, haben Sie sich bei mir an der Tür geirrt.«

»Mrs. Townsend...«

Sie riß die Augen weit auf – graue Augen, unerträglich klar – und schürzte die Effie-Ruskin-Lippen wie auf dem Gemälde.

»Was haben Sie sich eigentlich gedacht? Daß ich klatschen, Ihnen irgend etwas enthüllen würde? Ich weiß nichts von Mrs. Heller und habe sie nur einmal gesehen, aber hat Mr. North nicht schon genug durchmachen müssen?«

Sie warf einen Blick zur Treppe, dann versuchte sie, sich möglichst unauffällig an ihm vorbeizustehlen. Sie hatte Angst. Er war nie auf den Gedanken gekommen, daß sie Angst bekommen könnte, denn er hatte sich noch nie in die Lage einer auf sich gestellten Frau versetzt, die sich plötzlich allein in einem großen Haus mit einem Unbekannten, einem Schwindler konfrontiert sieht. Er spürte, wie er vor Scham erbleichte, als er ihren Blick auf das Telefon fallen sah, den Rettungsanker, die Verbindung zum Schutz der Außenwelt, und mit klopfendem Herzen wich er zurück.

In ihren Augen mußte er wie der Hausierer erscheinen, der den Fuß in die Tür stellt, der freundliche Mann vom Kundendienst, der sich plötzlich als Vergewaltiger entpuppt, der Versicherungsvertreter mit den perversen Begierden, den latent sadistischen Gelüsten. Während ihre Hand langsam Richtung Hörer schlich, sagte sie tapfer: »Mr. North ist ein Freund von mir. Ich weiß nicht, was Sie hier eigentlich suchen, aber man hat ihm schon genug Leid zugefügt. Sagen Sie Mrs. Heller das.«

Er ging zur Haustür und öffnete sie. Die rosa Kreppapierblüten umgaben die Straßenlaterne wie ein Lampenschirm. Er trat unter das Vordach, und prompt fing der Hund wieder mit dem Gekläff an. Sie mußte erkennen, daß sie jetzt sicher war. »Vielleicht hat er es Mrs. Heller schon selbst gesagt«, rief er, um sich in dem Getöse verständlich zu machen.

»Sie hat noch nie mit ihm gesprochen.« Sie nahm die

Hand vom Telefon und reckte das Kinn. »Würden Sie jetzt bitte gehen?«

»Himmel«, sagte er und fluchte stotternd über den Hund. »Ich will Ihnen nichts tun. Ich gehe jetzt, und dann können Sie von mir aus die Polizei verständigen. Gegen irgendein Gesetz werde ich bestimmt verstoßen haben, Vorspiegelung falscher Tatsachen oder so was.« Er konnte ihr nicht in die Augen sehen, aber er mußte es einfach sagen. »Mrs. Townsend, sie kennen sich, glauben Sie mir. Noch am gleichen Tag, an dem die gerichtliche Untersuchung stattfand, waren sie in einem Londoner Pub verabredet. Ich habe die beiden gesehen.«

Die Tür schlug direkt vor seiner Nase zu, und nur durch einen raschen Sprung rückwärts konnte er einer Quetschung entgehen. Dies brachte den Hund so in Rage, daß seine Kapriolen das Tor scheppern und klappern ließen. Mit zitternden Händen stieg David in den Wagen.

Als er losfuhr, kam ihm ein anderes Auto entgegen und scherte schwungvoll in die Einfahrt von *Braeside* ein. So mühelos leicht konnte nur jemand einbiegen, der Gelegenheit zum täglichen Üben hatte. David bremste. Der Mann stieg aus, und im Rückspiegel sah David seinen Kopf, dunkelhaarig und gepflegt, ein makelloses Profil, das in dem weißrosa Laternenschein fast wie auf einer Münze schimmerte. Robert North. Erst einmal zuvor hatte er dieses Gesicht in natura gesehen.

David hielt an und blieb reglos im Auto sitzen. Ohne den Kopf zu drehen, beobachtete er North weiter im Spiegel. Der andere Mann schob das Garagentor hoch und ging zum Wagen zurück, dann aber mußte er es sich anders überlegt haben. David wunderte sich, warum die Stille irgendwie künstlich wirkte, bis er bemerkte, daß der Hund zu bellen aufgehört hatte. Niemand hatte ihn ins Haus geholt. Sein langer monströser Schatten, der ihn zu einem Hund der Baskervilles vergrößerte, zuckte zwischen dem Schattenmuster der Torstäbe hin und her, als North zu ihm ging und ihm den Kopf tätschelte. Die großen schwarzen Silhouetten schwankten. North wandte sich ab, und nach wie vor gab der Hund keinen Laut von sich. Susan Townsend hatte gesagt, er verbelle nur Fremde...

Der Schatten von North wanderte über die Straße, der viel größer und drohender wirkte als der Mann, der ihn warf. David beobachtete, wie er zu Mrs. Townsends Tür ging und klingelte.

Die beiden waren wohl ziemlich innig befreundet, ging es ihm durch den Kopf, als er die Fahrt fortsetzte. Der Gin und der Sprudel waren für North bestimmt gewesen. Kein Wunder, hatte die Frau so empfindlich reagiert! Sie war nicht bloß eine gute verschwiegene Nachbarin; sie stand in einer emotionalen Bindung zu ihm. Warum es nicht mit altmodischen, realistischeren Worten ausdrücken? Sie war in ihn verliebt. Allein schon durch sein Aussehen mußten ihm die Frauenherzen nur so zufliegen. Und er, David, hatte sich eingebildet, er könne sie über Norths Verhalten und Einstellungen aushorchen.

Er mußte den Verstand verloren haben, daß er angenommen hatte, mit einer wildfremden Frau eine Verschwörung eingehen und einen Plan schmieden zu können, um North ans Messer zu liefern, selbst wenn diese Frau nicht verliebt gewesen wäre. Das war nicht eine von den TV-Serien, deren Dekorationen er entwarf, sondern das hier war das richtige, unromantische Leben. Hatte er allen Ernstes geglaubt, sie würde sich auf sein Wort hin über alle Schranken der Konvention und Loyalität hinwegsetzen und mit ihm die Handlungen und Beweggründe ihres Freundes erörtern?

Anscheinend hatte er das. Er hatte ernsthaft damit gerechnet, gemeinsam mit Mrs. Townsend eine Art Amateurdetektei zu gründen; ohne sich zu kennen, hätten sie sich zusammentun und darauf hinarbeiten sollen, zwei Leben zu zerstören.

Bob legte ihr sanft den Arm um die Schulter und führte sie zu einem Sessel. »Was ist denn passiert, Susan? Du siehst aus, als hättest du ein Gespenst gesehen.«

»Es war jemand da«, sagte sie atemlos. »Ein Mann... Er sagte – vielmehr, gab mir zu verstehen –, du hättest dich am Tag der gerichtlichen Untersuchung heimlich mit Mrs. Heller getroffen.«

»Stimmt«, erwiderte er ungerührt. »Ich traf sie in einem Pub in London, aber von ›heimlich‹ kann keine Rede sein.«

»Du mußt es mir nicht erzählen.« Susan beugte sich leicht vor, um ihre Schulter von seinen Arm zu befreien. »Es geht mich nichts an, mir war nur so, als hättest du sie nicht gekannt. Ich hatte den Eindruck, ihr hättet euch erst vor Gericht kennengelernt.«

»Haben wir auch. Aber nach der Untersuchung habe ich mit ihr gesprochen – sie hat sich für ihr Verhalten im Gerichtssaal bei mir entschuldigt. Sie tat mir leid. Weißt du, sie ist fast mittellos. Heller, dieses Schwein, hat ihr keinen Pfennig hinterlassen. Ich fühlte mich verpflichtet, ihr zu helfen, und deshalb haben wir uns in dem Pub verabredet. Doch als ich dort ankam, traf ich sie in Begleitung an.«

»Mit diesem Chadwick, der hier war?«

»Ja, Susan. Ich war wirklich nicht in der Stimmung, mich mit Fremden zu unterhalten. Da bin ich leider einfach weggerannt und stand dann bei dir auf der Matte. Inzwischen habe ich Mrs. Heller natürlich zu Hause besucht. Von dort komme ich gerade.«

»Wie grausam die Menschen doch sind«, sagte sie erstaunt.

»Manche schon. Aber dann gibt es auch welche, die so lieb und gut und nett sind wie du, Susan.«

Sie blickte ungläubig zu ihm auf.

»Das war mein Ernst«, sagte er leise. »Komm mal her, Susan. Du hast jahrelang direkt neben mir gewohnt, und ich habe dich nie gesehen. Aber jetzt ist es wohl zu spät... Ich frage mich... Würdest du mir einen Kuß geben, Susan?«

Er würde ihr über die Stirn fahren und ihre Wange streicheln, wie er es neulich an der Tür getan hatte. Passiv hielt sie ihm ihr Gesicht entgegen, doch dann war es mit einem Mal ganz anders als neulich. Sie lag in seinen Armen und klammerte sich an ihn, zwei Betrogene, Hand in Hand, Lippen auf Lippen, Einsamkeit an Einsamkeit.

13

Detective Inspector Ulph wußte, daß Robert North seine Frau und den Liebhaber seiner Frau ermordet hatte. Nicht so, wie er wußte, daß er James Ulph war, achtundvierzig Jahre alt, geschieden, keine Kinder, sondern wie es ein Geschworener wissen muß – ohne berechtigte Zweifel.

Er konnte nichts unternehmen. Der Superintendent lachte ihn aus, als er von Norths Motiv und der Gelegenheit sprach. Motiv und Gelegenheit sind Larifari, wenn man nicht beweisen kann, daß der Mann mit der Waffe – zu der er bitteschön Zugang haben muß – in der Hand am Tatort war.

»Haben Sie zufällig schon mal davon gehört«, fragte der Superintendent ätzend, »daß man den Weg der Waffe vom Besitzer zum Täter verfolgt?«

Zufällig hatte Ulph das. Es hatte ihm von Anfang an Kopfzerbrechen bereitet. Mitten in der Vernehmung Norths hatte er dem Mann in die Augen gesehen und hinter vorgetäuschtem Gram etwas Herausforderndes entdeckt, das zu sagen schien: Du und ich, wir wissen es. Aber man wird es nie beweisen können. Und wie bei einer Kartenpartie irgendwann der Moment kommt, wo einer der Spieler weiß, daß der andere gewinnen wird – zumindest diesen Punkt oder diese Runde –, so wußte Ulph, daß North alle Trümpfe in der Hand hielt, daß er sie sich schon lange im voraus zugemogelt hatte.

Die Waffe gehörte Heller. Sowohl Hellers Witwe als auch Hellers Bruder erklärten unter Eid, daß sie noch am

Abend vor der Tat in seinem Besitz gewesen war. Außer durch einen unvorstellbaren Meisterdiebstahl, durch einen Einbruch in eine Wohnung, von der North mit Sicherheit nichts gewußt hatte, konnte er nicht in den Besitz der Waffe gelangt sein. Nach Auffindung der Toten hatte Ulph Hellers Hand auf Pulverrückstände untersuchen lassen, und dann, als handele es sich um eine peinliche Formsache, auch Norths Hand. Heller hatte mehrere Schüsse abgefeuert, North keinen. Eine Mrs. Gibbs und eine Mrs. Winter hatten Heller zehn Minuten nach neun in *Braeside* verschwinden sehen, und den restlichen Vormittag über hatte niemand das Haus verlassen. North hatte an dem Tag kein Auto, was alle paar Wochen einmal vorkam, und war in Barnet gewesen.

Dennoch wußte Ulph, daß North seine Frau getötet hatte. Die Vorstellung, wie er es getan hatte, tauchte zum ersten Mal wie eine besonders packende und eindrucksvolle Filmszene im Verlauf der gerichtlichen Untersuchung vor seinem geistigen Auge auf, und seitdem hatte sie sich mit der Hartnäckigkeit eines ständig wiederkehrenden Traums bei ihm eingestellt.

Niemand hatte North an diesem Morgen aus dem Haus gehen sehen, aber dieser Umstand, daß man ihn nicht gesehen, nicht bemerkt hatte, konnte vor einem Staatsanwalt höchstens Mitleid erregen und war als Beweis einfach lächerlich. »Weggehen habe ich ihn nicht gesehen«, hatte Mrs. Gibbs gesagt, »doch das kommt öfters vor. Jemanden nicht zu sehen hilft wohl nicht viel, oder? Aber Heller habe ich kommen sehen.«

Weil der Hund gebellt hatte... North wußte natürlich, daß niemand im Orchard Drive jemals etwas beobachtete, wenn der Hund nicht bellte. An diesem Punkt, oder kurz vor diesem Punkt, hakte Ulphs Traumvorstellung ein. North hatte seine Frau erschossen, während sie die Betten machte, und dann, als der Hund anschlug, war er nach unten gegangen, um den Liebhaber einzulassen.

Ulph hatte den Mann nur als Leiche gesehen, doch immer wieder hatte er vor Augen, wie dieses ernste, grobschlächtige Gesicht ausgesehen haben mußte, als die Tür aufging und nicht seine Geliebte, sondern deren Mann vor ihm stand. North hatte bestimmt nicht direkt an der Tür gestanden, so daß seine neugierigen Nachbarn nur die Tür nach innen schwenken sahen. Wer hätte sich auch über diese verstohlene Heimlichtuerei gewundert, war sie doch typisch für eine auf ehelichen Abwegen wandelnde Frau.

Auf den ersten Schock, den Adrenalinstoß in Hellers Blutkreislauf, folgte dann die geistesgegenwärtige Flucht nach vorn. Die Tarnung, der Vorwand... Doch North war ihm gewiß mit der freundlichen Bemerkung zuvorgekommen, daß er sich in der Tat für den Einbau einer Heizung interessiere. Er habe sich Urlaub genommen, um die Sache einmal durchzusprechen. Und Heller war ihm, ohne sich seine Bestürzung anmerken zu lassen, nach oben gefolgt und hatte sich so gut es ging auf dieses unvorhergesehene, groteske Gespräch über Heizkörper eingelassen.

Ulph sah die tote Frau auf dem Bett liegen und hörte Norths Schreckensschrei. Seine Frau müsse ohnmächtig geworden sein. Was lag für Heller näher, als zu ihm an das Bett zu treten und sich – mit echter Besorgnis – über die Leiche von Louise North zu beugen?

Dann hatte North auf ihn geschossen, ihm in den Kopf geschossen. Hatte er Gummihandschuhe getragen? War er mit diesen Handschuhen schon zur Tür gegangen, vielleicht unter einem Geschirrtuch verborgen? Ulph malte sich aus, wie diese behandschuhten Hände die Waffe in die bloße Hand des Toten legten, auf das Herz der toten Frau zielten und zum dritten Mal abdrückten.

An dieser Stelle hörte die Szene auf, als sei plötzlich der Film gerissen.

North mußte aus dem Haus gegangen sein. Es war undenkbar, daß ihn dabei niemand gesehen hatte. Die Blicke aller waren auf *Braeside* gerichtet gewesen und hatten, ob der Hund nun bellte oder nicht, darauf gewartet, daß Heller wieder herauskam. Aber North war nicht aus dem Haus gegangen. Vielmehr war er um dreizehn Uhr fünfzehn mit seinem frisch gewarteten Auto vorgefahren.

Und die Waffe? Manchmal spielte Ulph mit dem absurden Gedanken, North könnte sie aus Hellers Aktentasche genommen haben, während sie auf dem Küchentisch stand. Aber Heller hatte mit der Waffe nie die Wohnung verlassen. Er hätte sie nur mitgenommen, um Selbstmord zu begehen...

Ulphs Polizistenherz wollte North vor Gericht bringen; sein Herz als Durchschnittsbürger empfand insgeheim Mitgefühl für ihn. Ulphs Frau hatte ihn wegen eines anderen verlassen, worauf er die Scheidung eingereicht hatte, doch zuweilen war ihm ein anderes Hirngespinst durch den Kopf gespukt, fast so wie das, in dem er North die entscheidende Rolle spielen sah. Er wußte, wie es war, wenn man jemanden umbringen wollte.

Daß Norths Vorgehen eine lange und sorgfältige Planung erforderte, änderte nichts daran, daß der Doppelmord Ulphs Ansicht nach ein Verbrechen aus Leidenschaft war. North hatte kaltblütig gehandelt, dachte er, mit einer Kaltblütigkeit, unter deren hauchdünner Schicht rasender Zorn und unerträgliche Eifersucht schwelten. Und der Gram, den er zuerst für vorgetäuscht gehalten hatte, mochte vielleicht sogar echt sein, das Entsetzen eines Othellos, der im Unterschied zu Othello triftige und unbestreitbare Gründe für sein Verbrechen besaß.

Daher verspürte Ulph nicht den Wunsch, gegen North als Rachewerkzeug der Gesellschaft tätig zu werden. Sein Interesse war distanziert und rein theoretischer Natur. Er wollte einfach wissen, wie es der Mann getan hatte, und in geringerem Maß auch, warum er es getan hatte, wo eine Scheidung doch die einfachere und naheliegendere Lösung gewesen wäre.

Doch der Fall war abgeschlossen. Darauf hatten sich der Richter und der Superintendent verständigt.

Hinterher wünschte David, er hätte sie nicht angerufen, um sich zu entschuldigen. Ihre Stimme klang ihm noch immer verletzend in den Ohren.

»Mr. North hat es eingerichtet, ihr ein bißchen Geld zu leihen. Schade, daß ihre alten Freunde nicht daran gedacht haben.«

Sie hatte ihn mit einigen gelassenen, spitzen, bewußt verletzenden Sätzen am Boden zerstört. Doch während er ihr zerknirscht zuhörte, konnte er nur an seinen ersten Eindruck denken, den Eindruck ihrer völligen Aufrichtigkeit. Er trug ihr nichts nach. Da ihm ihr Gesicht nicht aus dem Sinn ging, besuchte er nach der Arbeit die Tate Gallery, entdeckte *The Order of Release* und kaufte eine Postkarte des Gemäldes. Er hatte sich mit seinem Vergleich mit Effie Ruskin nicht geirrt, doch als er nun zum Victoria Embankment gelangte und sich ein Taxi heranwinkte, stellte er fest, daß ihm die Karte, die er immer noch in der Hand hielt, weder Vergnügen bereitete noch mit Genugtuung über die Genauigkeit seines Personengedächtnisses erfüllte. Er hatte das Gefühl, sie zu den anderen an seine Wand zu hängen, könnte ihn seltsam bedrücken.

Als er in den *Mann mit der eisernen Maske* eintrat, waren die einzigen Gäste wieder die beiden Bärtigen. Sie saßen an ihrem Stammplatz und tranken Hochprozentiges.

»Vorkaufsrechte sind ja gut und schön«, hörte David Charles sagen, »aber nur für den anderen, der den Gewinn einstreicht, meine Wenigkeit schaut in den Mond.«

»Logisch«, sagte Sid.

»Ich meine, was bringt das einem? Null, nicht die Bohne, es sei denn, es macht einem Spaß, das Finanzamt übers Ohr zu hauen.«

Der Barmann musterte David neugierig, der mit besorgter Miene so tat, als suche er jemand in dem leeren Pub.

»Sie sehen aus, als hätten Sie etwas verloren.«

»Jemanden«, verbesserte ihn David. »Eine junge Dame.« Die höfliche Bezeichnung wirkte hier ziemlich deplaziert. »Ich habe gehofft, sie hier zu finden.«

»Hat Sie wohl versetzt?«

»Nein, das nicht gerade.« Sid und Charles schienen auf seinen Köder nicht anbeißen zu wollen. Weshalb sollten sie auch? Ganz so leicht würde es nicht werden. Schüchtern ging er an ihren Tisch. »Entschuldigen Sie.« Charles funkelte ihn ungehalten an. Seinem Gesichtsausdruck nach hatte er schlechte Laune. »Entschuldigen Sie, aber sind Sie schon lange hier?«

»Ja.« Charles schien hinzusetzen zu wollen, ob das verboten sei, oder ob David etwas dagegen habe.

»Ich wollte nur fragen, ob Sie vielleicht ein Mädchen hier gesehen haben, eine auffallend hübsche Dunkelhaarige. Vor ein paar Wochen haben Sie mich mit ihr hier gesehen.«

»Kommt mir bekannt vor.« Charles griesgrämige Miene hellte sich auf, so daß er nicht mehr ganz so sehr wie Rasputin aussah. »Mal überlegen. So ein appetitlicher Käfer in engen Jeans, kommt das hin?«

»Komm, komm, Charles«, bremste ihn Sid.

»War nicht bös gemeint, alter Junge. Sollte eigentlich ein Kompliment sein.«

»Schon gut.« David brachte ein recht ungezwungenes Lachen zustande. »Sie war früher Sekretärin bei mir, und da meine jetzige gerade gekündigt hat, dachte ich... Ich glaube nämlich, daß sie ziemlich oft hierherkommt, und weil ich nicht weiß, wo sie wohnt, habe ich eben mal hereingeschaut, ob ich sie vielleicht erwische.« Er staunte, wie glatt ihm die Lüge über die Lippen ging. »Sie wissen ja, wie das so ist.«

»Heute war sie bisher nicht hier«, sagte Charles. »Tut mir leid, daß wir Ihnen nicht helfen können. Ich wollte, ich hätte soviel Grips gehabt«, fuhr er an Sid gewandt fort, »vergangene Woche hundert Vereinigte Vanadium zu kaufen. Die hat's heute morgen auf achtunddreißig sechs katapultiert.«

»Logisch.«

»Möchten Sie vielleicht einen Drink?« fragte David verzweifelt.

»Mich hat fast der Schlag getroffen. Sechs Monate gurken die eisern auf fünfundzwanzig Komma sonstwas herum, und... Habe ich da eben das Zauberwort Drink gehört? Firma dankt, alter Junge.«

»Kognak«, sagte Sid, anscheinend für sie beide.

David holte zwei Kognaks und für sich ein Bier. Der Barmann preßte die Lippen zusammen. Seine Miene war bedeutungsschwanger, doch David konnte sie nicht deuten.

»Ihr Freund würde mir auch schon helfen«, sagte er, als er die Gläser abstellte. »Ich will nur ihre Adresse.«

»*Salud y pesetas*«, sagte Charles. »Auf die Peseta würde ich momentan allerdings nicht viel geben. Machen Sie sich immer noch Gedanken um dieses Mädchen, alter Junge?«

Jede Vorsicht außer acht lassend, fragte David: »Haben Sie sie schon mal in Begleitung eines Mannes hier gesehen?«

Charles zwinkerte Sid kummervoll zu. »Noch und nöcher. Großer, gutaussehender dunkelhaariger Typ. Hat immer ›Gin und was Sprudliges‹ bestellt, war's nicht so, Sid?«

»Logisch.«

Aufregung stieg in David auf und brachte ihn ins Stottern. Daß ihn Sid und Charles offenbar für Magdalenes

Verflossenen hielten, störte ihn nicht im mindesten.
»Immer?« fragte er. »Heißt das, sie waren oft hier?«

»In den letzten sechs Monaten ungefähr einmal pro Woche. Nein, da irre ich mich. Es müssen eher acht Monate gewesen sein. Du müßtest das doch wissen, Sid. Seit wann kommen wir hierher statt in die *Rose?*«

»August.«

»Richtig, seit August. Ich weiß noch, daß es August war, weil ich gleich am ersten Tag nach meinem Urlaub in Mallorca mit Sid in die *Rose* gegangen bin, und da haben sie mich doch tatsächlich mit dem Wechselgeld übers Ohr gehauen. ›Jetzt reicht's mir aber‹, habe ich zu Sid gesagt, und deshalb gehen wir statt dessen immer hierher. Ihr Mädchen und der Dunkelhaarige waren damals auch schon da.«

»Verstehe. Und seither haben Sie sich regelmäßig hier getroffen?«

»Nicht während der letzten zwei Wochen.« Charles warf einen Blick zum Barmann und lehnte sich dann vertraulich zu David hinüber: »Meiner Meinung nach haben sie die Nase voll von hier. Schwindel steht in dieser Kaschemme an der Tagesordnung. Kurz bevor Sie kamen, wollte mich der Kerl dort über den Löffel balbieren. Hat behauptet, ich hätte ihm ein Pfund gegeben, dabei war's ein Fünfer. Ekelhaft!« Seine Augenbrauen zogen sich verärgert zusammen, während er sich über den Bart strich.

»Sieht so aus, als müßte ich mir meine neue Sekretärin aus der Zeitung suchen.«

Sid warf ihm einen höhnischen Blick zu, stand unvermittelt auf und sprach den längsten Satz, den David je von ihm gehört hatte. »Verschonen Sie mich bloß von wegen ihrer Sekretärin, wenn's recht ist. Wir sind hier unter Männern von Welt, will's zumindest hoffen, und was mich betrifft, kann ich es nicht leiden, wenn mich jemand wie einen Schuljungen behandelt.« Er riß die Tür auf. »Sekretärin!« schnaubte er. »Kommst du, Charles?«

»Logisch«, sagte Charles, die Rollen vertauschend. Damit schoben sie ab.

David wandte sich zur Bar und zuckte mit den Schultern.

»Ganz schön witzig, die beiden Scherzkekse«, sagte der Barmann. »Falls man Sinn für schwarzen Humor hat.«

Die Entdeckung hatte David in nervöse Euphorie versetzt, so daß er es in dem Pub keinen Augenblick länger aushalten konnte. Er steckte voller Energie, die er nicht auf einen Plausch mit dem Barmann vergeuden wollte. Er wollte auch nichts mehr trinken, denn der Alkohol könnte vielleicht seine Denkprozesse trüben. Er ging auf die Straße und streifte ziellos umher.

Seine Erregtheit währte ungefähr zehn Minuten. Solange sie anhielt, fühlte er sich so ausgelassen wie während anderer Höhepunkte in seinem Leben, als er zum Beispiel sein Diplom erhalten oder seine augenblickliche Stelle ergattert hatte. Er konnte sich nur immer wieder zu seinem Scharfsinn gratulieren, für anderes war in seinen Gedanken kein Platz. Vorübergehend hatte er Heller ganz vergessen vor Stolz und Euphorie, die nichts mit Moral, Gerechtigkeit oder Entrüstung zu tun hatten. Er hatte es herausgefunden, hatte erreicht, was er sich vorgenommen hatte, und nun konnte er nur staunend über seine Großtat nachsinnen.

Doch er war nicht von Natur aus eitel, und als er auf Umwegen schließlich zum Soho Square gelangte, war seine Großspurigkeit schon nicht mehr ganz so penetrant. Vielleicht hatte eine der Passantinnen sie ihm wieder ins Gedächtnis gerufen, ein Mädchen mit glattem blondem Haar oder mit grauen Augen, deren Blick er einen Moment lang aufgefangen hatte. Mit erstaunlicher Klarheit tauchte vor seinem geistigen Auge ihr Bild auf, und mit einem Mal landete er wieder unsanft auf dem Boden der Wirklichkeit. Er setzte sich auf eine Bank unter den Bäumen, und als seine Hand die kühle Metallehne berührte, erfaßte ihn ein Schauder.

Man mußte sie verständigen. Sie durfte nicht allein in dem Haus bleiben, allein, ohne Schutz war sie leichte Beute für North. Es schien absurd, sie mit dem klassischen Krimiopfer zu vergleichen, das zuviel wußte und deshalb zum Schweigen gebracht werden mußte, aber traf nicht das den Nagel auf den Kopf? Sie hatte North schon vorgewarnt, indem sie ihm von Davids anfänglichem Argwohn berichtete. Niemand konnte wissen, was sie durch die enge Nachbarschaft zu North sonst noch beobachtet hatte, welche winzigen Unstimmigkeiten ihr in seinem Verhalten aufgefallen waren. Nicht einen Augenblick glaubte David daran, daß North ihre Gesellschaft aus aufrichtigen Beweggründen oder Zuneigung suchte. Sie schwebte in Gefahr.

Er konnte sie nicht warnen, das war ihm klar. Er war der letzte, dem sie Gehör schenken würde. Trotzdem stand er auf und schlenderte gemächlich zur Telefonzelle. Sie war besetzt, und ungeduldig wartend lief er vor ihr auf und ab. Endlich kam er an die Reihe. Er hatte schon ihre Nummer herausgesucht und zu wählen begonnen, als ihn der Mut verließ. Aber er konnte noch etwas Besseres tun, etwas, das von mehr Verantwortung und Reife zeugte. Sobald es ihm eingefallen war, fragte er sich, weshalb er es nicht schon vor Tagen getan hatte. Diesmal also das grüne Telefonbuch... Er holte tief Luft, trommelte mit den Fingern nervös auf das Telefongehäuse und wartete, bis sich die Kriminalpolizei Matchdown Park meldete.

Inspector Ulph war ein kleiner hagerer Mann mit einer scharf vorstehenden Hakennase und olivfarbener Haut. David versuchte oft, in der bildenden Kunst Ebenbilder für lebende Menschen zu finden. Susan Townsend hatte er mit Millais' Porträt von Effie Ruskin verglichen, Magdalene Heller hatte etwas von einem Lely oder sogar einem Goya an sich, und dieser Polizeibeamte erinnerte ihn an Porträts von Mozart. Derselbe sensible Mund, der leidende Gesichtsausdruck, gemildert durch innerliche Kraft, die Augen, die über geistreiche Witze lachen und diese provozieren konnten. Er trug das Haar nicht so lang wie Mozart, aber doch länger als unter Polizisten üblich, und in seiner Kindheit war es gewiß so seidig hellbraun gewesen wie die Locke, die David in Salzburg ausgestellt gesehen hatte.

Ulph seinerseits sah einen großen, mageren jungen Mann, intelligent und nicht sonderlich gutaussehend, dessen neugierige Augen ihn für einen Augenblick zehn Jahre jünger machten. Er tischte ihm eine wilde Geschichte auf, die sich Ulph anhörte, ohne seine anfängliche Erregung zu zeigen, die der Name North bei ihm ausgelöst hatte. Was hatte er denn zu hören erwartet? Das jedenfalls nicht. Auf seine gedämpfte Hochstimmung folgte Enttäuschung, die er hinauszuzögern versuchte, indem er die Aussagen seines Besuchers zusammenfaßte. Von seiner ursprünglichen Erregung blieb nur ein kleiner Funke, den er am Glimmen hielt, als er energisch sagte:

»Sie wollen mir also erzählen, daß Mr. North und Mrs. Heller sich Ihrer zuverlässigen Kenntnis nach in einem Londoner Pub namens *Der Mann mit der eisernen Maske* getroffen haben? Sich dort vor dem Tod ihres Mannes und seiner Frau in regelmäßigen Abständen getroffen haben?«

David nickte entschieden. Er hatte sich eine spontanere Reaktion erhofft. »Ja, genau. Vielleicht klingt das ein bißchen weit hergeholt, aber ich glaube, sie haben sich dort getroffen, um sich gegen die beiden zu verschwören, wenn man das so sagen kann, um ihre Ermordung zu planen und es wie Selbstmord aussehen zu lassen.«

»Tatsächlich?« Ulph hatte die Augenbrauen nach oben gezogen. Niemand hätte ihn nun für einen Menschen gehalten, den Tag und Nacht der Gedanke an eine Waffe und ein raffiniert bewerkstelligtes Verschwinden beherrschte. Er wirkte, als sei ihm Davids Verdacht, ja allein schon die Vorstellung, North könne auch nur im entferntesten etwas mit dem Doppelselbstmord zu tun haben, etwas völlig Neues.

»Ich bin sicher, daß er es getan hat«, sagte David impulsiv. »Und wenn er es getan hat, dann muß sie auch daran beteiligt gewesen sein. Nur sie kann ihm gesagt haben, wann Heller *Braeside* aufsuchen würde, und nur sie kann ihm die Waffe gegeben haben. Am Abend vor seinem Tod war ich bei ihm in der Wohnung und habe die Waffe gesehen. Später habe ich beobachtet, wie sie in ein Kino ging. Ich glaube, in diesem Kino hat North auf sie gewartet und sich im Dunkeln die Waffe geben lassen.«

Die Waffe. Das war die einzige Möglichkeit, dachte Ulph, wie North an sie herangekommen sein konnte. Nicht durch einen Einbruch, nicht durch die Geschicklichkeit eines Taschendiebs, derer es bedurft hätte, um sie von Heller zu stehlen, sondern durch ein Komplott mit Hellers Frau. Sofort fielen ihm Schwachpunkte auf. »Sie sagen, North und Mrs. Heller trafen sich im August zum ersten Mal in diesem Pub?«

»Ja, ich stelle mir das so vor: Bernard Heller hatte Mrs. North kennengelernt, sich in sie verliebt und ein Verhältnis mit ihr angefangen, dem North auf die Schliche kam. Daher setzte er sich mit Magdalene Heller in Verbindung.« David machte eine Pause und holte tief Luft. Er begann, wieder hochmütig zu werden. Seine Theorie festigte sich im Weiterreden von selbst und erschien ihm plausibel. »Sie verabredeten sich, um – um über das Unrecht zu sprechen, das ihnen widerfuhr. Eine Zeitlang unternahmen sie weiter nichts. Bernard versuchte sich im September das Leben zu nehmen – das habe ich aus der Zeitung –, was sie vermutlich erschüttert hat. Aber als er sich wieder mit Louise einließ, trafen sie sich weiterhin und beschlossen, die anderen zu ermorden.«

Die Geschichte steckte so voller Unstimmigkeiten

und stimmte mit Ulphs Lebenserfahrung so wenig überein, daß er beinahe lachen mußte. Dann aber rief er sich ins Gedächtnis, daß er dieser Theorie, so absurd und zusammengestückelt sie auch sein mochte, seinen einzigen Hinweis verdankte, wie North in den Besitz der Waffe gelangt war, und beließ es bei einem Seufzen. Das eigentliche Studienobjekt des Menschen ist die Menschheit, dachte er und fragte sich, wie jemand, der so intelligent, gebildet und aufgeweckt war wie sein Gegenüber, fast dreißig Jahre auf diesem Planeten zugebracht haben und doch so blind sein konnte gegenüber der Vorsicht des Menschen und dem Einfluß, den die Konvention auf sein Verhalten ausübt.

»Jetzt hören Sie mir mal gut zu, Mr. Chadwick.« Denn das dürfte ein ziemlich langer Vortrag werden, setzte er in Gedanken hinzu. »Ein ganz normaler Kalkulator aus dem Mittelstand stellt fest, daß seine Frau ihm untreu ist. Da hat er die Wahl zwischen mehreren Möglichkeiten. Er kann mit ihr darüber reden, er kann mit dem Mann darüber reden, er kann sich scheiden lassen.« Unter dem Schreibtisch hatten sich seine Hände zu Fäusten geballt, und als er es merkte, lockerte er sie wieder. Hatte er das alles nicht selbst getan? »Er kann Gewalt anwenden, entweder gegen einen von ihnen oder gegen beide, oder er kann sie umbringen, wiederum entweder einen oder beide. Meinetwegen kann er auch mit der Gattin des Liebhabers seiner Frau in Verbindung treten und ihr seine Entdeckung mitteilen.

Letzteres liegt im Bereich des Möglichen. Sie oder ich«, sagte Ulph, »Sie oder ich würden das vielleicht nicht tun, aber so was ist schon vorgekommen. Das unschuldige Paar stellt sich gegen das schuldige Paar. Daraufhin kommt es zu noch mehr Gewalt oder noch mehr Diskussionen. Was das unschuldige Paar jedenfalls nicht macht, ist, sich in einem Pub zu treffen und einen Mord auszuhecken. Zwei wildfremde Menschen? Ohne etwas von den Gefühlen, Neigungen und dem Charakter des anderen zu wissen? Können Sie sich das vorstellen? Erscheint Ihnen das plausibel?«

In einem Ton, der sich von seiner eigenen Stimme stark unterschied und jungenhaft impulsiv klang, fuhr Ulph fort. War das die Sprechweise Norths? David hatte keine Ahnung. Er hatte sie noch nie gehört. »›Wir hassen sie, Mrs. Heller, und möchten sie gern los sein. Das verbindet uns. Wie wär's, wenn wir einen narrensicheren Plan entwerfen, sie umzubringen? Wie wär's, wenn wir es gemeinsam planen?‹« Doch Magdalenes Stimme kannte er, und Ulphs Nachahmung ihrer langen Vokale und scharfen Zischlaute war so unheimlich, daß er leicht zusammenzuckte. »›Großartige Idee, Mr. North! Soll ich Ihnen helfen, die Sache auszuknobeln?‹«

David mußte unwillkürlich lächeln. »Natürlich nicht mit diesen Worten, aber so ähnlich.«

»Wäre sie nicht weggelaufen? Hätte sie nicht die Polizei gerufen? Wollen Sie allen Ernstes behaupten, hier seien sich zwei Menschen begegnet, deren Mordgelüste sich ergänzten? Und alles nur, weil ihre Ehepartner ein Verhältnis miteinander hatten? Das spricht für Ihre Tugend. Sie haben offensichtlich noch nie versucht, einen Unbekannten in eine Intrige zu verwickeln.«

Doch, er hatte. Erst vor zwei Tagen hatte er genau das bei Susan Townsend versucht. Er hatte eine Unbekannte in der Hoffnung aufgesucht, sie würde ihm dabei helfen, North zur Strecke zu bringen. Aus unlängst gesammelter Erfahrung hätte er wissen müssen, daß Menschen so etwas nicht taten.

»Angenommen, ich gehe noch mal in den Pub«, schlug er schüchtern vor. Sah er Belustigung in Ulphs Augen? »Angenommen, ich bringe Ihnen die Namen der beiden Männer?«

»Nur zu – vorausgesetzt, Sie handeln sich keine Schwierigkeiten ein, Mr. Chadwick.«

Zaghaften Schrittes ging David aus dem Polizeirevier. Er fühlte sich gedemütigt, durch Ulphs Sachkenntnis in die Schranken verwiesen. Trotzdem hatte Ulph ihn lediglich auf die Schwachstellen in seinem Gedankengang aufmerksam gemacht. Er hatte nichts unternommen, um Davids Überzeugung von Norths Schuld zu ändern oder seine wachsende Gewißheit zu erschüttern, daß North sich mit Susan Townsend nur abgab, um herauszufinden, wieviel sie wußte.

14

Er mußte natürlich das Pech haben, daß Sid und Charles an diesem Abend nicht im *Mann mit der eisernen Maske* saßen. Vielleicht kamen sie donnerstags nie. Er war sich selbst nicht sicher, ob er schon einmal an einem Donnerstag hier gewesen war. Jedenfalls konnte er sich an keinen seiner Besuche in dem Pub erinnern, bei dem er sie nicht hier gesehen hatte. Bis acht lungerte er herum, dann ging er nach Hause.

Am Abend darauf waren alle Stammgäste da, das Pärchen mittleren Alters, der alte Schauspieler, das Mädchen mit den malvenfarbenen Fingernägeln und ihr Freund, der diesmal einen Dreispitz aus der Zeit der Schlacht von Waterloo trug, alle außer Sid und Charles. David wartete, sah auf die Uhr, sah auf die Tür und fragte schließlich den Barmann.

»Die beiden Bärtigen meinen Sie?«

»Genau«, sagte David. »Scherzkekse haben Sie sie genannt. Die beiden suche ich.«

»Hier werden Sie die kaum finden.« Der Barmann warf ihm einen bedeutungsvollen Blick zu und setzte das Glas ab, das er gerade poliert hatte. »Behalten Sie es für sich, aber mit denen habe ich mich gestern mittag ganz schön herumgeärgert. Geld, Geld, Geld – was anderes hatten die nie im Kopf. Fast schon krankhaft. Das allererste Mal, als sie zu uns kamen, haben die gleich auf mir herumgehackt von wegen falsch herausgeben, zuviel berechnen und so. Alles Quatsch natürlich.« Er senkte die Stimme. »Anspielungen haben die gemacht, das war schon nicht mehr feierlich. Gestern hatte ich dann die Nase voll davon. Holen Sie doch die Polizei, wenn Sie nicht zufrieden sind, habe ich gesagt. Wir haben nichts zu verbergen. Ich habe das Recht auf meiner Seite, wenn ich mich weigere, Sie zu bedienen, habe ich gesagt, und wenn Sie morgen wiederkommen, werde ich das auch tun.«

»Das gleiche ist ihnen schon letzten August in der *Rose* passiert«, sagte David mutlos.

»Das wundert mich nicht. Ich vermute doch richtig, daß es keine Freunde von Ihnen sind?«

»Ich kenne nicht mal ihre Namen.«

»Eine Kneipentour«, sagte Pamela Pearce. »Also ich weiß nicht, David. Könnte langweilig werden.«

»Ich möchte da nach zwei Typen suchen. Ich muß die unbedingt finden.«

»Sie schulden dir wohl Geld.«

»Nein, sie schulden mir nichts«, meinte David mürrisch. »Es dreht sich um etwas viel Wichtigeres, aber ich möchte das jetzt lieber nicht erklären. Na komm schon, findest du es nicht lustig, durch die Pubs von Soho zu ziehen?«

»Eher berauschend. Von mir aus, Soho soll mir recht sein. Aber Liebling, es regnet in Strömen!«

»Na und? Dann kannst du deinen neuen Regenmantel einweihen.«

»Das wäre zu überlegen«, sagte Pamela, und als er sie abholte, glitzerte sie in silbernem Krokoleder.

In der U-Bahn-Station Tottenham Court Road sagte er: »Sie tragen beide Bärte, und ihre Gespräche drehen sich fast ausschließlich um Geld.«

»Mehr Anhaltspunkte hast du nicht?«

Er nickte und wich ihrem Blick aus. Ihm war eingefallen, daß Sid und Charles, falls sie sich endlich auftreiben ließen, mit Sicherheit ironische Anspielungen auf sein Interesse an einer gewissen auffallend gutaussehenden Dunkelhaarigen machen würden, seiner früheren Sekretärin. Pamela wußte nur zu genau, daß er nie eine Sekretärin gehabt hatte. Merkwürdig, daß ihn dies überhaupt nicht belastete.

Als ersten würden sie in den *Mann mit der eisernen Maske* gehen. Es bestand eine entfernte Aussicht, daß sich jemand von den anderen Stammgästen an North und

Magdalene erinnerte. Aber David hatte da seine Zweifel. Auch er war Stammgast, doch er entsann sich nicht daran, das Paar – die Verschwörer? Die Liebenden? – vor dem Tag der gerichtlichen Untersuchung schon einmal gesehen zu haben. Hatten sich Sid und Charles nur deshalb an sie erinnert, weil sie, wie die meisten Männer, für Magdalenes Schönheit empfänglich waren?

Er mußte sie finden.

Pamela ging schweigend neben ihm her, während durch den grauen Dunst leicht und stetig Regen fiel.

Es war Sonntag, und Julian Townsend nahm seinen Sohn den Tag über zu sich. Hand in Hand gingen sie auf dem Weg zu dem geparkten Auto. Susan sah ihnen nach und war amüsiert, weil der Airedale, der stets nur unbekannte Eindringlinge verbellte, plötzlich Julian anzukläffen begann. Er war ein Fremder geworden.

Sie zuckte mit den Schultern und ging ins Haus. In der Diele sah sie ihre Doppelgängerin aus dem Spiegel auf sich zukommen; sie blieb stehen, um sich zu begutachten, das blonde Haar, das neuen Glanz besaß, die grauen Augen, in denen Vorfreude funkelte, das neue Kostüm, für das sie ihr Konto geplündert hatte. Das Honorar von Miss Willingale würde das wieder in Ordnung bringen, denn sie hatte nur noch vier Kapitel vor sich.

Auf dem Seitenweg hörte sie Bobs Schritte. Die Zeiten seiner Höflichkeitsbesuche an der Haustür waren vorbei. Susan blickte auf die junge Frau in Spiegel und las in ihrem Gesicht die Freude über die neue Vertrautheit und den Anfang eines ungezwungenen Verhältnisses zwischen ihnen.

Ein wenig scheu ging sie ihm entgegen. Er trat ein und schloß sie wortlos in die Arme. Er küßte sie lang, bedächtig und geschickt, und die Wirkung seines Kusses auf sie war beunruhigend. Sie waren doch nur Freunde, ermahnte sie sich, Freunde in der Not, jeder der Trostspender des jeweils anderen. Erschüttert riß sie sich von ihm los und vermied, ihm in die Augen zu sehen.

»Bob, ich... Warte einen Augenblick. Ich muß noch meine Handschuhe holen, meine Tasche.«

Oben im Schlafzimmer lagen Handschuhe und Tasche ausgebreitet auf dem Toilettentisch. Sie ließ sich kraftlos auf das Bett sinken und starrte hinaus in den Himmel, der heute morgen tiefblau war, und auf die sich träge im Wind schaukelnden Ulmen, ohne etwas davon wahrzunehmen. Ihre Hände zitterten, und sie knetete sie durch, um die Muskeln wieder unter Kontrolle zu bringen. Bisher war sie der Meinung gewesen, das ohne einen Mann, einen Geliebten verbrachte Jahr sei aufgrund der fehlenden Gesellschaft und des Schmerzes der Ablehnung so unerträglich gewesen. Jetzt wurde ihr klar, daß sie mindestens ebensosehr sexuelle Leidenschaft vermißt hatte.

Er wartete auf sie unten an der Treppe. Sie mußte daran denken, wie sich das Mädchen in Harrow nach ihm umgedreht, was Doris über sein Aussehen und seinen Charme gesagt hatte, und diese Ansichten, die ausgesprochenen und unausgesprochenen Urteile von anderen Frauen, ließen ihn in ihren Augen plötzlich noch begehrenswerter erscheinen. Alle außer seiner Frau waren von seiner Ausstrahlung überwältigt, diesem Inbegriff all dessen, was einen Mann ausmachen sollte. Als sie nun zu ihm herunterkam, dachte sie kurz an seine Frau.

Warum war ausgerechnet sie ihm gegenüber unempfänglich und gefühllos gewesen?

Er lächelte sie an und streckte die Hand nach ihr aus. Es lag etwas Anstößiges darin, einen Mann wegen seines Aussehens zu begehren und – ein schmutziger, unanständiger Gedanke – weil man eben einen Mann haben wollte. Sie ging auf ihn zu, und diesmal nahm sie ihn in die Arme und reckte das Gesicht nach oben, damit er sie küßte.

»Zu Mittag essen wir in einem kleinen Pub auf dem Land«, sagte er. »Ich habe ihn selbst entdeckt, und für kleine Pubs hatte ich schon immer eine Schwäche.«

Sie hielt seine Hand und lächelte ihn an. »Tatsächlich, Bob?«

»Warum sagst du das so?« fragte er nervös. »Warum siehst du mich so an?«

»Ich weiß nicht. War keine Absicht dabei.« Sie wußte es wirklich nicht und konnte auch nicht sagen, weshalb sie plötzlich an Heller und Hellers Witwe denken mußte. »Schließen wir doch eine Abmachung«, fügte sie rasch hinzu. »Während unseres Ausflugs heute sprechen wir nicht über Heller oder Louise.«

»Lieber Himmel«, sagte er, und sie spürte, wie er aufseufzte, während er sie kurz an sich drückte. »Ich wäre der letzte, der über sie sprechen will.« Er strich ihr über das Haar, und sie erbebte, als sie seine Finger sanft auf ihrer Haut spürte. Sie hätte genauso erleichtert sein müssen wie er, doch sie empfand nur ein unbestimmtes Unbehagen. Gab es ein anderes Gesprächsthema, verband sie denn sonst noch etwas? Ein Gedanke hatte sich bei ihr eingeschlichen, dem etwas quälend Erniedrigendes anhaftete: daß sie, statt mit ihm auszugehen, lieber mit ihm zu Hause geblieben wäre und ihn für einen ewigen Augenblick der Wärme und des Begehrens Wange an Wange an sich gedrückt hätte. Außerhalb dieses Zimmers, so schien es ihr, konnten sie als Paar, als Freunde, nicht bestehen.

Die kühle frische Luft riß sie wie aus einem Traum. Sie ging mit einigem Abstand vor ihm zu seinem Auto und war entsetzt über sich, wie jemand, der sich auf einer Party zu einer Unbedachtheit hat hinreißen lassen und nun, am Tag darauf, sich scheut, den Nachbarn und seinem Partner mit diesem Makel unter die Augen zu treten.

Doris sah aus dem Fenster und winkte. Betty blickte von der Gartenarbeit auf und lächelte ihnen zu. Als ob ich mit Bob in die Flitterwochen ginge, dachte Susan, und die rosa Kirschblüten regneten ihr auf Haar und Schultern wie Konfetti auf eine Braut. Sie stieg auf der Beifahrerseite ein und mußte daran denken, wie grob er zu ihr an dem Tag gewesen war, als er sie nach Harrow mitgenommen hatte, und wie brutal seine fast schon gemeingefährliche Raserei gewesen war, mit der er ihr hatte angst machen wollen. Es war derselbe Mann. Er lächelte sie an, ergriff ihre Hand und küßte ihre Finger. Aber sie kannte ihn doch gar nicht, wußte nicht das geringste von ihm.

Was sie auch sagte, stets würden sie bei Heller landen. Darauf lief es immer hinaus. Doch sie hatte versprochen, weder ihn noch Louise zu erwähnen, und nun erkannte sie, daß Bob zwar häufig von ihnen sprach und merkwürdigen Trost aus dem Unglück schöpfte, jedoch immer dann unruhig wurde, wenn sie selbst die Initiative ergriff. Es war, als ob der Doppelselbstmord allein ihm gehöre und niemand, nicht einmal sie, ohne seine Erlaubnis darauf zu sprechen kommen und sich mit ihm befassen dürfe.

Diese Vorstellung mißfiel ihr sehr. Er dachte jetzt darüber nach. Sie konnte es von seinem Gesicht ablesen. Zum ersten Mal formte es sich in ihren Gedanken zu Worten, was sie seit der ersten Fahrt mit ihm in diesem Auto gewußt hatte. Die ganze Zeit, Tag und Nacht ohne Unterlaß, hatte er daran gedacht.

Aber irgend etwas mußte sie mit ihm reden. »Wie kommst du mit Mrs. Dring aus?« fragte sie verzweifelt.

»Ganz gut. Es war lieb von dir, sie zu überreden, Susan, richtig nett.«

»Sie kann nur samstags kommen?«

»Ja, wenn ich im Haus bin.« Er nahm eine Hand vom Steuer und tätschelte ihren Arm. Nicht aus Begierde, dachte sie, nicht aus Zuneigung. Vielleicht einfach, um sich zu vergewissern, daß sie wirklich neben ihm saß. Ganz leise, als säßen sie nicht allein in einem Auto, sondern gingen auf einer bevölkerten Straße, wo jeder zuhören konnte, wenn man nicht flüsterte, sagte er dann: »Sie kommt immer wieder darauf zu sprechen. Ich versuche, ihr aus dem Weg zu gehen, aber sie nützt die kleinste Gelegenheit, um darauf zu sprechen zu kommen.«

»Sie ist ziemlich rücksichtslos«, sagte Susan sanft.

Er kniff die Lippen zusammen, aber nicht aus Trotz. Er versuchte nur, das Zucken seiner Mundwinkel zu verbergen. »Sie öffnet die Fenster.«

Wodurch das Geheimnis, das er dort verbarg, der frischen Luft und hellem Tageslicht ausgesetzt wurde? Mit einem Mal fröstelte Susan in dem muffigen Auto, aus dessen Heizung ein warmer Luftschwall strömte. Mit tonloser Stimme, leise und doch flüssig, erzählte er ihr von den Fragen, die Mrs. Dring ihm gestellt hatte, von ihren gefühlsduseligen, taktlosen Beileidsbekundungen.

»Ich werde sie mir mal vorknöpfen.«

Doch er schien sie kaum zu hören. Wieder einmal war er bei diesem Vormittag gelandet, seiner Ankunft in *Braeside* und den beiden auf dem Bett. Und aus Mitleid und weil sie ihn nicht merken lassen wollte, daß sie auch ein wenig Angst hatte, legte Susan ihm die Hand auf den Arm und ließ sie dort ruhen.

»Ich konnte sie nicht finden«, sagte David. Ulphs Miene glich der eines nachsichtigen Vaters, der sich die Flunkereien eines Kindes anhört. Vielleicht hatte er im Grunde nie an Sid und Charles geglaubt. David kam sich in seiner Gegenwart wie ein Spinner vor, einer von den Leuten, die mit wilden Beschuldigungen zur Polizei rennen, weil sie Zwietracht säen oder sich wichtig machen wollen. Aus diesen Überlegungen heraus erwähnte er nichts mehr von der Suche mit Pamela Pearce, die sie in achtzehn verschiedene Pubs geführt hatte, in denen sie immer wieder vergebens die gleichen Fragen gestellt hatten. Aus naheliegenden Gründen sagte er auch nichts über den nachfolgenden Streit, als sie durch die frustrierende Enttäuschung und den unaufhörlichen Regen beide schlechter Laune gewesen waren.

»Vermutlich arbeiten sie in der City«, sagte er und

kam sich albern vor. »Wir könnten es an der Börse, bei Lloyds oder so versuchen.«

»Ja, *Sie* könnten das, Mr. Chadwick.«

»Heißt das, Sie ziehen nicht mit? Sie wollen keinen Beamten darauf ansetzen?«

»Zu welchem Zweck? Kann sich irgend jemand von den anderen Stammgästen dieses Pubs daran erinnern, Mr. North oder Mrs. Heller dort schon gesehen zu haben?« David schüttelte den Kopf. »Nach dem, was Sie mir über ihr Benehmen berichtet haben, sind Ihre bärtigen Bekannten nicht gerade ein Ausbund an Rechtschaffenheit. Mr. Chadwick, können Sie ausschließen, daß sie Ihnen nicht ... nun, einen Bären aufgebunden haben?«

Diesmal nickte David dickköpfig. Ulph zuckte mit den Schultern und trommelte mit den Fingern leise auf den Schreibtisch. Auch ihm ging vieles durch den Kopf, das er aus Gründen der Schweigepflicht für sich behielt. Es bestand keine Veranlassung, diesem halsstarrigen jungen Mann mitzuteilen, daß seit seinem letzten Besuch auf dem Polizeirevier North und Mrs. Heller noch einmal getrennt vernommen worden waren und beide energisch bestritten hatten, schon vor den Selbstmorden voneinander gewußt zu haben. Ulph glaubte ihnen. Robert North war für Mrs. Hellers Schwager und Mrs. Hellers Nachbarn inzwischen ein guter Bekannter. Sie kannten ihn als liebenswürdigen Wohltäter, der sich in East Mulvihill zum ersten Mal fünf Tage nach dem Unglück hatte blicken lassen.

Daher hatte Ulph den Glauben an Davids Theorie über den Weg der Waffe verloren. Von Norths Schuld war er nach wie vor überzeugt, und vor seinem geistigen Auge tauchte immer noch die Filmsequenz über Norths Handlungen an jenem Mittwoch vormittag auf. Doch er war auf andere Weise an die Waffe gekommen. Wie, wußte Ulph nicht, und auf welchem Weg North das Haus verlassen hatte, war ihm auch nicht klar. Antworten auf diese Fragen würden ihm dabei helfen, den Fall noch einmal aufrollen zu lassen, nicht unbegründete Spekulationen über eine Verschwörung.

»Sehen Sie, Mr. Chadwick«, fuhr er geduldig fort, »Sie haben für dieses Komplott nicht nur keine handfesten Beweise, Sie verfügen nicht einmal über eine Theorie, die mich überzeugen könnte, daß ein solches Komplott überhaupt erforderlich war. Mrs. Heller hat ihrem Mann die Scheidung vorgeschlagen, als sie seiner Untreue zum ersten Mal auf die Spur kam. Sie hat die Scheidung lediglich deshalb nicht eingereicht, weil er zeitweise die Ansicht vertrat, sie sollten mit ihrer Ehe noch einmal einen Neubeginn machen. Er hätte sie nicht daran hindern können, sich von ihm scheiden zu lassen, denn die Schuldfrage war eindeutig. Er hat nicht einmal versucht, die Wahrheit vor ihr zu vertuschen. Er liebte Mrs. North, beging mit ihr Ehebruch und hat seine Frau nicht im unklaren darüber gelassen. Was nun North anbelangt, so wäre er durchaus zu einem Verbrechen aus Eifersucht oder verletztem Stolz fähig gewesen. Aber das ist etwas ganz anderes, als monatelang mit einer relativ Unbekannten einen Mordplan auszuhecken. Sein Zorn hätte sich bis dahin entladen. Warum sollte er das gewaltige Risiko eines vorsätzlichen Mordes eingehen, wenn er bei den vielen Beweisen, über die er verfügte, doch nur auf Scheidung hätte klagen müssen?«

Dabei ließ er es bewenden. Zeigen Sie mir, dachte er, wie dieser Mann im Zustand der Eifersucht und des Zorns, den ich nachvollziehen kann, in den Besitz einer Waffe gelangte, an die er nicht herankommen konnte, und ungesehen sein Haus verließ.

Sie hatte ihn zwar oft genug eingeladen, aber es würde ihr bestimmt einen Schreck versetzen, wenn er bei ihr vor der Tür stand. North mußte ihr inzwischen von seinem Besuch in Matchdown Park erzählt haben. Zögernd blieb er ein paar Sekunden auf der Treppe stehen, ehe er auf die Klingel drückte. Der rote und gelbe Lichtschein der grellen Neonreklame und die Scheinwerfer der vorbeifahrenden Busse flackerten auf den Wänden mit der abblätternden Farbe und den Kreideschmierereien.

Der Schwager öffnete die Tür. Im Halbdunkel hätte man glauben können, das zögernde Lächeln breite sich auf Bernard statt auf Carl Hellers Gesicht aus, und es sei Bernard, der zur Seite trat, um ihn einzulassen.

In der Wohnung roch es nach Gemüse und Bratensoße. Sie hatten vor kurzem gegessen, das benutzte Geschirr stand noch auf dem Tisch. Magdalene Heller lehnte mit einer unangezündeten Zigarette zwischen den Fingern an der Wand unter der Mandoline.

»Höchste Zeit, daß ich mal bei Ihnen vorbeischaue, habe ich mir gedacht«, sagte David. Er hatte das Gefühl, richtig zu handeln, und als er mit seinem Feuerzeug zu ihr trat, glaubte er fast, ein Hauch von Vergeltung und Schicksal wehe durch das Zimmer. Die Flamme tauchte ihr Gesicht in violette Schatten, und sie riß erschreckt die Augen auf. Zunächst schwieg sie, doch David ahnte, daß auch sie sich an die Parallele dieser Szene erinnerte und das Gefühl hatte, dies alles schon einmal erlebt zu haben. Fast erwartete er, sie würde rasch einen Blick über die Schulter werfen und nach Norths Gesicht schielen. Sie setzte sich und schlug ihre langen hübschen Beine übereinander.

»Wie kommen Sie denn zurecht?«

»Geht so.« Ihre Schroffheit, die fast an Unhöflichkeit grenzte, erinnerte ihn ein wenig an Elizabeth Townsend. Doch während das Selbstvertrauen hinter Mrs. Townsends rüpelhafter Art sich auf ihre Herkunft, Erziehung und Verbindungen gründete, hing Magdalenes Flegelhaftigkeit mit der Selbstsicherheit einer auf ihre Schönheit vertrauenden Frau zusammen.

Carl ergriff das Wort. »Die Leute waren sehr freundlich, vor allem Mr. North.« David war so, als habe sich das Mädchen ein wenig versteift, als der Name gefallen war. »Er hat Magdalene etwas Geld geborgt, damit sie über die Runden kommt.« Carl lächelte breit, als wolle er sagen: Na, was sagen Sie dazu? »Fast wie ein alter Freund?« sagte er, und als David die Augenbrauen leicht nach oben zog, setzte er hinzu: »Die Polizei kam sogar her und hat Magdalene gefragt, ob sie ihn schon von früher kannte.«

David bekam Herzklopfen. Also war Ulph doch an der Sache interessiert... »Aber das hat sie natürlich nicht«, versicherte er treuherzig.

Magdalene drückte die Zigarette aus. »Wie wäre es, wenn du uns einen Kaffee machst, Carl?«

Während Bernards Zwillingsbruder ihrer Aufforderung nachkam und in der Küche verschwand, heftete sie ihren

Blick auf David. In ihren grünen Augen bewegten sich die goldenen Pünktchen wie winzige Metallspäne träge hin und her. »Sagen Sie mal« – ihr Akzent trat heute abend sehr deutlich hervor – »hat Bernard Ihnen je erzählt, wie er diese Frau kennengelernt hat?«

»Nein, hat er mir nicht«, erwiderte David. »Wie hat er sie denn kennengelernt?«

»Letzten August in Matchdown Park. Sie war zu Besuch bei einer Freundin, und er kam in das Haus, um ein Ersatzteil für die Heizung einzubauen. Sie war krank gewesen und fühlte sich nicht wohl, deshalb hat er ihr angeboten, sie nach Hause zu fahren. Damit hat alles angefangen.«

Warum erzählst du mir das? fragte er sich. Die Sätze standen zusammenhanglos im Raum.

»Er hat mir das alles erzählt«, sagte sie. »Bob North hatte keine Ahnung. Ich mußte ihm alles erklären. Ist es da etwa verwunderlich, daß wir uns nach der gerichtlichen Untersuchung zusammensetzten? Wir hatten uns viel zu erzählen.«

»Und die Polizei ist tatsächlich der Meinung, Sie und North hätten sich schon von früher gekannt?«

Kalter Haß funkelte in ihren Augen auf. Sie wußte, weshalb die Polizei sie vernommen und wer sie dazu angestiftet hatte, doch sie wagte es nicht auszusprechen. »Ich habe Bob zum ersten Mal vor drei Wochen zu Gesicht bekommen«, erklärte sie und warf den Kopf nach hinten, so daß ihr schwarzes Haar auf ihre Schultern fiel. »Ich mache mir keine Sorgen. Warum sollte ich auch?«

»Für mich keinen Kaffee«, sagte David, als Carl mit einem Tablett in das Zimmer trat. Er empfand starke Abscheu, irgend etwas in dieser Wohnung zu sich zu nehmen, und stand auf. »Ich nehme an, die *Equatair* hat Ihnen was zukommen lassen?« fragte er unverblümt, denn Unverschämtheit oder Taktgefühl spielte zwischen ihm und ihr nun keine Rolle mehr. Die Erinnerung daran, wie sich ihre vollen rosa Lippen auf seine Haut gedrückt hatten, rief Ekel in ihm hervor.

»Reichlich wenig«, erwiderte sie.

»Wahrscheinlich war es nicht einfach für die Leute, jemand zu finden, der an Bernards Stelle in die Schweiz geht.« David wandte sich an Carl. »Sie arbeiten wohl in einer anderen Branche?«

»Ich spreche zwar die Sprache, Mr. Chadwick, aber nein, so schlau wie Bernard bin ich nicht. Ich werde wie gewöhnlich meinen Urlaub in der Schweiz verbringen. Ich bin dort geboren, und meine Verwandtschaft lebt dort.«

Magdalene schenkte den Kaffee sehr langsam ein, als befürchte sie, das Zittern ihrer Hände könnte sie verraten. Plötzlich erschien es ihm sehr wichtig, mit ihrem Schwager in Verbindung zu bleiben. Schon einmal hatte er es versäumt, sich eine Adresse geben zu lassen. Ohne die Hände vom Rücken zu nehmen, nickte er der Witwe zu und fing ihren verdrossenen Blick auf, ehe er Carl in die Diele folgte.

»Ich fahre vielleicht selbst in die Schweiz«, sagte er, als sie außer Hörweite in dem engen Flur dicht nebeneinander standen. »Falls ich da ein paar Tips brauche... könnten Sie mir vielleicht Ihre Adresse geben?«

Carls Trauermiene hellte sich freudig auf. Er wirkte nicht wie ein Mann, der oft um Rat gefragt wird. David gab ihm einen Kugelschreiber und ein altes Kuvert, auf dem er mit weit ausholender schräger Handschrift seine Adresse und die Telefonnummer einer Pension notierte.

»Wäre mir ein Vergnügen, Mr. Chadwick.« Er öffnete die Tür und blickte sich um. »Ich dachte, Mr. North würde uns heute abend vielleicht die Ehre erweisen«, sagte er. »Ein paarmal war ich hier, als er Magdalene besuchen kam. Aber er ist ein vielbeschäftigter Mann, und seine Nachbarn nehmen ihn so in Beschlag...«

Seine Nachbarn. Eine Nachbarin, dachte David. Er ging über die Straße, und als er das Kuvert in seine Taschen steckte, berührte er mit der Hand die Karte, die er in der National Gallery erworben hatte. Unter einer Straßenlaterne blieb er stehen, um einen Blick darauf zu werfen. War North jetzt bei ihr? Lag North jetzt im Bett mit ihr, aus demselben Grund wie Magdalene Heller versucht hatte, mit ihm, David, ins Bett zu gehen?

Sie war wunderschön, dieses Mädchen, das Millais gemalt hatte, um sie Ruskin dann auszuspannen und schließlich zu heiraten. Susan Townsend glich ihr aufs Haar, war ihr so ähnlich wie Carl seinem Bruder Bernard. Das Bild, das er zerknickt und bereits ein wenig angeschmutzt in der Tasche trug, hätte ein Foto von ihr sein können. Er fragte sich, was er wohl empfinden würde, wenn er es nicht gekauft, sondern von ihr geschenkt bekommen hätte.

In der U-Bahn-Station East Mulvihill löste er einen Fahrschein, dann ging er rasch, ehe er noch Zeit hatte, allzu lange über seine Absicht nachzudenken, in eine Telefonzelle.

15

»Mrs. Townsend, hier ist David Chadwick. Bitte hängen Sie nicht auf.« Wirkte seine Stimme auf sie auch so eindringlich wie auf ihn? »Ich wollte mit Ihnen sprechen. So konnte ich die Sache einfach nicht stehenlassen.«

»Ja?« Dieses Wort konnte Wärme ausstrahlen, konnte Zustimmung und Gesprächsbereitschaft ausdrücken, doch so, wie sie es aussprach, ging eisige Kälte von ihm aus.

»Ich rufe nicht an, um mit Ihnen – über das zu reden, was ich vergangene Woche erwähnt habe. Ich habe nicht die Absicht, über Mr. North zu sprechen.«

»Das trifft sich gut, ich nämlich auch nicht.« Sie klang weder bissig noch einschüchternd. Es war schwer zu sagen: stahlhart, unnachgiebig, distanziert.

»Was ich letzte Woche gemacht habe, war gemein. Ich möchte mich dafür von ganzem Herzen entschuldigen. Können Sie meine Bitte verstehen, Sie zu sehen und Ihnen zu erklären, daß ich kein Flegel oder Witzbold bin? Mrs. Townsend, würden Sie mit mir zu Abend essen?«

Da er sie nicht sehen konnte, war er nicht in der Lage, ihr Schweigen zu ergründen. »*Natürlich nicht*«, sagte sie schließlich, aber nicht verächtlich. Sie lachte, und er hörte aus ihrem Lachen weder Hohn noch Empörung heraus. Sie klang nicht einmal belustigt, sondern einfach nur ungläubig.

»Dann eben zu Mittag«, bohrte er weiter. »In einem großen Restaurant voller Menschen, wo ich Ihnen... Ihnen keine Angst machen kann.«

»Ich hatte Angst.«

In diesem Moment verliebte er sich in sie. Bis dahin war es nur ein dummer Wunschtraum gewesen. Wie konnte er so ein Narr sein, sie anzurufen und sich in fünf Minuten einen derartigen Kummer aufzubürden?

»Ich hatte Angst«, wiederholte sie. »weil es dunkel war und ich allein gewesen bin.« Erneut breitete sich Schweigen aus, und das Zeichen zum Nachwerfen piepste im Hörer, weit entfernt und ohne darauf achtend, was es unterbrach. In der Hand hatte er die Münze, auf den Lippen die atemlose Frage.

»Sind Sie noch dran?«

Ihr Ton klang nun energisch. »Dieses Gespräch wird langsam ziemlich lächerlich, finden Sie nicht? Ich nehme an, Sie haben in gutem Glauben gehandelt, aber das spielt jetzt ohnehin keine Rolle mehr. Wir kennen uns überhaupt nicht, und das einzige Thema für ein Gespräch zwischen uns wäre – na, eben das, worüber ich nicht sprechen will.«

»Es wäre keineswegs das einzige Thema«, widersprach er heftig. »Mir fallen auf Anhieb hundert andere ein.«

»Auf Wiedersehen, Mr. Chadwick.«

Er fuhr mit der Rolltreppe nach unten, und als er allein in dem Gang war, der zum Bahnsteig führte, warf er die Postkarte weg. Sollte sie doch unter den Füßen des morgendlichen Pendlergewühls zertrampelt werden.

Sie war beinahe sicher, daß Bob das Gespräch nicht mitangehört hatte, doch als sie ins Wohnzimmer zurückkam, blickte er auf, und in seinen Augen lag ein gehetzter Ausdruck. Sollte sie ihn belügen, ihm sagen, es sei jemand gewesen, dem der Makler ihre Nummer gegeben hatte, ein Kaufinteressent für das Haus?

»Ich habe es gehört«, sagte er. »Es war dieser Chadwick.«

»Wollte nur Essen mit mir gehen«, besänftigte ihn Susan. »Ich werde nicht gehen. Natürlich nicht.«

»Was will er eigentlich, Susan? Worauf will er hinaus?«

»Nichts. Laß das, Bob, du tust mir weh.« Seine Hände, die so zärtlich sein konnten, wenn sie ihre Wange streichelten, schienen die Knochen ihrer Handgelenke zermalmen zu wollen. »Setz dich. Wo warst du noch gleich, ehe er anrief...?«

Die groben Finger lockerten ihren Griff. »Bei Louise. Ich habe dir gerade erzählt, wie sie sich kennengelernt haben. Er hat sie mit dem Auto nach Hause gebracht. Ich habe die ganze Geschichte von Magdalene Heller. Später trafen sie sich dann, wenn ich Überstunden machen mußte.« Seine Stimme klang fiebrig und verzweifelt. »In Cafés, in Pubs. Er steigerte sich so in die Sache hinein, daß er versuchte, sich das Leben zu nehmen. Wollte Gott, es wäre ihm damals gelungen. Dann fing er an, ihr diese schrecklichen Briefe zu schreiben... Susan, du hast die Briefe doch wirklich verbrannt?«

Inzwischen war es ihr egal, ob sie ihm die Wahrheit sagte oder ihn belog. Was war überhaupt die Wahrheit? »Ich habe sie verbrannt, Bob.«

»Warum kann ich das alles nicht vergessen, einfach einen dicken Strich darunter ziehen? Du glaubst, ich werde verrückt. Oh doch, Susan, es steht dir ins Gesicht geschrieben.«

Sie verbarg ihren Kopf in den Händen und fuhr sich mit den Fingern durchs Haar. »Wenn Mrs. Heller dich so beunruhigt, dann geh ihr doch aus dem Weg.«

»Was willst du damit sagen?«

»Du hast ihr doch Geld gegeben, oder?«

Er seufzte und hörte sich dabei unendlich müde an. »Ich möchte das alles hinter mir lassen, ganz weit weggehen. Ach Susan, wenn ich doch heute abend nur nicht wieder in dieses Haus müßte! Oder niemals wieder Magdalene Heller sehen.« Er hielt inne, um dann in einem Ton fortzufahren, als treffe er eine tiefschürfende, gleichzeitig aber neue und erschreckende Feststellung. »Ich will Magdalene Heller nie wiedersehen.«

»Und mich auch nicht, Bob?« fragte Susan sanft.

»Dich? Es wäre besser gewesen, wenn ich dich nie getroffen, dich nie gesehen hätte...« Er stand auf, und sein Gesicht war bleich und abgespannt, als ob er krank oder tatsächlich wahnsinnig sei. »Ich liebe dich, Susan.« Er nahm sie in die Arme, und ihre Lippen berührten sich fast, als er sagte: »Eines Tages, wenn ich – wenn das alles vorbei ist, willst du mich dann heiraten?«

»Ich weiß nicht«, antwortete sie verblüfft, doch nach einem langen Seufzer küßte sie ihn, und ihr war, als sei kein Kuß je so wohltuend und süß gewesen. »Es ist noch nicht soweit, oder?« fragte sie, als sich ihre Lippen trennten und sie in das abgespannte gequälte Gesicht aufblickte.

»Ich weiß, da ist der Junge.« Er schien ihre Gedanken lesen zu können. »Er fürchtet sich vor mir. Das geht vorbei. Wir könnten doch zusammen fortziehen. Fort von Mrs. Dring, diesem Chadwick und – und Mrs. Heller.«

Das Fernsehspiel, für das David die Dekorationen entworfen hatte, ging zu Ende, und der Nachspann lief ab. Ein Blick in die Nachrichten kann nicht schaden, dachte er. Als erstes wurde über das Ergebnis einer Nachwahl irgendwo im Südwesten Englands berichtet, was ihn überhaupt nicht interessierte, und er war schon aufgestanden, um auszuschalten, als er, fasziniert von der Stimme eines Sprechers, der den Moderator unvermittelt abgelöst hatte, innehielt. Dieser Singsang-Tonfall, diese rollenden Rs kamen ihm bekannt vor. Er hatte sie heute schon einmal gehört – aus dem Munde von Magdalene Heller. Ihr Akzent, der weit weniger ausgeprägt als bei dem Kommentator war, hatte ihm stets Rätsel aufgegeben, doch jetzt konnte er ihn endlich einordnen. Sie kam aus Devon.

Sofort fiel ihm das Foto von Robert und Louise North in der Zeitung ein. Es war vergangenes Jahr während ihres Urlaubs in Devon aufgenommen. Hatte das etwas zu bedeuten?

In Gedanken ging er noch einmal gründlich das zwei Stunden zurückliegende Gespräch mit Magdalene durch; er fand es merkwürdig, daß sie so großen Wert darauf gelegt hatte, ihm zu erzählen, wie sich ihr Mann und Louise North kennengelernt hatten. Lag es daran, daß ihr die Umstände dieser Begegnung tatsächlich Schmerz bereiteten, oder hatten sie sich in Wirklichkeit gar nicht so kennengelernt? Es war natürlich möglich, daß Bernard Louise nach Hause gefahren hatte, weil sie sich unpäßlich fühlte, und dann versprach, sich später nach ihrem Befinden zu erkundigen, woraus dann ihr Verhältnis seinen Anfang genommen hatte. Aber war es nicht viel wahrscheinlicher, daß sie sich alle im Urlaub kennengelernt hatten?

Wieder spürte David Erregung in sich aufsteigen. Angenommen, die beiden Paare hatten sich in einem Hotel oder am Strand kennengelernt? Falls Louise und Bernard dann mit der Absicht, ihre bereits angeknüpfte Beziehung nicht abreißen zu lassen, nach Matchdown Park respektive East Mulvihill zurückgekehrt waren, hätten sie Freunden oder Nachbarn doch wahrscheinlich nicht von ihrer scheinbar flüchtigen Ferienfreundschaft erzählt. Doch auch North und Magdalene hätten dann eine Bekanntschaft gemacht, die, wie oberflächlich sie auch gewesen sein mochte, eine Erklärung ihrer späteren Treffen darstellte.

In diesem Fall hätte sich North sehr wohl mit Magdalene in Verbindung setzen können, um ihr den Ehebruch seiner Frau zu enthüllen – oder Magdalene mit North, um ihn von Bernards Verhalten in Kenntnis zu setzen. Selbst Ulph, dachte David, konnte diese Annahme nicht für aus der Luft gegriffen halten.

Einen Augenblick zögerte er, dann griff er zum Telefon und wählte Carl Hellers Nummer. Die Zimmerwirtin nahm ab. Mr. Heller sei gerade eben von seiner Schwägerin gekommen, im Moment ziehe er sich den Mantel aus. Das Telefon verzerrte seine Stimme ein wenig.

»Ihnen ist doch hoffentlich nichts zugestoßen, Mr. Chadwick?«

»Nein, nein«, sagte David. »Ich spiele nur mit dem Gedanken, über Ostern ein paar Tage in die Schweiz zu fahren, und da dachte ich mir, Sie könnten mir vielleicht ein Hotel empfehlen.«

Carl ratterte eine lange Aufzählung von Namen und Sehenswürdigkeiten herunter. Er klang erfreut und war genauso übereifrig wie Bernard, wenn man ihn um einen Gefallen bat. David erinnerte sich, wie der verstorbene Bruder dieses Mannes auf seine schüchterne Bitte, einen Kamin ausleihen zu dürfen, damit reagiert hatte, ihm nicht einen, sondern gleich ein Dutzend der neuesten Modelle aufzudrängen. Entsprechend ließ es Carl nicht bei den Namen einiger Pensionen bewenden, sondern rezitierte aus seinem Gedächtnis Hotels und Touristenattraktionen in sämtlichen Kantonen der Schweiz und hielt nur inne, um David Zeit zu geben, der so tat, als mache er sich ausführliche Notizen.

»Das reicht dicke«, sagte David, als Carl Atem holte. Er erwähnte ein bescheidenes Hotel in Meiringen. »Ich nehme an, in dem sind Ihr Bruder und seine Frau oft abgestiegen?«

»Nach seiner Heirat ist mein Bruder nie wieder in der Schweiz gewesen. Mir hat er gesagt, er wolle ganz Engländer werden. Seine ausländischen Gewohnheiten hat er alle abgelegt. Er und Magdalene haben die Ferien immer in England verbracht, in Devon, wo Magdalene herstammt.«

»Wirklich?«

»Deshalb habe ich mich auch so für sie gefreut wegen der Stelle in Zürich. Warte nur, bis du mal richtige Berge zu sehen bekommst, habe ich Magdalene gesagt. Aber dann macht mein Bruder so etwas Gottloses, und...« Carls tiefer Seufzer drang vernehmlich durch die Hörmuschel. »Schon komisch, Mr. Chadwick, Sie werden bestimmt darüber lachen, aber in gewisser Beziehung ist es fast tragisch. In Devon sind sie immer in der gleichen Pension in Bathcombe Ferrers abgestiegen, und was glauben Sie, wie die heißt? *Schweizer Chalet!* Mein Bruder und ich haben oft Witze darüber gemacht. Aber Sie kommen viel in der Welt herum, da würde es Ihnen dort bestimmt nicht gefallen. Nein, Sie müssen nach Brunnen fahren, oder vielleicht nach Luzern. Was nun den Pilatus betrifft – Sie haben sich das doch aufgeschrieben? Das Hotel dort heißt…«

In der Hand hielt David nur das Kuvert, auf das Carl seine Adresse notiert hatte, und nicht ohne sich für seinen Betrug ein wenig zu schämen, schrieb er nun genau vier Worte daneben.

16

Ein rustikales Holzschild, auf dem der Name eingebrannt war, zeigte ihm an, daß er am Ziel war. Sonst gab es keine Hinweise, wieso die Pension *Schweizer Chalet* hieß. Es war ein dreistöckiges Haus aus dem Anfang des Jahrhunderts, von dessen Dach kaum etwas zu sehen war. Ein Gewirr von Regenrinnen rankte sich wie Kletterpflanzen über die gesamte Fassade.

Der Eingang führte durch einen Wintergarten, voll mit eingetopften Fleißigen Lieschen. David öffnete die Glastür und fand sich in einem Vestibül wieder, das nach Farbe und Ausstattung das Motiv eines Sepiadrucks aus dem neunzehnten Jahrhundert hätte sein können. Er trat vor eine Wandöffnung, die ihn an den Fahrkartenschalter eines kurz vor der Stillegung stehenden Bahnhofs erinnerte. Auf dem Sims stand eine Glocke, eine mit Edelweiß und der Aufschrift *Luzern* bemalte Messingglocke. Die Ehre war gerettet. Im *Schweizer Chalet* befand sich zumindest ein original schweizerischer Gegenstand.

Das schrille Bimmeln lockte eine kleine rundliche Frau hinter einer Tür mit der Aufschrift *Privat* hervor. David steckte den Kopf durch die Luke und fragte sich, ob man sich so fühlte, wenn man am Pranger stand. Die Frau marschierte angriffslustig auf ihn zu, als wolle sie jeden Moment ein faules Ei oder eine Tomate nach ihm werfen.

»Chadwick«, stieß er hastig hervor. »Aus London. Ich habe ein Zimmer bestellt.«

Die drohende Miene milderte sich zwar ab, doch zu einem Lächeln konnte sie sich nicht herablassen. Er schätzte sie auf knapp über sechzig. Das Haar trug sie im Farbton von Kokosflechten gefärbt, denen es auch der Struktur nach ähnelte, und bekleidet war sie mit einem malvenfarbenen Twinset, einem Wunderwerk der Häkelkunst, reich besetzt mit Bommeln und Quasten.

»Sehr erfreut«, sagte sie steif. »Ich bin Mrs. Spiller, wir haben miteinander telefoniert.« Sie stammte nicht von hier. Mußte sich hier zur Ruhe gesetzt haben, vielleicht in der Hoffnung, ein Vermögen zu verdienen. Er warf einen Blick auf das Kiefernholz, das dringend einen neuen Anstrich nötig hatte, die Lampe mit dem Bakelitschirm und auf das Gästebuch, das sie ihm hinschob, dessen leere Seiten auf flaue Geschäfte schließen ließen. »Zimmernummer acht.« Er streckte die Hand nach dem Schlüssel aus. Vor Entrüstung traten tiefe Falten auf ihre puterrote Stirn. »Schlüssel haben wir hier keine«, erklärte sie. »Falls Sie unbedingt Wert darauf legen, können Sie die Tür verriegeln. Frühstück gibt's um Punkt acht, Mittagessen um eins, und um sechs kann ich ein Abendessen anbieten.« David nahm seinen Koffer in die Hand. »Zwei Treppen hoch.« Sie bückte sich unter dem Klappbrett durch. »Erste Tür links. Die Toilette ist im Bad, deshalb trödeln sie nicht so lange beim Waschen. Es gibt schließlich noch so etwas wie Rücksicht.«

Rücksicht auf wen? fragte er sich. Die Saison hatte gerade erst begonnen, und die Pension wirkte wie ausgestorben. Es war zehn nach elf, doch Mrs. Spiller schien ihre letzte Ermahnung vergessen zu haben, denn als er die Treppe hinaufstieg, rief sie ihm nach:

»Sie haben mit keinem Ton erwähnt, wer mich Ihnen empfohlen hat.«

»Eine Freundin«, sagte er. »Mrs. Heller.«

»Doch nicht etwa die kleine Mag?«

»Stimmt. Mrs. Magdalene Heller.«

»Warum haben Sie das denn nicht gleich gesagt?«

Weil er gedacht hatte, daß er nach und nach und ganz beiläufig darauf zu sprechen kommen mußte.

»Sie sind mir vielleicht einer. Ich wette, sie hätten kein Wort gesagt, wenn ich nicht gefragt hätte. In der Zeitung habe ich alles über die Tragödie gelesen. Hat mich völlig vor den Kopf geschlagen, das kann ich Ihnen sagen. Ich habe gerade den Kessel aufgesetzt. Möchten Sie noch ein Täßchen Tee, ehe Sie sich aufs Ohr legen? Prima. Lassen Sie das Gepäck ruhig stehen, ich lasse es den Jungen nach oben bringen.«

Die Sache ließ sich gut an, viel besser, als er erwartet hatte. Nur eine Frage mußte er stellen. Von ihrer Antwort hing ab, ob er das ganze Wochenende hierblieb oder morgen früh wieder abreiste. »Aber natürlich, war sie nicht erst letztes Jahr bei Ihnen?«

»Ganz recht, im Juli. Ende Juli. Gehen Sie nur schon in den Salon und machen Sie es sich bequem.«

Der ›Salon‹ war ein kleines kümmerliches Zimmer, in dem es nach Geranienblättern und Mückenspray roch. Mrs. Spiller schloß hinter ihm die Tür und ging Tee holen. Als er sich niederließ, überlegte er sich, wie oft in dem gleichen Sessel wohl schon Magdalene gesessen hatte. Angenommen, auch die Norths hatten hier gewohnt, so daß die erste Begegnung zwischen Bernard und Louise vielleicht in diesem Zimmer stattgefunden hatte? Er begutachtete die Einrichtung mit dem kritischen Blick eines Bühnenausstatters, die Topfpflanzen, das Hochzeitsbild auf dem Klavier, die Glaskugel, in der ein Schneesturm wütete. Ihm gegenüber hingen zwei Bilder, ein Aquarell, auf dem Plymouth Hoe zu sehen war, und eine potthäßliche kleine Lithographie einer mitteleuropäischen Städteansicht. In der Ecke hing noch ein Bild, halb verdeckt hinter einer Blumensäule aus Mahagoni. Er stand auf, um es genauer zu betrachten, und vor Überraschung stockte ihm fast das Herz. Was paßte besser in dieses viktorianische Zimmer als Millais' *Order of Release*? Sie, Susan Townsend, sah glatt durch ihn hindurch, den Mund leicht schief, ihr Blick kühl, abweisend und gleichgültig.

Ehe er aus London hierhergefahren war, hatte er etwas Seltsames getan, vielleicht eine Dummheit. Ein Dutzend weiße Rosen hatte er ihr geschickt. Würde sie den Strauß mit dieser Miene in Empfang nehmen, distanzierte Höflichkeit, die, kaum daß die Tür zu war, in Abscheu umschlug?

»Zucker?« brüllte ihm Mrs. Spiller ins rechte Ohr.

Er fuhr zusammen und hätte ihr fast die Teetasse aus der Hand geschlagen.

»Wohl ein wenig nervös? Ein paar Tage hier bei uns werden Sie wieder auf die Beine bringen.«

»Magdalene kommt immer unwahrscheinlich erholt von hier zurück«, antwortete David.

»Recht so. Gesundheit ist das wichtigste, wenn man so etwas durchmachen muß. Schreckliche Sache, daß sich der einfach so das Leben nimmt. Ich habe mich oft gefragt, was da wohl hintersteckt.« So oft wie ich bestimmt nicht, dachte David, während er an dem heißen süßen Tee nippte. »Als ihr Freund müssen Sie doch wissen, was der Auslöser dafür war. Sie können es mir ruhig erzählen. Es ist nicht übertrieben, wenn ich sage, daß ich früher mehr oder minder zur Familie gehört habe. Jedes Jahr hat Mr. Chant mit der kleinen Mag hier ihre Ferien verbracht, und Mag hat mich stets Tante Vi genannt.«

»Das tut sie noch immer«, warf David beherzt ein. »Sie spricht häufig von ihrer Tante Vi.« Aber wer war Mr. Chant? Natürlich, ihr Vater. In der Zeitung, mit der sein Diaprojektor eingewickelt gewesen war, hatte doch die Heiratsanzeige von Heller gestanden: Bernard Heller – Miss Magdalene Chant.

»Ja«, sagte Mrs. Spiller, in Erinnerungen schwelgend, »Seit sie so groß war, kam sie mit ihrem Vati hierher. Sie kennt hier jeden am Ort. Fragen Sie nur mal die Einheimischen, ob sie sich an die kleine Mag Chant erinnern, die immer ihren Vati im Rollstuhl herumfuhr. Sie haben sich immer einen vom alten Mr. Lilybeer ausgeliehen, und mit dem hat sie ihn dann zum Strand geschoben. Sie und Bernard haben hier ihre Flitterwochen verbracht, und später kamen sie dann fast jedes Jahr.«

»Mrs. North hat wohl nicht zufällig mal bei Ihnen gewohnt?«

»North?« Mrs. Spiller dachte nach und wurde rot im Gesicht. »Sprechen Sie etwa von der Frau, die Bernards Geliebte war?«

David nickte. »Ausgeschlossen. Wie sind Sie denn auf die Idee gekommen?«

»Bloß so«, setzte David an.

»Das will ich aber auch meinen. Er muß verrückt gewesen sein, so einer Frau nachzulaufen, wo er doch selbst ein hübsches Mädchen hatte. Ehe Mag Bernard kennenlernte, waren alle Jungen aus der Gegend hinter ihr her, oder sie wären es gewesen, wenn ihnen ihr Vater auch nur die kleinste Möglichkeit dazu gelassen hätte.«

»Das kann ich mir vorstellen«, meinte David versöhnlich, doch ihm war nicht entgangen, daß er es sich zumindest fürs erste mit Mrs. Spiller verdorben hatte. Als wäre sie tatsächlich ihre Tante, hielt sie eisern zu Magdalene und faßte es als Vorwurf gegen ihre Nennichte auf, daß er Louise Norths Namen erwähnt hatte. Sie schien den Eindruck zu haben, er wolle damit ihre Schönheit und Reize in Zweifel ziehen. »Ich halte Magdalene für außergewöhnlich gutaussehend.«

Doch so leicht ließ sich Mrs. Spiller nicht besänftigen. »Ich gehe jetzt in die Federn«, sagte sie und sah ihn mit betrübter Miene an. »Wenn Sie wollen, können Sie den Fernseher einschalten.«

»Bißchen kalt dafür.« Das Zimmer war nicht geheizt, und im Kamin stand eine Vase mit Wachsblumen.

»Bei mir wird nach dem ersten April kein Feuer mehr gemacht«, bemerkte Mrs. Spiller spitz.

Etwas hatte er immerhin herausgefunden. Die Norths hatten nicht zur gleichen Zeit wie Bernard und Magdalene im *Schweizer Chalet* gewohnt. Sie hatten überhaupt nie dort gewohnt. Doch da sie finanziell besser gestellt waren als die Hellers, hatten sie vielleicht in einem der Hotels im Dorf Quartier genommen.

Das aus Corn-flakes, Eiern mit Speck und sehr hellen dicken Toastscheiben bestehende Frühstück nahm David allein ein. Er war schon aufgestanden und ging gerade aus dem Eßzimmer, als die zwei einzigen anderen Gäste auftauchten, ein mürrisch aussehender Mann und eine Frau mittleren Alters in einer knallengen Hose. Die Frau musterte David wortlos, während sie sich vom Büfett vier verschiedene Soßen nahm.

Es war ein kühler Morgen, bewölkt, ohne Sonne und Wind. Er entdeckte einen Weg an Föhrengehölzen entlang, der ihn nach zehn Minuten auf eine Klippe führte. Das Meer breitete sich ruhig, grau und silbern glänzend vor ihm aus. Zwischen zwei Landzungen sah er eine spitz zulaufende Heideinsel aus dem Meer aufragen, die er nach Turners Gemälde als Mewstone identifizierte. Diese Verknüpfung von Natur und Kunst beschwor wieder Susan Townsends Gesicht in seinen Gedanken herauf, und als er den Weg zum Dorf einschlug, war er recht niedergeschlagen.

Im *Great Western Hotel* bestellte er Kaffee und wurde

in einen öden Aufenthaltsraum geführt. Auf Gäste war das Haus noch kaum vorbereitet. Durch ein großes gewölbtes Erkerfenster sah er ein von Hand gestaktes Fährboot, das zwischen der Bathcomber Küste und einem winzigen Strand am anderen Ufer verkehrte.

»Ein Freund von mir, ein Mr. North«, sagte er zu der Bedienung, »hat Ende Juli letzten Jahres hier gewohnt, und als er hörte, daß ich hier in die Gegend komme, hat er mich gebeten, nach einem Buch zu fragen, das er in seinem Zimmer vergessen hat.«

»Das wird er wahrscheinlich auch vergessen müssen«, erwiderte das Mädchen frech.

»Er hätte nicht mehr daran gedacht, aber als er erfuhr, daß ich in dieser Gegend bin, fiel es ihm wieder ein.«

»Und wie soll das Buch heißen?«

»*Sesam und Lilien*«, sagte David, weil ihm Susan Townsend nicht aus dem Sinn ging, die Ruskins Frau täuschend ähnlich war. Mit einem närrischen Grinsen, so erschien es ihm zumindest, ließ er das Wechselgeld auf seine zehn Shilling am Tischrand liegen.

»Ich werde nachfragen«, versprach das Mädchen nun freundlicher.

David sah dem Fährmann dabei zu, wie er am Strand von Bathcombe anlegte. Seine Ladung bestand aus einer Kiste mit leeren Saftflaschen. Möglicherweise handelte es sich bei dem für sich stehenden Haus am anderen Ufer um eine Pension. Genausogut konnten die Norths aber auch ein Cottage oder eine Wohnung gemietet oder bei Freunden übernachtet haben. Vielleicht waren sie nicht im Juli hier gewesen oder hatten diesen Teil Devons gar nicht besucht.

Das Mädchen kehrte mit verdrießlicher Miene zu ihm zurück. »Bei uns hat ihr Freund sein Gartenbuch nicht liegenlassen. Er hat auch nicht hier gewohnt. Ich habe im Gästebuch nachgesehen. Versuchen Sie es doch mal im *Palace* oder im *Rock*.«

Doch die Norths waren in keinem von beiden abgestiegen. David setzte mit der Fähre ans andere Ufer des Meeresarms über, mußte aber feststellen, daß es sich bei dem für sich stehenden Haus um eine Jugendherberge handelte.

Im *Schweizer Chalet* gab es Hackfleischauflauf und Pudding zu Mittag. »Na, haben Sie jemand getroffen, der Mag kennt?« fragte Mrs. Spiller, als sie in das Eßzimmer trat, um ihm eine Tasse Pulverkaffee und eine Ecke Schmelzkäse zu servieren.

»Ich bin fast keiner Menschenseele begegnet.«

Die Kokosflechtenlocken schnellten nach oben, und ein Beben lief durch sämtliche Troddeln des lila Pullovers. »Falls Sie auf Unterhaltung aus sind, verstehe ich nicht, weshalb Sie sich nicht mit Plymouth begnügt haben. Die Leute kommen nach Bathcombe, um ein bißchen Ruhe zu finden.«

Was war, wenn sich auch die Norths mit Plymouth ›begnügt‹ hatten? Dann hatten sie womöglich nur einen Tagesausflug nach Bathcombe unternommen. Doch hätte sich aus einer einzigen Begegnung am Strand eine leidenschaftliche Liebesaffäre entwickeln können? David konnte sich kaum vorstellen, daß der zurückhaltende bedächtige Bernard heimlich mit Louise Adressen tauschte, nur weil zufällig sein Liegestuhl neben dem ihren stand.

»Ich will mich auch nicht beklagen«, log er. »Das Städtchen ist ganz bezaubernd.«

Mrs. Spiller setzte sich auf und stützte die dicken malvenfarbigen Ellbogen auf dem Tisch auf.

»Das hat Mr. Chant auch immer gemeint. ›Ein ganz bezauberndes Städtchen, Mrs. Spiller. Hier hat man noch Ruhe und Frieden‹, pflegte er zu sagen, und dabei kam er aus Exeter, das man ja nicht direkt als lärmende Großstadt bezeichnen kann. Was ich Sie übrigens noch fragen wollte, wie geht's denn Tante Agnes?«

»Tante Agnes?«

»Also daß Mag von *ihr* sprechen würde, da wäre ich mir jetzt sicher gewesen. Nicht daß man Mag einen Vorwurf daraus machen könnte, sie ist ja praktisch noch ein Kind, aber ich war immer der Meinung, daß sie Tante Agnes viel zu verdanken hat. Ohne sie wäre Mag nie nach London gekommen, und dann hätte sie sich auch nicht dort verheiraten können.«

David, der in Gedanken schon abgeschweift war, erwiderte, dies wäre vielleicht gar nicht so schlecht gewesen.

»Da könnten Sie sogar recht haben.« Mrs. Spiller hielt ihm eine Packung gefüllte Kekse hin. »Aber schließlich wußte sie nicht, wie das alles einmal enden würde. Ich weiß noch, wie ich 1960 damals bei mir gedacht habe: Das arme Kind, an so einen alten Mann gefesselt zu sein, da wird es nie ein richtiges Leben führen können.«

»Sie meinen Mr. Chant?« fragte David abwesend.

»Alt hätte ich ihn vielleicht nicht nennen sollen. Älter als fünfundfünfzig war er bestimmt nicht. Aber Sie wissen ja, wie das mit Kranken so ist. Die hält man immer für alt, vor allem, wenn sie gelähmt sind wie Mr. Chant.«

»Hatte er nicht Arthritis oder so was?«

»Nein, das müssen Sie falsch verstanden haben. Multiple Sklerose sei es, hat mir Tante Agnes damals gesagt. Sie kam 1960 mit nach Bathcombe, weil es ihm damals wirklich sehr schlecht ging. Allein hätte Mag das nicht mehr geschafft.«

»Kann ich mir denken.« David wollte die Suche fortsetzen. Krankheiten interessierten ihn nicht, und er wartete nur darauf, Mrs. Spiller zu entwischen.

»Diese Krankheiten entwickeln sich sehr langsam«, sagte sie gerade. »Man kann zwanzig oder dreißig Jahre an Sklerose leiden. Er hatte natürlich auch Zeiten, wo es ihm besser ging. Manchmal war er fast so gesund wie Sie oder ich. Aber dann wieder... Es gab mir immer einen richtigen Stich ins Herz, das kann ich Ihnen sagen, wenn ich sah, wie dieses hübsche Mädchen ihn im Rollstuhl herumschob, wo sie doch noch nicht mal zwanzig war.«

»Ihre Mutter war damals wohl nicht mehr am Leben?« fragte David gelangweilt.

»Das haben sie zumindest gesagt.« Mrs. Spiller beugte sich vertraulich vor und senkte bedeutungsvoll die Stimme. Das Ehepaar Anfang Vierzig saß ungefähr fünf Meter von ihnen entfernt und sah aus dem Fenster, doch aus Mrs. Spillers überzogener Vorsicht hätte man schließen können, es handele sich um feindliche Agenten, die mit dem Aufenthalt in ihrer Pension das einzige Ziel verbanden, gewisse ungelöste Rätsel in der Familiengeschichte der Chants auszuspionieren. »Ich habe die ganze Geschichte Tante Agnes aus der Nase gezogen«, raunte sie mit Gralshüterstimme. »Mrs. Chant ist mit einem anderen Mann durchgebrannt, als Mag noch ein

Kind war. Sie haben nie erfahren, was aus ihr geworden ist. Ich schätze, sie hat gemerkt, was für ein Leben ihr bevorstand, und da hat sie sich eben bei der erstbesten Gelegenheit abgesetzt.«

»So wie Magdalene.«

»Bei einer Frau ist das was ganz anderes als bei einer Tochter«, fuhr ihn Mrs. Spiller giftig an. »Als Tante Agnes einen Brief schrieb und mir mitteilte, daß Mag nach London gehen und sich dort eine Stelle suchen wolle, habe ich gedacht, was Besseres kann dem Mädchen gar nicht passieren. Soll sie doch auch ein bißchen was vom Leben haben, solange sie noch jung ist und es genießen kann, habe ich mir gesagt. Allerdings war auch Tante Agnes nicht mehr die Jüngste, weil sie doch eigentlich die Tante von Mr. Chant war, und es ist bestimmt kein Zuckerschlecken, einen Kranken zu pflegen, wenn man selbst schon über siebzig ist.«

»Aber sie kam wohl zurecht.«

»Sehr vorausschauend war es nicht, daß sie sich darauf einließ. Wie hätte sie aber auch wissen sollen, daß Mag in London Bernard kennenlernen und nach Hause schreiben würde, sie wolle sich verloben. Davon habe ich natürlich erst erfahren, als Mag und Bernard hier ihre Flitterwochen verbrachten. Deshalb habe ich auch gefragt, ob Sie wissen, was aus Tante Agnes geworden ist. Wahrscheinlich hat sie auch schon das Zeitliche gesegnet. Wenn es an der Zeit ist, geht es uns allen so, nicht?«

»Kommt darauf an, was Sie unter ›wenn es an der Zeit ist‹ verstehen«, erwiderte David und mußte daran denken, daß Bernard jetzt mit einer Kugel im Kopf unter der Erde lag, weil er sich unvorsichtig verliebt hatte.

Susan hatte sich gerade das letzte Kapitel von *Frevles Fleisch* vorgenommen, als Bob leise durch die Hintertür ins Haus kam. Sie hörte sofort zu tippen auf und bemerkte bestürzt, was Paul für ein Gesicht machte. Er hatte mit den Autos zwischen den Stuhlbeinen gespielt, doch nun kauerte er stockstarr auf dem Boden, und jedem außer seiner Mutter, die sie deuten konnte, wäre seine Miene völlig ausdruckslos erschienen.

»Woher sind die Blumen, Susan?«

Paul antwortete ihm. »Von 'nem Mann, der David Chadwick heißt. Rosen sind das Teuerste, was man im April jemandem schicken kann.«

»Verstehe«, Bob wandte ihnen den Rücken zu und starrte aus dem Fenster auf die Ulmen, an denen nicht eine Knospe, nicht eine Spur von Grün zu sehen war. »Chadwick... Und Osterglocken sind wohl das Billigste, was?«

»Du hast die Osterglocken aus deinem Garten gepflückt.«

»Jetzt reicht es aber, Paul«, schaltete sich Susan ein. »Es ist noch gar nicht lange her, daß du gesagt hast, es sei dumm, anderen Leuten Blumen zu schenken.« Sie lächelte hinter Bobs Rücken. »Und damit hattest du völlig recht«, sagte sie entschieden. »Wie ich sehe, spielt draußen Richard. Er wird sich bestimmt schon wundern, wo du steckst.«

»Warum ruft er dann nicht nach mir?« Dennoch gehorchte Paul und ging zur Tür, wobei er der Hand auswich, die Bob unvermittelt ausgestreckt hatte, um sich pathetisch zu verabschieden. Susan ergriff sie statt dessen, und als sie neben ihm stand, nahm sie wieder die körperliche Anziehungskraft wahr, die er auf sie ausübte, ein Gefühl, das alle ihre Gedanken verscheuchte und sie loslöste von allem.

»Hast du dir überlegt, was ich dich fragte?«

Einen Augenblick bestand ihre einzige Reaktion darin, seine Hand noch etwas fester zu drücken. Dann wurde ihr plötzlich alles klar, und sie gelangte zu der unangenehmen Erkenntnis, daß genau dies ihre Antwort war. Körperkontakt und dann erneuter und intensiverer Körperkontakt war die einzige Möglichkeit, wie sie sich ihm verständlich machen konnte. Die engere Vertrautheit, die sie in einer Ehe erwartete, wäre nicht mehr als dieser Händedruck auf höherer und umfassenderer Stufe gewesen, die verzweifelte seelenlose Paarung zweier Geschöpfe inmitten einer Wüste.

Sie blickte zu ihm auf. »Es ist noch zu früh, Bob.« Sein Gesicht wirkte grau und abgespannt, war nicht einmal mehr attraktiv, und ihr Wunsch, ihn zu küssen, entsprang eher der Zärtlichkeit als sinnlicher Begierde. Sie trat einen Schritt zurück, denn durch ihre ausweichende Antwort erschien ihr ein Kuß mit einem Mal unangebracht. »Nimm doch Platz«, forderte sie ihn auf. »Die Rosen stören dich doch nicht? Ich weiß auch nicht, warum er sie mir geschickt hat.«

»Weil er dich gern näher kennenlernen will natürlich. Susan, die Welt ist voll von Männern, die dich gern näher kennenlernen wollen. Deshalb muß ich auch – du mußt jetzt... Susan, wenn ich dich so gesehen hätte, wie ich dich jetzt sehe, als Louise noch am Leben war, hättest du dann...?«

»Als Louise noch am Leben war?«

»Wenn ich mich damals in dich verliebt hätte, wärst du dann mit mir fortgegangen?«

Sie empfand Angst, ohne einen Grund zu kennen. »Natürlich nicht, Bob. Selbst wenn du mich hättest heiraten wollen, Louise hätte sich nicht von dir scheiden lassen können. Sie war katholisch.«

»Du lieber Gott, das weiß ich!« schrie er.

»Dann quäle dich nicht damit.« Sie zögerte und sagte: »Aber ich nehme an, du hättest dich von ihr scheiden lassen können.«

Hätte das etwas geändert, hätte sich eine wahre Partnerschaft zwischen ihnen entwickelt, wenn nicht Luises und Hellers Tod wie ein Gespenst zwischen ihnen gestanden wäre und ihr einziges Gesprächsthema gebildet hätte, bis zum Überdruß? »Ja, das hättest du tun können«, wiederholte sie matt.

»Aber nein«, widersprach er, und seine Augen hatten sich von Blau zu einem erschreckend undurchdringlichen Schwarz abgedunkelt. »Eben deshalb, weil ich dies nicht tun konnte, habe ich ... Ach, Susan, was für einen Sinn hat es denn? Es gehört der Vergangenheit an, aus, aus und vorbei. Heller hat meine Frau geliebt und sie getötet, ich sollte frei sein ... Susan, ich werde niemals frei sein!« Er beruhigte sich und fröstelte; nach und nach trat wieder der Ausdruck auf sein Gesicht, der immer dort erschien, wenn er sich seiner Zwangsvorstellung hingab. »Alle drangsalieren mich«, sagte er. »Die Polizei war wieder bei mir. Hast du nicht den Hund bellen hören? Die ganze Straße muß es gesehen haben.«

»Aber warum denn, Bob?«

»Dein Freund Chadwick hat sie mir wahrscheinlich

auf die Fersen gesetzt.« Seine schmalen Lippen verzogen sich zu einem höhnischen Grinsen, als er einen Blick auf die weißen Rosen warf. »Sie wollten von mir wissen, ob ich im letzten August schon Magdalene Heller kannte.« Er drehte sich um und starrte sie düster an; als sie diesen Blick auffing, bekam sie das erste Mal Angst vor ihm. »Auch sie drangsaliert mich«, fügte er stumpf und tonlos hinzu.

»Ich verstehe das nicht«, sagte Susan hilflos.

»Weiß Gott, ich hoffe, das wirst du auch nie. Und dann ist da noch deine liebe Mrs. Dring.« Er holte geräuschvoll Luft. »Ich habe sie heute morgen rausgeschmissen. Es war schon schlimm genug, ihr ewiges Geschwätz über Louise anhören zu müssen, aber das war mir dann doch zuviel.«

»Was ist passiert, Bob?«

»Ich habe sie dabei ertappt, wie sie in Louises Frisierkommode herumwühlte. Ich glaube, sie hat nach den Briefen gesucht. Sie muß in der Zeitung über sie gelesen haben und dachte wohl, da stünden scharfe Sachen drin. Es gab eine Szene, ich sagte Dinge, die ich besser für mich behalten hätte, und sie auch. Es tut mir leid, Susan. Bei mir läuft anscheinend alles schief.«

Er streckte ganz langsam die Hand nach ihr aus, als wolle er sie zu sich locken; verwirrt und beunruhigt stand sie auf, und war schon in der Bewegung, die ausgestreckte Hand zu ergreifen, als sich das Telefon in ihr Schweigen drängte. Verzweifelt seufzend ließ er den Kopf in die Hände sinken.

Susan hob ab und ließ sich in einen Sessel plumpsen, als sie Julians schneidende Tratschstimme hörte.

»Ich habe einen Käufer für dein Haus gefunden, Liebes. Unseren alten Freund Greg.«

Da sie ihn seit langem kannte, ahnte Susan, daß er absichtlich eine Pause machte, damit sie ihm Lob und Dank aussprechen konnte. Wie jemand, der sich in einer noch nicht ganz erlernten Fremdsprache ausdrücken will, empfand sie das Bedürfnis, irgend etwas zu sagen, nur um zu beweisen, daß sie es konnte. Was sie dabei von sich gab, war völlig gleichgültig. »Warum will er denn hier wohnen?«

»Gute Frage«, erwiderte Julian. »Schließlich hat er eine reizende Altbauwohnung direkt in der City. Die Sache ist die, daß Dian in letzter Zeit ein bißchen verrückt spielt, und für seinen Geschmack hält London zu viele sündige Versuchungen bereit. Ich schicke ihn dann also bei dir vorbei, ja?«

»Hoffentlich erkenne ich ihn noch.«

Sie wußte zwar, daß Julian darauf mit einer sarkastischen Spitze gekontert hatte, doch die Worte waren bloß Worte, belanglos und ohne Macht. Als ein Geräusch aus dem Wohnzimmer an ihr Ohr drang, blickte sie auf und sah Bob auf der Schwelle stehen. Sein Gesicht und Körper lagen im Schatten, eine dunkle Silhouette, und wie er da so verharrte, erinnerte seine Gestalt an einen Mann, der am Rande eines Abgrunds steht. Sie hielt die Hand über die Sprechmuschel.

»Bob...«

Er machte eine merkwürdige Geste mit einer seiner in Schatten getauchten Hände, als wolle er etwas abwehren. Dann verschwand er aus ihrem Blickfeld, und sie hörte, wie die Tür zum Garten ins Schloß fiel.

»Bist du noch dran, Susan?«
»Ja, ich...« Wie anders wäre dieses Gespräch mit Julian verlaufen, wenn sie die Gelegenheit dazu hätte nutzen können, ihn über ihre bevorstehende Heirat zu informieren! In diesem Augenblick wurde es ihr zur Gewißheit, daß sie Bob nie heiraten konnte. »Ich richte mich da ganz nach Greg, er soll kommen, wann es ihm paßt«, sagte sie gelassen und fügte hinzu: »Danke für den Anruf. Auf Wiederhören.«
Lange Zeit blieb sie am Telefon sitzen und dachte daran, daß sie und Bob nun nur zwei dünne Mauern und drei Meter Luft trennten. Aber diese Barrieren waren für sie ebenso unüberwindlich wie die Schranken seines Geistes. Sie fröstelte ein wenig, weil sie beinahe glücklich gewesen war, als sie sich geküßt oder schweigend nebeneinander gesessen hatten, denn kurze Einblicke in das Dunkel seines Geistes hatten dieses Glück stets sofort wieder zerrinnen lassen.

17

David verbrachte den Samstagnachmittag damit, die Küste Süddevons zwischen Plymouth und Salcombe abzugrasen und unter seinem Standard-Vorwand in jedem Hotel nach den Norths zu fragen, aber nirgendwo hatte er Glück. In Plymouth kapitulierte er. Allein im Touristenführer zählte er zwölf Hotels und Pensionen, und nachdem er es in vieren versucht hatte, gab er auf. Die Norths mußten sich entweder ein Haus gemietet haben oder im Landesinneren abgestiegen sein.

Mußten sie wirklich? Aller Wahrscheinlichkeit nach hatten sie in Norddevon Urlaub gemacht, und das im Mai oder Juni. Magdalene hatte vielleicht die Wahrheit gesagt. Nicht am Strand oder in einem Restaurant mit Ausblick aufs Meer hatte Bernard Louise kennengelernt, sondern vielmehr beim Teetrinken in der Küche eines Londoner Vorstadthauses.

»Hatten Sie einen schönen Tag?« fragte Mrs. Spiller, als sie einen Teller mit Schweinefleischpastete und Kopfsalat vor ihm auf den Tisch knallte. »Schade, daß es für den Schiffsausflug nach Plymouth noch zu früh ist, aber die werden erst ab Mai angeboten. Mag ist immer mit den Schiffen gefahren. Aber ich glaube fast, Ihnen würde das nicht soviel Spaß machen – Sie sind eben eher ein nervöser Typ.«

Für einen Neurotiker hatte er sich bisher nicht gehalten. Vielleicht war ihm die Dringlichkeit und bisherige Ergebnislosigkeit seiner Suche anzumerken. »Ist die Reise denn besonders gefahrvoll?« fragte er sarkastisch.

»I wo, die Schiffe sind absolut sicher, aber das hat man von der *Ocean Maid* natürlich auch behauptet.«

Der Name kam ihm irgendwie bekannt vor, dann entsann er sich undeutlich an reißerische Schlagzeilen, und ihm fiel ein, in der Zeitung von dem Unglück gelesen zu haben, ähnlich der Tragödie mit der *Darlwyne*, jedoch mit glücklicherem Ausgang. Ein kurzer Blick auf Mrs. Spiller verriet ihm, daß sie in Gesprächslaune war, und da er nichts Besseres vorhatte, ließ er sich darauf ein. »Das war ein Ausflugsdampfer«, sagte er. »Ist der nicht irgendwo hier vor der Küste auf Grund gelaufen?«

Mrs. Spiller nahm eine Tasse von einem Nebentisch

und schenkte sich aus Davids Teekanne ein. »Die *Ocean Maid* pendelte mit Ausflüglern zwischen Torquay und Plymouth, dazwischen legte sie noch hier und in Newton an. Hätte um sechs wieder hier sein müssen. Aber das einzige, was wir von ihr hörten, war die Vermißtmeldung im Radio.« Auf ihren ausladenden lila Busen fielen ein paar Tropfen Tee. Sie zog eine Papierserviette aus einem Ständer und rieb an dem Fleck herum. »Verdammter Tee! Wo war ich? Ah ja, also Mag war an diesem Tag ein wenig langweilig, und weil sie einsam war und nicht wußte, was sie mit sich anfangen sollte, habe ich zu ihr gesagt: Warum machst du nicht mal die Schiffstour mit? Und das hat sie dann auch getan. Ich habe ihr was Schönes zum Mittagessen eingepackt und sie auch noch selbst aufs Schiff gebracht. Wer hätte auch wissen können, daß dem Kahn mitten auf dem Meer der Treibstoff ausgeht und er während der Nacht auf Grund läuft?

Bloß eine Hose und so ein dünnes T-Shirt hatte sie an. Wenn man so eine tolle Figur hat, muß man sie auch vorzeigen, habe ich noch zu ihr gesagt. Auf dem Schiff muß sie dann aber mächtig gefroren haben. Jedenfalls wurde es sechs, dann ging's auf sieben zu, aber von dem Schiff war immer noch weit und breit nichts zu sehen. Dann erfuhren wir es aus den Nachrichten. Ich war ganz aus dem Häuschen und drauf und dran, Bernard ein Telegramm zu schicken. In so einem Fall weiß man ja nie, was man tun soll. Man will ja auch nicht, daß sich die Leute grundlos Sorgen machen. Vor allem, weil ich doch Mag auch noch dazu angestachelt und ihr die Karte gekauft hatte. Ich habe mir wirklich Vorwürfe gemacht.«

»Dann war er bei der Tour also nicht mit dabei?« David

legte Messer und Gabel weg und blickte mit einem Mal fröstelnd zu ihr auf.

»Die Tour mitmachen? Wie sollte er? Er war doch in London.«

»Aber ich dachte, Sie hätten gesagt...«

»Also wirklich, Mr. Chadwick, wo haben Sie bloß ihre Gedanken? Das war *letztes* Jahr, letzten Juli. Mag war da allein in Bathcombe. Sie verwechseln das mit den anderen Jahren, als Bernard immer mitgekommen ist. Wie auch immer, ich habe ihm kein Telegramm geschickt, und das war auch richtig. Die arme kleine Mag hat zwar einiges durchmachen müssen, sich das aber nicht weiter zu Herzen genommen. Ihren restlichen Urlaub hat sie sich dadurch jedenfalls nicht verderben lassen. Auf dem Schiff hatte sie einige Leute kennengelernt, und danach ging sie jeden Tag mit denen zusammen weg. Ich war bloß froh, daß ich nicht Bernard für nichts und wieder nichts hier heruntergelotst hatte. Sie sind so blaß Mr. Chadwick. Ihnen ist doch hoffentlich nicht schlecht?«

Magdalene hatte nicht gelogen. Bernard hatte Louise genauso kennengelernt, wie sie David erzählt hatte. Vielleicht entsprach es auch der Wahrheit, daß sie North vor der gerichtlichen Untersuchung noch nie im Leben gesehen, nie mit ihm einen Mordplan ausgeheckt, ihm nie eine Waffe übergeben und auch nie mit ihm im *Mann mit der eisernen Maske* verkehrt hatte. Lag es nicht auch im Bereich des Möglichen, daß Sid und Charles sie nie dort zusammen gesehen, sondern sich die ganze Geschichte einfach aus den Fingern gesogen hatten, um sich die Zeit zu vertreiben, während sie auf seine Rechnung tranken?

Am Sonntag vormittag packte er seinen Koffer und reiste aus dem *Schweizer Chalet* ab. Acht Kilometer weiter im Landesinneren hielt er in einem Dorf namens Jillerton, um zu tanken.

»Windschutzscheibe saubermachen, Sir?«

»Ja, und würden Sie bitte auch den Druck in den Reifen prüfen, wenn Sie schon dabei sind?«

»Können Sie fünf Minuten warten, ich muß noch den anderen Herrn bedienen?«

David nickte und schlenderte die Dorfstraße entlang. Eines Tages, überlegte er sich, würde er vielleicht auf dieses Wochenende zurückschauen und über sich lachen. Er hatte über dreihundert Kilometer fahren und mindestens ebenso viele Fragen stellen müssen, von zwei vergeudeten Tagen ganz abgesehen, nur um herauszufinden, daß Bernard Heller letztes Jahr gar nicht in Bathcombe war.

In der Straße gab es nur einen einzigen Laden, und obwohl Sonntag war, stand die Tür offen. Ohne die Absicht, etwas zu kaufen, ging David hinein, musterte die bunten Autoaufkleber, die Gartenzwerge und die geschnitzten Holzhirsche, deren Ebenbilder er schon in Wien, Paris, Edinburgh und dem Bürgersteig zur U-Bahn-Station Oxford Circus gesehen hatte. Auf einem Regal hinter dieser Phalanx aus Nippsachen vom Fließband standen Becher und Krüge aus Devon-Steingut, handbemalt in Beige und Braun und gar nicht reizlos. Außer Susan Townsend fiel ihm niemand ein, dem er etwas schenken wollte, und wenn er ihr ein Mitbringsel kaufte, würde sie es wahrscheinlich zurückschicken. Womöglich verwelkte vor seiner Haustür gerade ein Strauß weiße Rosen.

Teilweise war das Steingut mit obskuren Sprichwörtern beschriftet, welchen er keine weitere Beachtung schenkte, doch auf den schlichten und hübsch gestalteten Bechern standen verschiedene Vornamen: Peter, Jeremy, Anne, Susan... Ausgerechnet einen mit Susan mußte es geben. Was war eigentlich mit ihm los, welcher rührselige Wahnsinn hatte ihn ergriffen, daß er, wohin er den Blick auch wandte, überall auf ihren Namen oder ihr Gesicht stieß?

Ganz am Ende des Regals stand ein unbeschrifteter Becher, den er seiner Mutter für ihren allabendlichen Kakao kaufen konnte. Er nahm ihn zur Hand, drehte ihn herum und bemerkte, daß er doch nicht unbeschriftet war. So wie die anderen zierte ihn ein Name in anmutiger brauner Schönschrift.

Magdalene.

Konnte Bernard ihn bei einer ihrer früheren Besuche für Magdalene bestellt haben, bestellt und dann vergessen abzuholen? Er stellte ihn gerade nachdenklich in das Regal zurück, als eine Stimme hinter ihm sagte: »Ein sehr ungewöhnlicher Name, finden Sie nicht, Sir?« David drehte sich um und sah, daß die tiefe Devonbrummstimme einem Verkäufer gehörte, der etwa so alt war wie er. »Ich habe oft zu meiner Frau gesagt, den verkaufen wir nie, nicht mit Magdalene als Namen.« Und lauter sprechend rief er zu jemandem in dem Hinterzimmer des Ladens: »Ich erkläre diesem Herrn gerade, den Becher, den Mr. North bestellt hat, verkaufen wir nie.«

»Mr. North?«

»Ich entsinne mich daran, weil die Umstände ein wenig – ein wenig komisch waren«, sagte der Verkäufer. »Letzten August war es, mitten in der Hochsaison. Aber das wird Sie wohl nicht interessieren, Sir. Der Herr wird den Becher jetzt nicht mehr abholen, falls Sie ihn also haben wollen... Aber nein, nicht mit einem Namen wie Magdalene.«

»Ich nehme ihn«, sagte David in nachdenklichem Ton.

»Das ist aber nett von Ihnen, Sir. Zehn Shilling und Sixpence wären das dann.«

»Sie erwähnten da etwas über komische Umstände.«

Der junge Mann hatte schon das Packpapier in der Hand, legte es aber wieder zurück. »Wenn Sie ihn nehmen wollen, dann haben Sie wohl auch ein Recht darauf, die Umstände zu erfahren. Der Herr war im *Kings's Arms* abgestiegen, das ist das Gasthaus gegenüber dem Dorfanger, der Wirt ist mein Onkel. Mr. North bestellte den Becher für seine Frau, behauptete er zumindest, aber als er ihn einfach nicht abholen kommen wollte, habe ich mal mit meinem Onkel geredet. Mrs. *Louise* North heiße seine Frau, hat er gesagt, nicht Magdalene. Komisch, haben wir uns gedacht. Anscheinend ist der für eine andere Dame bestimmt, der Herr wird schon seine Gründe haben.«

»Sie wollten ihm den Becher also nicht einfach ins Gasthaus schicken, um ihn nicht in eine peinliche Lage zu bringen.«

»Peinliche Lage ist gar kein Ausdruck, Sir, denn die Dame, das heißt also seine richtige Frau, war am Tag nach ihrer Ankunft krank geworden – sie hatte sich einen der hier grassierenden einheimischen Viren eingefangen. Es wäre gar nicht gut für ihre Genesung gewesen, wenn sie hätte erfahren müssen, daß ihr Mann es mit einer anderen hat.«

»Das *Kings's Arm* ist dieser bildschöne Pub am Dorfanger, sagten Sie?«

»Genau, Sir.«

North hatte eine Vorliebe für hübsche kleine Pubs...

»Das war aber Pech für die beiden, daß Mrs. North so krank wurde«, sagte David beiläufig, und noch im Sprechen fielen ihm Magdalene Hellers Worte ein. Als Bernard Louise kennengelernt habe, sei sie krank gewesen... Folglich waren sie sich also erst nach diesem Urlaub begegnet? »Der Aufenthalt hier muß ihnen gründlich verdorben worden sein.«

»Mr. North hat sich dadurch nicht die Laune vermiesen lassen, Sir.« Der Verkäufer zuckte mit den Schultern, ob über die Schandtaten der Menschheit im allgemeinen oder nur über die der Londoner, war nicht zu erkennen. »Er hat an dieser Schiffstour teilgenommen, auch ohne seine Frau. Auf der *Ocean Maid*, über die werden Sie bestimmt in den Londoner Zeitungen gelesen haben. Er hat mir die ganze Geschichte erzählt, als er den kleinen Becher bestellte. Stundenlang seien sie herumgetrieben, ohne zu wissen, wie dicht sie an den Klippen waren. Ihnen oder mir hätte das den Urlaub vergällt, nicht wahr, Sir? Aber dieser Mr. North hat nicht mit der Wimper gezuckt. Ich habe damals zu meiner Frau gesagt, das sieht man gleich, da muß schon was Größeres kommen, damit dem die Knie weich werden.«

Susan bedauerte es fast, daß sie auf das Ende von *Frevles Fleisch* zusteuerte. In gewisser Weise hatte es ihre Gedanken von dem Unglück nebenan und Bob abgelenkt. Ihre Probleme, die nur in ihrem Unterbewußtsein vorhanden waren, wenn sie auf der Schreibmaschine tippte, würden jetzt bald wieder die Stunden ausfüllen, die durch den Abschluß des Manuskriptes frei werden mußten.

Seite vierhundertundzwei. Insgesamt würde der Roman auf vierhundertundzehn Seiten kommen. Jane Willingales Handschrift war auf den letzten fünfzig Seiten immer schlechter geworden, und selbst Susan, die darin Übung hatte, konnte einige Wörter nur mit Mühe entziffern. Sie versuchte gerade, ein Gekritzel zu interpretieren, das wie ein unbekanntes Kurzschriftzeichen aussah, als Doris an die Hintertür pochte und mit Richard ins Haus trat.

»Es macht dir doch nichts aus, wenn ich ihn eine Weile bei dir lasse? Bloß solange wir ein Gläschen bei den O'Donnells trinken. Bob ist auch eingeladen, aber er will nicht aus dem Haus. Wenn du mich fragst, leidet der unter Verfolgungswahn. Aber du weißt sicher besser als wir anderen, was in ihm vorgeht. Stundenlang ist die Polizei bei ihm gewesen. Hast du es gesehen?«

»Bob hat es mir erzählt.«

»Und als ich gestern an *Braeside* vorbeiging, habe ich gehört, wie er Mrs. Dring angeschrien hat. Er ist wirklich völlig fertig mit den Nerven. In der geschlossenen Abteilung habe ich solche Fälle reihenweise gesehen. Du wirst es wohl selbst am besten wissen, aber ich an deiner Stelle wäre jedenfalls nicht darauf erpicht, allein mit ihm zu sein. Was sehe ich denn da, weiße Rosen. Die verwelken schnell in dieser Wärme. Im Gegensatz zu mir – ich blühe da auf. Ich könnte wirklich den ganzen Tag bei dir bleiben, aber wie ich sehe, möchtest du weiterarbeiten. Nur schade, daß es bei den O'Donnells immer so saukalt ist.«

Das Gekritzel hieß »Mord«. Susan tippte es mit einem Anflug unerklärlichen Unbehagens. Sie hörte Richard nach oben gehen, und kurz darauf hörte man das Geräusch von Spielzeugautos auf dem Treppenabsatz. Die letzten, unter Hochdruck niedergeschriebenen Seiten von Miss Willingales Roman zu entziffern, würde Susans ganze Konzentration erfordern.

Die Kinder hatten ihr Spiel nun auf die Treppe verlagert. Sie mußte Geduld zeigen, mußte die Ermahnung aufschieben, bis sie wirklich unerträglich wurden. Bum, bum, zoing, klateradonk. Das war der neueste Panter, der seinem Aufprall auf dem Dielenparkett entgegenstürzte, um dort noch eine Delle zu schlagen.

»Ihr macht einen schrecklichen Lärm«, rief sie. »Könnt ihr nicht eine Weile draußen spielen?«

»Draußen regnet es!« Aus Pauls Stimme klang ehrliche Empörung.

»Ihr wißt aber, daß ihr sowieso nicht auf der Treppe spielen sollt.«

Sie ackerte sich mühsam durch einen langen Satz und blätterte um. Die Schrift war plötzlich wieder besser.

Mein Liebes,
Du bist Tag und Nacht in meinen Gedanken.
Tatsächlich weiß ich kaum, wo das Träumen aufhört und...

Das ergab doch keinen Sinn. Und es war auch gar nicht Jane Willingales Handschrift. Diese hier fiel stärker nach rechts ab, die Großbuchstaben waren größer, sogar die Tinte war anders.

Susan runzelte die Stirn, zündete sich eine Zigarette an und machte einen tiefen Zug. Dann hielt sie die Blätter gegen das Licht und betrachtete nachdenklich Bernard Hellers Liebesbriefe.

18

»Dürfen wir die Rennbahn mit nach draußen nehmen?« fragte Paul und fügte tugendhaft hinzu: »Es hat aufgehört zu regnen, aber das Gras ist noch naß, und da habe ich mir gedacht, ich frage dich lieber.«

Susan hatte kaum zugehört. »Was, Liebling?«

»Dürfen wir die Rennbahn mit nach draußen nehmen?«

»Draußen gibt's keinen Strom, und es ist zu kalt, um die Tür offenzulassen.«

Paul schmollte. »Das ist nicht fair. Wir können nicht auf der Treppe spielen, und hier ins Zimmer können wir auch nicht, weil du arbeitest. Deine Papiere sind wieder völlig durcheinander, und überall liegt deine Asche drauf. Aber dann einen Riesenrabatz machen, wenn ich sie mal in Unordnung bringe.«

Sie hatte die Briefe also doch nicht verbrannt. Insgeheim hatte sie das vielleicht immer schon gewußt, aber sie wußte auch, daß sie sie keinesfalls zwischen den Hauptteil von Miss Willingales Manuskript und die vorletzte Seite gesteckt hatte. Welchen Grund konnte Doris haben, so etwas zu tun, Doris oder Mrs. Dring?

»Paul, du hast doch nicht wieder mit meinen Papieren gespielt, oder?«

»Nein!«

»Bist du dir ganz sicher?«

»Ich hab sie nicht angerührt«, brauste der kleine Junge auf. »Ich *schwöre* es. Großes Ehrenwort. Ich bin nicht mehr an deinem Schreibtisch gewesen seit dem Tag, bevor du krank geworden bist, dem Tag, wo du zu dem Prozeß wegen Mrs. North hast gehen müssen.« Vor selbstgerechter Entrüstung wurde er knallrot im Gesicht und schien den Tränen nahe. »Du hast gesagt, wenn ich sie noch mal anrühre, darf ich meine Uhr nicht tragen, und ich habe sie nicht angerührt.«

»Nun bleib mal auf dem Teppich. Ich glaube dir.«

»Bis auf einmal«, sagte er trotzig. »Das war der Tag, als du krank wurdest. Ich wollte dir *helfen*. Deine Papiere waren ganz durcheinander. Ein paar Blätter lagen auf dem Couchtisch herum, die habe ich zu den anderen gelegt, ganz ordentlich. Ich hab gedacht, das würde dich freuen!«

David war überglücklich. Er hatte recht gehabt, er hatte seine Zeit nicht verschwendet. Nun stand zweifelsfrei fest, daß Robert North und Magdalene Heller sich seit letztem Sommer gekannt hatten.

Er war überglücklich, aber es gab noch vieles, das er nicht verstand. Die ganze Zeit über hatte er angenommen, daß sich ihre Treffen, ihre Bekanntschaft und vielleicht ihre Liebe aus dem Verhältnis zwischen ihren Ehepartnern ergeben hatten. Nun aber hatte es den Anschein, als hätten sich die beiden, die Witwe und der Witwer, zuerst kennengelernt. North hatte an dem Schiffsausflug teilgenommen, und als es danach aussah, daß sie wohl die ganze Nacht über auf offener See treiben würden, hatte er sich zu Magdalene hingezogen gefühlt, die höchstwahrscheinlich die einzige Einzelreisende auf dieser Ferientour gewesen war. David konnte sich ein Bild von ihr machen, vielleicht war sie ein wenig ängstlich gewesen, bestimmt aber hatte sie deshalb nicht darauf verzichtet, sich in der Hose und dem dünnen T-Shirt in Pose zu werfen, und auch North sah er vor sich, wie er ihr Mut zusprach und ihr seinen Mantel lieh.

Aber Bernard war in London gewesen, und Louise hatte krank im Bett gelegen.

War es denkbar, daß North und Magdalene nach ihrer Rückkehr aus dem Urlaub die vier miteinander bekannt gemacht hatten? Wohl kaum, dachte David. North hatte einen Becher für sie bestellt und sich während seines restlichen Urlaubs bestimmt täglich mit ihr getroffen. Mrs. Spiller hatte ihm gegenüber erwähnt, Magdalene habe sich mit jemandem angefreundet, den sie auf dem Schiff kennengelernt hatte. Am Ende ihrer Ferien, davon war David überzeugt, waren sie bereits ineinander verliebt gewesen. North hätte Magdalene unter keinen Umständen seiner Frau vorgestellt, und sie North bestimmt nicht ihrem Mann.

Wie hatten sie es einrichten können, daß sich die beiden anderen kennenlernten?

Montag vormittag war David in Knightsbridge damit beschäftigt, die Antiquitätenläden nach Chippendale-Möbeln für die Ausstattung von *Mansfield Park* abzuklappern. Er machte reiche Beute, und um halb eins ging er über die Straße zum Eingang der U-Bahn-Station an der Ecke von Hans Crescent.

Eine junge Frau, deren Gesicht ihm bekannt erschien, kam in diesem Moment aus Harrods heraus und steuerte kompromißlos auf ihn zu. Er hielt es für Ironie des Schicksals, daß er ausgerechnet der zweiten Mrs. Townsend begegnete, wo er sich nichts sehnlicher auf der Welt wünschte, als die erste zu sehen. Der absurde Zufall sorgte für ein Lächeln, und sie faßte sein Lächeln als enthusiastische Begrüßung auf.

Heftig schnaubend stellte sie eine riesige bunte Papiertüte zwischen ihnen auf dem Bürgersteig ab. »Sie haben das Haus also nicht gekauft?« fragte sie mit der aufdringlichen Direktheit, die er so abstoßend fand. »Wußten Sie, daß Greg scharf darauf war? Allerdings will er nicht mehr als acht Riesen ausspucken, und wir sind weiß Gott völlig abgebrannt. Jeden Monat überweisen wir ein halbes Vermögen an diese Frau in Matchdown Park, und was übrigbleibt, geht alles fürs Essen drauf.« Sie schnappte geräuschvoll nach Luft. »Sie würden nicht glauben, was man mir gerade für einen Hummer abgeknöpft hat.«

David musterte sie argwöhnisch. Sie sah heute früh noch jünger und ungepflegter aus als sonst. Das einteilige Kleidungsstück, das sie am Leib hatte – ein Kleid, ein Mantel? – bestand aus dickem haferschleimfarbenem Stoff, hatte da und dort einige graue Streifen und war am Saum und an den Bündchen gefranst. Sie wirkte wie eine Squaw, das schwarze Schaf des Stammes.

»Mein Mann ist einfach verrückt, was Essen angeht«, sagte sie. »Da, das können Sie ruhig für mich tragen. Das Ding wiegt fast eine Tonne.«

Tatsächlich wog es knapp einen halben Zentner. Als David die Tüte hoch hob, verrutschte das Einwickelpapier, und eine große rote Schere schnellte hervor. Elizabeth Townsend stapfte zum Rand des Bürgersteigs.

»Soll ich Ihnen ein Taxi besorgen?«

»Sie machen wohl Witze. Ich fahre mit dem Bus.« Sie funkelte ihn wütend an. »Wissen Sie, was ich heute zu Mittag habe? Joghurt. So weit ist es mit mir schon gekommen. Und dabei liebe ich gutes Essen, ich liebe es einfach.« Sie seufzte und fügte mürrisch hinzu: »Jetzt aber flott, ehe die Ampel umschaltet.«

Er wuchtete die Tasche hoch und ging hinter ihr her.

»Ich dachte, ich könnte bei Dian zu Mittag essen«, sagte sie gereizt. Beinahe hätte er gefragt, wer denn Dian sei, doch dann erinnerte er sich an die Luxuswohnung und die Bambuswand mit den Kerzen.

»Warum tun Sie es nicht? Sie wohnt doch gleich um die Ecke.«

»Weil mir nicht ganz wohl dabei ist. Ich bin in solchen Dingen normalerweise nicht sehr zimperlich. Julian wird Ihnen das gern bestätigen. Aber Dian hat sich einen Kerl angelacht, der ihr ganz schön den Kopf verdreht haben muß. Sieht Dian doch gar nicht ähnlich, finden Sie nicht?«

David pflichtete ihr von Herzen bei.

»Ich hätte meine Hand ins Feuer gelegt, daß Dian total prüde ist. Wahrscheinlich frigide. Aber Minta hat heute morgen bei mir angerufen, und als ich sagte, ich würde auf einen Sprung bei Dian vorbeigehen, meinte sie, das solle ich lieber schön bleiben lassen, weil ihr Freund wieder da sei.« Während er die rote Schere wieder in die Tüte stopfte, erklärte David, er verstehe, was sie meine. »Ich will schließlich nicht einfach so hereinplatzen. Und sagen Sie um Himmels willen bloß kein Wort davon zu Dian. Ich weiß, daß Sie dicke mit der sind. Schließlich muß man leben und leben lassen. Dian hat Minta nichts davon gesagt – typisch Dian, nicht?«

»Doch, unbedingt.«

»Aber da Minta im Haus gegenüber wohnt, konnte sie ja kaum damit rechnen, damit ungestraft durchzukommen. Minta hat mir erzählt, der Wagen dieses Kerls habe fünf- oder sechsmal in den letzten vierzehn Tagen vor dem Haus gestanden. Sie schmuggelt ihn ins Haus, sobald Greg ins Atelier fährt. Minta hat Greg natürlich einen Tip gegeben, deshalb will er Dian jetzt fürs erste in Sicherheit bringen.«

Mit jedem Schritt entfernte er sich weiter von der U-Bahn-Station. Während ihn Elizabeth Townsend unbarmherzig an mehreren Bushaltestellen vorbei hinter sich herschleppte, zermarterte er sich das Gehirn nach einem Vorwand, ihr die Tüte mit den Einkäufen vor die Füße zu stellen und die Flucht zu ergreifen. Tatsächlich stellte er die Tüte jetzt ab, doch nicht, weil er fliehen wollte.

»Mehr Anhaltspunkte hat Minta nicht?« fragte er und bemühte sich, seine Atemlosigkeit nicht durch seine Stimme zu verraten. »Sie hat einfach das Auto eines Mannes vor der Wohnung von Dian gesehen?«

»Sie hat gesehen, wie er ins Haus ging«, sagte Elizabeth nachdrücklich.

»Aber, Mrs. Townsend...«

»Oh, sagen Sie Elizabeth zu mir. Sonst komme ich mir noch vor wie sechsundneunzig und am Krückstock...«

»Aber, Elizabeth... Er war erleichtert. Gesicht und

Stimme, die er mit dem anderen Namen verband, standen in kraßem Gegensatz zu dem, was er vor sich hatte.
»Es könnte doch auch ein Vertreter sein, ein Versicherungsmensch oder ein Innenarchitekt, alles mögliche.«

»So? Dann lassen Sie sich mal was von mir sagen. Er ist ein sexy Typ so um die Dreißig, und Dian ist feinste Sahne. Sie wissen verdammt genau, daß zwischen Dian und Greg seit zwei Jahren nichts mehr läuft und Dian praktisch solo ist. Sie hat nur noch diesen Kerl im Kopf, das können Sie mir glauben. Sie sind naiv, David, das ist Ihr Problem. Aber Minta und ich sind nicht naiv, und wenn wir hören, daß sich ein Kerl heimlich zu einer Frau schleicht, wenn ihr Scheich gerade ausgeflogen ist, dann wissen wir, was wir davon zu halten haben.«

»Auch in Dians Fall? Der treuen, frigiden Dian?«

»Sie wollen sie wohl verteidigen? Schön, sie ist nicht treu, sie ist nicht frigide. Das ist der Beweis.«

In diesem Moment brach der Tütenboden. Er blickte auf die Auberginen, die Zitronen und die Dosen mit Gänseleberpastete, die in den Rinnstein kullerten, und sagte glücklich: »Elizabeth, ich bin schrecklich froh, daß wir uns getroffen haben. Sagen Sie mal, wenn Sie die Wahl hätten, wie heißt das schönste Restaurant, das Ihnen einfällt? Das Restaurant, in dem Sie jetzt am liebsten zu Mittag essen würden?«

»Das *Ecu de France*«, erwiderte sie prompt, stopfte zwei Zitronen in die Tasche ihrer Indianerkluft und sah ihn erwartungsvoll an.

»Der Gedanke, daß Sie Joghurt essen müssen, ist mir unerträglich«, sagte er. »Joghurt habe ich noch nie gemocht.« Er winkte ein Taxi heran, öffnete die Tür, verstaute Gemüse, Obst und Dosen auf dem Sitz. »Jermyn Street«, sagte er zu dem Fahrer. »Zum *Ecu de France*.«

Als er sich der Tür näherte, hörte er aus seinem Büro einen Stuhl über den Boden schaben, und als er eintrat, saß die Frau, die auf ihn wartete, ein, zwei Meter von seinem Schreibtisch entfernt und stellte eine verbissen tugendhafte Miene zur Schau. Ulph war überzeugt, daß sie sich die Papiere angesehen hatte, die auf seinem Dienstbuch lagen. Es handelte sich um ein Konzept für das Programm des Polizeisportfestes; Ulph lachte in sich hinein.

»Guten Morgen«, sagte er. »Sie wollten mich sprechen?«

»Ist mir egal, mit wem ich spreche«, antwortete die Frau, »Hauptsache, es ist jemand von ganz oben, der weiß, wo's langgeht.« Sie zupfte mit in einem Häkelhandschuh steckenden Fingern an ihrem roten Haar herum und blickte ihn trotzig enttäuscht an, als hätte sie jemanden erwartet, der großspurig, energisch und herrisch auftrat. »Sie reichen mir«, sagte sie. »Ich schätze, Sie interessieren sich für einen Kerl namens North.«

»Dürfte ich bitte Ihren Namen erfahren?«

»Vorausgesetzt, Sie fragen mich nichts weiter. Mrs. Dring. Mrs. Leonard Dring. Mit Vornamen heiße ich Iris.« Sie streifte die Handschuhe ab und legte sie auf den Schreibtisch neben ihre Handtasche. »Ich arbeite für diesen North, so zum Saubermachen, zumindest tat ich das, bis er mich am Samstag rausgeschmissen hat. Was ich Ihnen mitteilen wollte, ist, daß ich auch im Nachbarhaus arbeite und mich dort an dem Vormittag aufhielt, an dem Mrs. North umgebracht wurde.«

Ulph nickte, seine Miene blieb reserviert. Dem Groll entlassener Hausangestellter begegnete er nicht zum ersten Mal. »Fahren Sie bitte fort.«

»Am anderen Ende des Gartens haben drei Arbeiter die Straße aufgerissen. Mrs. North hat ihnen immer Tee spendiert, praktisch regelmäßig. Also es war ungefähr halb zehn, da stehe ich in Mrs. Townsends kleiner Küche und höre, wie drüben im Nachbarhaus an die Hintertür geklopft wird. Ich habe mir natürlich keine Gedanken gemacht und mich hinter die Fenster geklemmt, die Fenster im Wohnzimmer meine ich, als ich den Kerl da über den Gartenweg zur Straße gehen sehe, ein großer Kerl in einem Parka. Mrs. Townsend und ich, wir hielten ihn für einen von den Arbeitern. Er ging zum Gartentor hinaus und dann die Straße entlang.«

»Vielleicht wollte er sich den Tee statt dessen aus einem Café holen?«

»Das haben wir damals auch gedacht. Genau darauf wird er es angelegt haben. Der springende Punkt ist jetzt aber, daß an der Straßenbaustelle immer bloß drei Leute gearbeitet haben. Ich verrate Ihnen gleich, woher ich das weiß. Ich habe meinen Gatten gefragt: ›Wie viele Leute haben an der Friedhofsstraße gearbeitet?‹ ›Drei‹, hat er gesagt. ›Nie mehr als drei.‹ Und mein Gatte irrt sich nie, es gibt nichts, was dieser Mann nicht weiß. Dann habe ich gesagt: ›Du bist doch mit dem Alten da befreundet, der früher Polier war, frag den doch mal.‹ Und das hat er dann auch getan. Sie waren immer nur zu dritt, der Alte, der Mann und der Junge. Und was noch wichtiger ist, als ich das Klopfen an der Tür hörte, hat der Hund keinen Mucks getan. Er war im Garten und lag auf der Lauer, die Hintertür hatte er immer im Blickfeld. Wie schon mein Gatte immer sagt, die Tiere haben mehr Verstand als wir. Die lassen sich nicht so leicht an der Nase herumführen, ob sich da einer als Arbeiter verkleidet und sich einen Parka überzieht, ist denen Wurst.«

»Sie haben es lange hinausgeschoben, zu mir zu kommen, Mrs. Dring«, sagte Ulph gelassen. »Sie kommen nicht zufällig deshalb erst jetzt, weil Sie einen Groll gegen Mr. North hegen?«

»Wenn Sie mir nicht glauben, müssen Sie Mrs. Townsend fragen. Sie weiß es. Die hat mich erst darauf gebracht.«

Wahrscheinlich dachte sie, ihr Abschied gäbe ihm das Zeichen, die Gesetzesmaschinerie sofort in Gang zu setzen. Ulph saß ziemlich reglos da und dachte nach. Seine eigene Rekonstruktion des Tathergangs, die fast völlig intellektueller Natur war, hatte sich verwandelt und geändert. North war trotz allem sehr einfach vorgegangen. Ulph erkannte, daß so gut wie nichts geplant war; North hatte spontan gehandelt und nach der Tat lediglich seine Spuren verwischt.

Er war an jenem Vormittag zu Hause geblieben, aber nicht, um einen Mord wie Selbstmord aussehen zu lassen, sondern um Heller zur Rede zu stellen. Er hatte es Louise gesagt und sie ihren Geliebten warnen lassen, falls sie das wollte. Ulph faßte sich an die Stirn und tastete nach dem Muskel, der über seinem Auge vibrierte, wenn er nervös war. Hatte er nicht genau das gleiche getan, sich seiner Frau und dem Mann, den sie liebte, entgegengestellt? Hatte nicht auch er versucht, die Sache mit ihnen ruhig und vernünftig zu besprechen? Seine Frau hatte sich im Schlafzimmer eingeschlossen und sich in einem Weinkrampf aufs Bett geworfen.

Höchstwahrscheinlich hatte auch Louise North sich so verhalten, und die beiden Männer waren zusammen zu ihr nach oben gegangen. Doch erst hatte Heller seinen Regenmantel und die schwere Aktentasche auf den Küchentisch gelegt, die Waffe aber in der Innentasche des Jacketts behalten. Ulph wußte sehr genau, daß, wenn ein Mensch – selbst ein friedfertiger, sanftmütiger Mensch – eine Waffe besitzt, er in einer Streßsituation anfällig ist, sie auch zu benutzen. Louise hatte in Heller den vielleicht irrigen, vielleicht wahren Eindruck erweckt, ihr Mann sei gewalttätig und tyrannisch. Da er ungefähr eine Vorstellung davon besaß, was ihn erwartete, hatte Heller seine Pistole dabei. Natürlich nur als Drohmittel, nur als Überredungshilfe.

Und North? Vielleicht war Heller später als erwartet gekommen, so daß North das Warten satt bekommen und sich schon Mantel und Handschuhe angezogen hatte, um zur Arbeit zu gehen. In diesem Aufzug waren sie dann beide ins Schlafzimmer gegangen. Hatten sie miteinander gekämpft? Hatte sich dabei ein Schuß gelöst? Ulph vermutete es. Während des Kampfes hatte Heller aus Versehen Louise erschossen, und als er sich in dem Entsetzen über seine Tat zu ihr hinabgebeugt hatte, war er neben sie aufs Bett gefallen. North hatte die Pistole ergriffen und ihn erschossen. Die Hände, mit denen er die Pistole angefaßt hatte, steckten zwar in festen Autohandschuhen, doch dahinter mußte sich nicht unbedingt ein Vorsatz zur Tat ableiten lassen. Später waren dann die instinktiven Handlungen des Selbsterhaltungstriebs abgelaufen: Die Pistole noch einmal in Hellers Hand drücken – falls durch den Handschuh die früheren Fingerabdrücke verwischt worden waren –, und – scheußlich – noch einen dritten Schuß abgeben. Es hatte geregnet. Ein Parka mit Kapuze, das kurze Innehalten, um an der Hintertür so zu klopfen, wie die Arbeiter immer klopften, und dann das absichtlich langsame Schlendern, während das Herz klopfte, das Blut in den Schläfen pochte, an den Zaun, auf die Straße, zurück in die große nichtsahnende Umwelt.

Mit einem tüchtigen Anwalt, dachte Ulph, fiel das Strafmaß für North vielleicht nicht sehr hoch aus. Man hatte ihn in unerträglicher Weise provoziert. Die Frau hatte aus seinem Zuhause ein Haus der heimlichen Liebestreffs gemacht und üble Schmähungen über ihn in den Briefen an ihren Geliebten geschrieben. Plötzlich erinnerte sich Ulph daran, was North über die Liebenswürdigkeit seiner Nachbarin gesagt hatte, als hätte er mehr in ihr gesehen als jemanden, der nur Gutes tut. Sie war geschieden, fiel ihm ein. Bestand die Möglichkeit, daß sie auf North warten würde?

Ulph stand auf und schimpfte sich einen sentimentalen Narren. Auf ihn hatte auch keine Frau gewartet, als er endlich wieder ein ungebundener Mann gewesen war. Er blickte auf seine Uhr. North würde noch bei der Arbeit sein, erst in ungefähr drei Stunden nach Hause kommen. Während er alles vorbereitete, was er sagen und tun mußte, dachte er mit gelinder Belustigung an David Chadwick und die aus seiner Phantasie hervorgegangenen Theorien. Was wollte man von einem Bühnenbildner auch anderes erwarten? Dennoch hatte auch Ulph ein oder zwei Tage an die Möglichkeit einer Absprache, eines Komplotts geglaubt. Er schämte sich ein wenig dafür.

19

Er warf noch einmal einen Blick auf das Foto von den Norths, das während ihres Urlaubs aufgenommen worden war, und diesmal kam ihm der zwischen den lächelnden Gesichtern erkennbare Hintergrund bekannt vor. Das Gasthausschild war zu unscharf, als daß man den Namen von ihm hätte ablesen können, doch er erkannte das Fachwerk an den Giebeln des *King's Arms* und den weißen Zaun, der den Dorfanger von Jillerton umgab.

David hatte diese Zeitung auf den Stapel mit den anderen bedrückend und leicht makaber wirkenden Andenken an Bernard Heller gelegt. Hier lagen die Berichte über seine kurzen und bescheidenen Ausflüge ins Blickfeld der Öffentlichkeit, und dort die Ankündigung seiner Heirat mit dem Mädchen, das seinen kranken Vater an der Küste von Bathcombe im Rollstuhl spazierengeschoben hatte. Die Zeitungsschrift war verblaßt, nicht jedoch Bernards Handschrift, die das Datum seiner Hochzeit in sauberen blauen Zahlen festgehalten hatte, bei denen der kleine und sehr ausländisch wirkende Balken durch den Aufstrich der Sieben auffiel.

Versonnen ließ er den Blick über die Ansammlung schweifen, dann ging er zum Telefon, Inspektor Ulph war nicht im Büro, und niemand konnte ihm sagen, wann mit seiner Rückkehr zu rechnen sei. David zögerte, setzte sich über seine Hemmungen und die Angst vor einer Abfuhr hinweg und wählte noch einmal. Ein Kind nahm ab.

»Kann ich bitte mit deiner Mutter sprechen?«

Der Stimme nach war er ein netter vernünftiger Junge, älter als David ihn nach dem Anblick des Blondschopfs auf dem Kissen in Erinnerung hatte. »Wer spricht bitte?«

»David Chadwick.«

»Deine Blumen stehen bei uns in einer Vase.« Er würde sich nie vorstellen können, wieviel Freude er mit dieser schlichten Feststellung ausgelöst hatte. »Warte einen Moment, ich hole sie.«

David hätte die ganze Nacht gewartet.

»Danke für die Blumen«, sagte sie, »ich wollte Ihnen eigentlich schreiben, aber es – nun, es war nicht leicht für mich in letzter Zeit.«

Er hatte sich vorgenommen, das Gespräch sanft, taktvoll und geschickt anzugehen. Ihr Ton beunruhigte ihn jedoch so sehr, daß er sich dazu hinreißen ließ, doch mit der Tür ins Haus zu fallen. »Ich muß Sie heute abend unbedingt sprechen. Darf ich gleich vorbeikommen?«

»Aber warum denn?«

»Ich muß Sie sprechen. Oh, ich weiß, sie können mich nicht ausstehen, und ich sage es Ihnen lieber gleich jetzt, daß ich mich über North mit Ihnen unterhalten möchte. Legen Sie nicht auf. Ich würde trotzdem kommen.«

»Sie sind ein außergewöhnlicher Mann, wissen Sie das?« Ihrem Tonfall zufolge meinte sie das nicht ironisch. »Diesmal hätte ich keine Angst. Vielleicht reinigt ein Gespräch die Atmosphäre.«

Paul schlief an diesem Abend rasch ein, und Susan fragte sich, ob es wohl daran lag, daß der Hausverkauf jetzt praktisch unter Dach und Fach war. Draußen war es immer noch hell, der Abend lau und frühlingshaft, so daß sie keinen Mantel anziehen mußte, um rasch einmal nach nebenan zu gehen.

Die Fenster von *Braeside* waren alle fest geschlossen. Ein geheimes, unzugängliches Haus, ging es ihr durch den Kopf. Hatte nicht irgend jemand den Tod einmal mit einem geheimen Haus verglichen? Während sie auf die Hintertür zustrebte, zwang sie sich, den Blick nicht nach oben zu richten.

Bob hatte sich das Recht eingeräumt, ohne Anklopfen in ihr Haus zu kommen, und obwohl sie bisher noch nie davon Gebrauch gemacht hatte, war sie der Meinung, daß sie in seinem Haus ein ähnliches Vorzugsrecht genießen sollte. Es war das erste Mal, daß sie seit jenem Mittwoch morgen *Braeside* betrat. Ein sanfter Stoß ließ die Tür aufschwingen, und ihrem Blick bot sich die gähnend leere Küche dar. Wirkte sie deshalb so kahl, weil Hellers Mantel und Aktentasche nicht auf dem Tisch standen?

»Bob?«

So hatte sie auch den Namen seiner Frau gerufen, und als sie keine Antwort erhalten hatte, war sie nach oben gegangen. Was war, wenn sich die Geschichte wiederholte? Die Nische, in der die Madonna gestanden hatte, war nun verwaist, eine klaffende Wunde in der Wand.

»Bob?«

Im Wohnzimmer roch es muffig, doch es sah sauber und aufgeräumt aus, als wäre es seit langer Zeit unbewohnt. Im ersten Moment hatte sie ihn übersehen, so reglos saß er in dem Sessel, in dem sie auch schon gesessen und mit dem Police Inspector gesprochen hatte. Ein Lichtstrahl malte ein flackerndes goldenes Band auf seinen Körper, das auch auf seine Augen fiel, doch er starrte wie ein Blinder durch es hindurch, ohne geblendet zu werden.

Sie ging zu ihm, kniete an seinen Füßen nieder und faßte ihn an den Händen. Die Berührung seiner Haut erregte sie nun nicht mehr als Pauls, und sie fühlte für ihn auch nur das, was sie manchmal für Paul empfand: Mitleid, Zärtlichkeit und vor allem die Unfähigkeit zu verstehen. Doch Paul liebte sie. Hatte sie Bob je so nahegestanden, um ihn zu lieben?

»Susan, ich bin am Ende«, sagte er. »Die Polizei ist heute bei mir in der Firma gewesen, aber das spielt keine Rolle. Es spielt wirklich keine Rolle mehr. Ich hatte den Verstand verloren, bin dazu verleitet worden. Aber ich will die Schuld nicht auf andere abladen. Falls ich dazu verführt wurde – ich war schließlich erwachsen und möchte die Schuld nicht anderen geben.« Er hielt ihre Hand noch fester. »Ich bin froh«, sagte er, »daß sie niemand anderes für das alles zur Rechenschaft ziehen können. Sie können es nicht durchschauen. Du weißt nicht, was ich damit meine, oder?«

Sie schüttelte den Kopf.

»Ein Glück. Ich möchte nicht, daß du es erfährst. Sag mal, hast du je gedacht, ich könnte... könnte dir ein Leid zufügen?«

Es hatte ihr die Sprache verschlagen, sie sah ihn nur an.

»Das wurde vorgeschlagen«, sagte er heiser, »und icheine Zeitlang war ich... Es waren nur ein, zwei Tage, Susan. Ich wußte nicht, was dir bekannt war und was du gesehen hast. Ich liebe dich wirklich. Ich liebe dich, Susan.«

»Ich weiß«, erwiderte sie. »Ich weiß.«

»Und Louise liebte Heller, war es nicht so? Du weißt das. Alle wissen das.« Er schnappte nach Luft, beugte sich vor, so daß der Lichtstrahl auf seine Schulter fiel und dort flackerte. Grimmig fuhr er fort: »Was ich getan habe, geschah aus Eifersucht. Ich konnte es nicht ertragen... Sie hat mich provoziert. War es nicht so, Susan? Und vielleicht werde ich nicht für sehr lange weggehen müssen. Ich werde zu dir zurückkommen.« Er legte die Hände um ihr Gesicht. »Ist dir klar, was ich dir sagen will?«

»Ich glaube schon«, stammelte sie, rührte sich nicht von der Stelle und blieb weiter auf den Knien, denn sie hatte das Gefühl, wenn sie nun aufstand, fiele sie bestimmt gleich wieder hin. Sie war zu ihm gekommen, um ihm zu sagen, daß die Briefe seiner Frau nicht verbrannt waren, sondern immer noch bei ihr zu Hause lagen. Seine Hände tasteten ihre Haut ab. Sie hatte ihn schon mit einem Blinden verglichen, doch jetzt erschien er ihr wie ein Tauber, der Sprache nur durch die fast unmerklichen Bewegungen der Knochen des Sprechenden wahrnehmen kann.

Vielleicht war er tatsächlich taub, denn er gab durch nichts zu erkennen, daß er den Hund gehört hatte, der anfangs dumpf bellte, dann ein wütendes Gekläff aufführte, als die Wagentür zuschlug.

»Sie haben geweint«, sagte David.

»Ja, ich wußte nicht, daß man es merkt.«

Die Tränenspuren wirkten nicht entstellend, sondern waren nur das sichtbare Zeichen einer unerträglichen Verletzlichkeit. Die leichte Aufgedunsenheit ihrer Augen erfüllte den gleichen Zweck wie ein Besuch bei der Kosmetikerin und ließ sie sehr jung erscheinen. »Ich war ungeschickt am Telefon«, sagte er. »In Ihrer Nähe bin ich immer ungeschickt.«

»Das ist egal«, sagte sie gleichgültig. »Momentan ist mir eigentlich so ziemlich alles egal. Sie sind gekommen, um über – über einen unserer gemeinsamen Bekannten zu sprechen. Sie kommen zu spät. Ich – ich kann mir nicht denken, daß er noch einmal wiederkommt.«

»Soll das heißen, daß er festgenommen wurde?«

»Das haben Sie doch gewollt«, sagte sie grob. Er konnte nicht sagen, ob aus ihren Augen Haß gegen eine bestimmte Person sprach oder Verzweiflung an der ganzen Welt, in der sie lebte. Sie wandte den Kopf von ihm ab und setzte sich, als könne sie nicht anders, als seien ihre Beine nicht mehr in der Lage, sie zu tragen. »Oh, ich will ihn nicht entschuldigen«, sagte sie. »Es ist noch zu früh, ich bin mir noch nicht völlig darüber im klaren.« Sie strich sich die blonden Haare zurück, die ihr in die Stirn gefallen waren. »Aber wissen Sie, was für ein Gefühl das ist, Eifersucht? Haben Sie es je erlebt?«

Darauf gab David keine Antwort. »Das hat er Ihnen gesagt?« fragte er. »Daß er es aus Eifersucht tat?«

»Natürlich.« Ihr Ton klang dezidiert und energisch. »Es war eine Kurzschlußreaktion, er hat impulsiv gehandelt, er war nicht zurechnungsfähig.«

»Sie irren sich, Susan.« Sie widersprach nicht dieser plötzlichen Vertraulichkeit. Aus Gleichgültigkeit, dachte er bitter. »Ich möchte Ihnen etwas erzählen. Es ist vielleicht ein Trost. Ich will nicht behaupten, daß Ihre Einstellung zu North sich dadurch ändern würde, obwohl...« Er seufzte kurz. »Aber möglicherweise denken Sie dann über mich ein wenig anders. Darf ich?«

»Wenn Sie möchten. Ich habe sonst nichts zu tun. Dadurch vergeht die Zeit schneller.«

Er hatte schon eine ganze Weile darauf gebrannt, jemandem seine Geschichte zu erzählen, und wenn der Inspector nicht anderweitig beschäftigt gewesen wäre, hätte er sie längst schon Ulph berichtet. Es war eine schreckliche Geschichte, und da ihre Wahrheit ihm im Verlauf des Tages erst nach und nach zu Bewußtsein gekommen war, hatte er sich in eine Art Entsetzen hineingesteigert. In gewisser Beziehung hätte er es erfunden haben können, ähnlich wie ein Horrorautor erst erfindet und dann unter der grausigen Fruchtbarkeit des eigenen Geistes leidet. Doch David wußte, daß seine Geschichte wahr war und es daher kein Entkommen gab. Eben weil sie sich ereignet hatte und Norths Verhalten und Beweggründe in völlig neuem Licht erscheinen ließ, mußte sie erzählt werden. Doch diese junge Frau war die falsche Zuhörerin, wenn sie ihm in jeder anderen Hinsicht auch fehlerlos erschien. Er empfand für sie bereits jene Zärtlichkeit, die den Menschen, dem sie gilt, vor herben Enttäuschungen bewahren möchte. Ihm kam auch der Gedanke, daß sie möglicherweise daran dachte, auf North zu warten; während dieser langen Wartezeit würde sie sich vielleicht doch zu dem durchringen, was sie ihm bisher verweigerte: die Vergebung einer Tat, die ihrer Ansicht nach die Folge unbändiger Eifersucht war.

»North lernte Magdalene Heller im Urlaub vergangenen Juli in Devon kennen«, setzte er an. »Sie verliebten sich. Was North betrifft, so läßt sich wohl besser von Hörigkeit sprechen.« Sie hatte den Blick nicht auf ihn gerichtet, und ihre Miene blieb teilnahmslos. »Als sie wieder in London waren, setzten sie ihre Treffen in einem Londoner Pub und gewiß noch in anderen Etablissements fort. Magdalene begehrte ihn, weil er attraktiv und für ihre Begriffe wohlhabend war. Weshalb ihm an ihr lag, habe ich bereits gesagt. Vielleicht wollte er auch Kinder haben, aber das weiß ich nicht.« Er bemerkte, wie sie eine fast unmerkliche Geste mit der Hand machte. »Ich glaube, Magdalene muß als Urheberin des Gedankens betrachtet werden, sie war vielleicht, wenn man es dramatisch ausdrücken will, Norths böser Geist. Magdalene besaß eine Waffe, und im September hatte Magdalenes Mann versucht, sich mit Gas das Leben zu nehmen, weil ihm klar war, daß sie ihn nicht mehr liebte. Ein Mann, der einen Selbstmordversuch hinter sich hat, kann es noch einmal versuchen und zum Ziel kommen.

Ich weiß nicht, wann sie zusammen zum ersten Mal einen Plan erdachten. Vielleicht erst nach Weihnachten. Es muß jedenfalls Januar oder Februar gewesen sein, als Magdalene North eine von Hellers Werbeantwortkarten besorgte, der sie Louise geben und ihr vorschlagen sollte, eine Zentralheizung einbauen zu lassen. Nein, es war kein Zufall, daß Heller ausgerechnet im Gebiet Matchdown Park arbeitete. Eben weil er dort arbeitete, hat Magdalene ihren Plan speziell danach ausgerichtet.«

»Und wie sah dieser Plan konkret aus?« fragte sie mit leiser, kaum hörbarer Stimme.

»Sobald Louise die Karte ausgefüllt und unterschrieben hatte«, fuhr er fort, »begann sie ihren Nachbarn von der Zentralheizung zu erzählen. Heller fuhr mit seinem Wagen vor, um den Einbau mit ihr zu besprechen, und jedesmal, wenn er kam, bellte der Hund, so daß alle seine Besuche mitbekamen. Louise North hatte in letzter Zeit sehr unglücklich gewirkt, weil auch sie wußte, daß ihr Bob untreu war. Sie sprach mit niemandem darüber, doch sie konnte nicht verhindern, daß man ihr den seelischen Schmerz vom Gesicht ablas. Sie konnte sich nur mit einem davon ablenken, dem Plan zur Verbesserung der Heizungsanlage, so daß sie den Nachbarn natürlich davon erzählte. Doch als die North nach seiner Meinung zu dem Vorhaben fragten, stritt er einfach jedes Wissen davon ab. Denn das war die todsichere Methode, wie sie erreichen konnten, daß man Hellers Besuche als unmoralisch einstufen würde.«

Endlich richtete sie den Blick auf ihn. »Aber das ist doch völlig absurd.« Empörung war nun an die Stelle lähmender Schockwirkung getreten. »Selbstverständlich haben die Leute Bob nach seiner Zentralheizung gefragt, und er hat natürlich gesagt, sie ließen sich keine einbauen. Einer Freundin von mir hat er ziemlich nachdrücklich erklärt, eine Zentralheizung könne er sich nicht leisten. Ihre Vermutung – ich weiß nicht, auf was sie eigentlich abzielen –, diese Vermutung ist lächerlich. Falls Bob gelogen hätte, was hätte dann wohl geschehen sollen, falls man ihn und Louise danach gefragt hätte, wenn sie zusammen waren?«

»Und wenn schon?« fragte David leise. »Hätte es die Nachbarn nicht nur noch in ihrem Glauben an Louises Schuld bestärkt, wenn sie es lebhaft beteuert, während ihr Mann sich abwendet und verlegen wirkt? Hätte er ihnen nicht leid getan in der Rolle des betrogenen Ehemanns, der alles tut, was in seinen Kräften steht, um die Treulosigkeit seiner Frau zu vertuschen?«

»Louise North war in Heller verliebt«, behauptete sie dickköpfig. »Er kam drei- oder viermal her, und Bob kannte sehr wohl den Grund für seine Besuche. Hören Sie, ich weiß, wie besessen Sie von Ihren Vermutungen sind, aber Sie haben nicht hier gewohnt. Sie kennen die Beteiligten nicht. Am Tag vor ihrem Tod kam Louise in Tränen aufgelöst zu mir und wollte mir alles erzählen. Sie hat mich förmlich angebettet, sie am nächsten Tag zu besuchen und mir die ganze Geschichte anzuhören.«

Das nahm ihm für einen Moment den Wind aus den Segeln. Angenommen, seine Theorie war völlig falsch, nichts weiter als heiße Luft? Susan Townsend würde nie mehr ein Wort mit ihm wechseln. »Sie hat Ihnen wirklich gesagt, daß sie in Heller verliebt sei?«

Kurz tauchten Zweifel in ihrer Miene auf. »Nein, aber ich... Deshalb ist sie doch gekommen. Warum hätte sie mich sonst besuchen sollen?«

»Vielleicht, um Ihnen zu erzählen, daß ihr Mann sie betrog, und Sie um Rat zu bitten.«

Sie sah ihn ausdruckslos an, dann wurde sie vor Verlegenheit knallrot. »Sie wollen damit sagen, daß ich eine gute Ratgeberin gewesen wäre, weil mich mein erster Mann betrogen hat?«

Es war schrecklich, daß ausgerechnet er sie so verletzen mußte. Sein Hals war trocken, und einen Augenblick lang brachte er kein Wort heraus. Dann sagte er: »Gerade wegen dem, was Sie eben gesagt haben, hätte sie von Ihnen wohl kaum erwartet, daß Sie dem schuldigen Ehepartner viel Wohlwollen entgegenbringen. Aber dennoch glaubten Sie, Louise sei die Schuldige.«

»Das glaube ich immer noch«, erklärte sie unvermittelt heftig. »Ich glaube an Bobs Unglück.«

»Ja, ich kann mir denken, daß er unglücklich war. Es kann einen nicht sehr glücklich machen, wenn man von einer Frau wie Magdalene Heller zu Untaten getrieben wird. Bei der gerichtlichen Untersuchung haben sie miteinander gestritten, nicht wahr? Haben sie da nur Theater gespielt, oder steckte vielleicht der Zorn Lady Macbeths dahinter?«

»Auf was wollen Sie eigentlich hinaus?«

»Daß Bernard Heller und Louise North sich gar nicht liebten. Daß sie sich lediglich als Vertreter und Hausfrau kannten.«

20

Sie nahm sich eine Zigarette und zündete sie an, ehe er Gelegenheit dazu hatte. Die Tränensäcke unter ihren Augen waren fast verschwunden, zurück blieben bläuliche Schatten. Ihm fiel auf, wie schlank ihre Hände waren, so schlank, daß der Ehering verrutschte, wenn sie die Finger bewegte.

Er geriet ins Stottern. »Sie haben sehr gefaßt reagiert. Das freut mich.«

»Nur weil ich weiß, daß es nicht wahr ist.«

Er seufzte, jedoch nicht aus Verzweiflung. Wie konnte er von ihr Verständnis für Unbeständigkeit und Untreue erwarten? »Mir ist klar, daß es ein harter Schlag für Sie sein muß«, sagte er leise.

»Oh, nein, daran liegt es nicht.« Ihre Miene wirkte nahezu gelassen. »Als Sie mit Ihrer Vermutung anfingen, fürchtete ich, alles würde sich als wahr erweisen, und nun, wo ich das Gegenteil weiß, fühle ich mich sozusagen erleichtert. Ich hege keinen Groll gegen Sie«, fuhr sie ernst fort. »Sie sind wirklich ein netter und rücksichtsvoller Mensch. Es stimmt, daß ich...« Sie senkte den Blick und fuhr fort: »Es stimmt, daß ich Zuneigung zu Bob North empfand. Wir suchten Trost und waren sehr darauf angewiesen, weil...« Ihr Ton war sehr nüchtern geworden. »Weil wir beide eine Phase durchliefen, in der wir am Leben verzweifelten. Ich bin gerade dabei, dieses Tief zu überwinden. An Tiefs bin ich gewöhnt«, fügte sie hinzu. »Er hat etwas Furchtbares getan, und wir werden uns nie wiedersehen. Letzten Endes hat uns nie sehr viel verbunden. Ich werde schon bald von hier wegziehen, außerdem muß ich auch an meinen kleinen Jungen denken. Ich werde Bob nie vergessen, auch wie er sich fürchtete und keine Ruhe mehr fand.« Sie hielt kurz inne und räusperte sich. »Aber Sie wollen sicher wissen, weshalb ich so überzeugt davon bin, daß Sie mit Ihrer Vermutung falsch liegen.«

»Ja«, sagte er erschöpft. »Ja.«

»Also. Heller und Louise haben sich geliebt, das weiß ich genau. Denn sehen Sie, Heller hat Louise Liebesbriefe geschrieben, die bis vergangenen November zurückreichen. Ich habe sie hier – Bob hat sie bei mir gelassen – und wenn Sie möchten, können Sie einen Blick darauf werfen.«

»Gefälscht«, sagte David und besah sie sich von vorn und hinten, obwohl er wußte, daß dies nicht möglich war. Er erinnerte sich jetzt wieder an die Briefe, deren Echtheit vor Gericht Magdalene, der Geschäftsführer der *Equatair* und Bernards eigener Bruder bestätigt hatten. »Nein, das kann nicht sein, ich weiß.« Er las sie, während sie sich an ihrer bis zum Filter heruntergerauchten Zigarette gleich noch eine ansteckte und ihn mit sanfter Traurigkeit beobachtete.

»Wie Sie sehen, tragen beide das Datum vom letzten Jahr, 1967.«

Gründlich und langsam las er sie noch einmal, dann sah er noch einmal auf die Datumszeilen: 6. November '67 und 2. Dezember '67. An ihrer Entstehungszeit konnte es keinen Zweifel geben, dennoch stimmte mit den Briefen irgend etwas nicht. »*Er ist kein alter Mann und kann noch viele Jahre vor sich haben. Er hat Dir keine Vorschriften zu machen und schon gar kein Recht auf Dich, das heutzutage noch irgend jemand anerkennen würde.* Wie alt ist North eigentlich?« fragte er.

»Keine Ahnung«, antwortete sie und runzelte gequält die Stirn. »So um die Dreißig, Anfang Dreißig.«

»Merkwürdig«, sagte David. »Komisch, daß Heller ihn so geschildert hat.«

»Aber das stimmt, er ist doch kein alter Mann.«

»Nein, er ist so jung, daß es unsinnig wäre, so über ihn zu schreiben, wenn man sein Alter kennt. In diesem Ton beschreibt man jemanden, der den Herbst des Lebens vor sich hat, einen Fünfundfünfzigjährigen vielleicht. Man hat das Gefühl, Heller wende sich an eine sehr junge Person, der gegenüber er einen reiferen, realistischeren Standpunkt vertritt. Und wie steht es damit? *Wir müssen alles beim alten lassen und einfach abwarten, bis er stirbt.* Weshalb hätte North sterben sollen? Er ist doch nicht nur jung, sondern auch gesund, oder? Dann auch noch das mit seinem Recht an ihr, das heutzutage kein Mensch mehr anerkennen würde. Neunzig Prozent der Gesamtbevölkerung, möchte ich doch behaupten, würden keineswegs bestreiten, daß Eheleute gesetzliche und moralische Rechte an ihrem Partner haben, und aus diesem Verhältnis lassen sich eine Menge Vorschriften ableiten.«

»Jedenfalls bedarf es einer ganzen Horde Rechtsanwälte, wenn man es aufheben will«, erklärte sie sarkastisch. »Aber Sie vergessen, daß Heller labil war. Als er das schrieb, war er hysterisch.«

»Diese Briefe wirken aber überhaupt nicht hysterisch. An manchen Stellen schreibt er zart und einfühlend. Darf ich fragen, weshalb North sie ihnen gegeben hat?«

»Ich sollte sie verbrennen. Er brachte nicht die Willenskraft auf, es selbst zu tun.«

David hätte fast aufgelacht. Der Mann hatte allen Grund, sie zu verbrennen, denn wenn sie auf den ersten Blick und bei oberflächlicher Betrachtung auch echt schienen, konnte eine genauere Prüfung vielleicht eine Ungereimtheit ergeben, aus der sich folgern ließ, daß Louise nicht die Empfängerin sein konnte. Warum hatte er sie Susan Townsend gezeigt? Weil er sich ihrer Zuneigung, ihres Mitleids, ihrer Anerkennung seiner gekränkten Unschuld vergewissern wollte. Das war ihm gelungen, dachte David bitter.

»Wissen Sie, was ich glaube?« Nein, sie wußte es nicht, es schien sie auch nicht zu interessieren. Er fuhr dennoch fort. »Ich bin der Meinung, in den Briefen wird gar nicht auf Bob Bezug genommen. Die Frau, die diese Briefe erhielt, war natürlich an jemanden gebunden, aber nur, weil es der Anstand so verlangte.« Er blickte auf und bemerkte, daß sie sehr müde wirkte. »Verzeihung«, sagte er. »Darf ich diese Briefe mitnehmen?«

»Ich wüßte nicht, was dagegen spräche. Niemand sonst will sie.«

Sie gab ihm die Hand und führte ihn in die Diele hinaus. Ihr Abschied fiel sehr nüchtern aus, als hätte er sie rein geschäftlich besucht, als hätte nicht der Gesellschaftsfotograf Greg, sondern er das Haus gekauft.

»Sie sollten nicht allein sein«, sagte er spontan. »Ich würde Sie jetzt nicht verlassen, aber es ist Ihnen bestimmt nicht angenehm, mich vor Augen zu haben.«

»Aber nein. Ich bin Alleinsein durchaus gewöhnt. Mir ging es nach der gerichtlichen Untersuchung ziemlich schlecht, aber da war ich auch krank.« Sie öffnete die Tür, und kaum stand er im Lichtschein auf der Schwelle, fing der Hund an zu kläffen. Kein Wunder, hatte North ihn an jenem Abend, als David das erste Mal im Orchard Drive gewesen war, doch gestreichelt und hinter den Ohren gekrault, denn der Hund war unbeabsichtigt sein Komplize geworden. »Ich wünschte, wir hätten uns unter anderen Umständen kennengelernt«, sagte sie.

»Hauptsache, wir *haben* uns kennengelernt.« Er wartete nicht auf ihre Antwort, denn sie hätte ihm vielleicht die Hoffnung geraubt.

Bis zu ihrer Heirat hatte Magdalene Heller bei ihrem Vater gewohnt, einem Multiple-Sklerose-Kranken Mitte Fünfzig. Sie hatte ihn aufopferungsvoll gepflegt, bis sie nach London gefahren und Bernard kennengelernt hatte. Sie konnte jedoch nicht einfach heiraten und ihren Vater allein lassen, sie mußte warten, bis er starb. Mr. Chant mußte sehr pflege- und fürsorgebedürftig gewesen sein, Pflichten, die nur eine verständnisvolle Tochter erfüllen konnte. Der chronisch Kranke war grob und undankbar, neidete dem Mädchen, das sich um ihn kümmerte, seine Gesundheit und wurde zuweilen gewalttätig. Doch sie war es ihm schuldig, bei ihm zu bleiben und ihren Verlobten nur gelegentlich zu sehen, wenn er nach Exeter kommen und in ihrer Nähe bleiben konnte oder es ihr gelang, sich für einen Tag in London freizumachen.

David vergegenwärtigte sich diese Umstände noch einmal, und als er nach East Mulvihill gelangte, hatte er sich eine neue Theorie zurechtgelegt, ein Tochtergedanke seiner ersten, der sich wie die winzige Knospe am Körper einer Hydra aus ihr entwickelt hatte. Carl Heller öffnete ihm die Wohnungstür. Hielt Magdalene ihn sich als eine Art Portier, der tun mußte, was sie wollte? Auf seinem stumpfen teilnahmslosen Gesicht spiegelte sich an diesem Abend tiefe Niedergeschlagenheit, und seine Hängebacken schlotterten wie die eines Bluthunds.

»Haben Sie schon die Zeitung gelesen?« fragte er, wobei er zwischen jedem kehligen Wort eine Pause machte. »Man hat Mr. North wegen Mordes an meinem Bruder festgenommen.« David hatte noch nie jemand wirklich die Hände ringen sehen. »Ach, mein Bruder und sein Unrecht...« Mit einer raschen unbeholfenen Bewegung packte er David am Arm. »Ich kann es kaum fassen. Magdalene ist krank und hat sich hingelegt. Als er gestern nicht kam und nicht anrief, habe ich schon geglaubt, sie würde den Verstand verlieren.« Er schüttelte den Kopf und hob beschwörend die Hände. »Jetzt geht es ihr besser, sie hat sich wieder beruhigt. All dieses Leid ist nur durch das Unrecht meines Bruders über uns gekommen.«

»Ich glaube nicht, daß er etwas Unrechtes getan hat, Mr. Heller. Er hat Mrs. North doch mal einige Briefe geschrieben, nicht?«

»Böse Briefe. Ich werde nie vergessen, wie ich vor Gericht sagen mußte, daß mein Bruder die Briefe dieser Frau geschrieben hat.«

»Hat er sie ihr denn geschrieben?« David ging hinter ihm ins Wohnzimmer. Es wirkte zwar aufgeräumt, und auf dem Tisch stand nichts herum, aber auf sämtlichen Möbeln lag der Staub zweier Tage.

Carl setzte sich, sprang aber sofort wieder auf und begann, schwerfällig in dem Zimmer herumzustapfen wie ein Brauereigaul, den man in einen Ponystall gesteckt hat. »Ich meine nicht, daß er sie nicht geschrieben hat«, erklärte er. »Ich wollte nur sagen, daß ich mich geschämt habe, es bestätigen zu müssen. Ist mein Bruder und behauptet von dem armen Mr. North, er sei zu nichts mehr zu gebrauchen und besser tot!«

»Mr. Heller...« David war sich im klaren, daß es keinen Sinn hatte zu versuchen, diesem Mann, dessen Begriffsstutzigkeit durch seine Verwirrung noch verstärkt wurde, etwas zu erklären. »Würden Sie mir bitte eine Frage beantworten? Sie mag ihnen bedeutungslos und völlig nebensächlich erscheinen, aber sagen Sie, wie hat Bernard seine Sieben geschrieben?«

Erstaunen, ja sogar Zorn über die scheinbare Belanglosigkeit der Frage spiegelte sich in Carls Stirnrunzeln wider, während sein Gesicht – dachte er, David wolle sich über seinen berechtigten Verdruß lustig machen? – mattziegelrot anlief. Doch er unterbrach sein Auf-und-ab-Gehen, nahm den Kugelschreiber zur Hand, den David ihm reichte, leckte über die Mine und malte eine Sieben mit Querstrich durch die Mitte.

»Das habe ich mir gedacht. Er ist in Europa, in der Schweiz zur Schule gegangen. Schreiben Sie jetzt mal eine Eins so wie Bernard.«

Einen Augenblick schien es, als wollte Carl der Aufforderung nicht Folge leisten. Die Runzeln gruben sich noch tiefer in seine Stirn ein, während er David anstierte, doch dann zuckte er mit den Schultern und malte ein Zeichen auf das Blatt, das der englischen Sieben sehr ähnlich war. David zog das Papier unter Carls Pranke hervor und betrachtete es nachdenklich. Magdalene hatte Bernard 1962 geheiratet, 1961 hatte sie ihn kennengelernt. Es paßte alles zusammen, und doch... Warum war es der Polizei nicht aufgefallen, die doch Zugang zu Bernards Auftragsbücher gehabt hatte, warum nicht dem Geschäftsführer der *Equatair*, der Bernards Handschrift und seine Zahlenschreibweise kannte, warum nicht Carl?

»Sie haben mir gegenüber einmal erwähnt, Bernard habe möglichst als Engländer erscheinen wollen, um in seinem Beruf weiterzukommen. Hat er irgendwann einmal die Schreibweise seiner ausländischen Einsen und Sieben geändert?«

»Möglich wäre das schon.« Carl nickte, ohne irgend etwas zu begreifen, und er wollte es auch nicht begreifen. »Vor fünf Jahren hat er mir erklärt, er wolle sich in einen waschechten Engländer verwandeln, so daß niemand noch etwas Ausländisches an ihm auffallen würde.«

David sagte leise: »Dann hat er also vor fünf Jahren damit begonnen, seine Sieben ohne Querbalken und seine Einsen als senkrechten Strich zu schreiben...« Er sprach leise, weil er hinter sich eine Tür aufgehen und Schritte in dem schmalen Flur gehört hatte.

Sie trug einen Morgenmantel. Ein Negligé hätte jetzt nicht zu ihr gepaßt; das lange bauschige Ding, das sie anhatte, war aus wattiertem, schwarzem Wollstoff, den blutrote Fäden durchschossen. Es schimmerte im Licht wie eine Rüstung. Ihr Gesicht wirkte bleich, starr und ziemlich alt.

»Auch wieder da?« fragte sie. Sie bemühte sich, trotzig zu klingen, hatte aber zuviel Angst, um den entschiedenen Ton anzuschlagen, der für Trotz erforderlich ist. »Ich möchte ein Glas Wasser«, sagte sie zu Carl gewandt. Er nickte unterwürfig und holte es. Ihre Nägel klirrten an dem Glas, und sie verschüttete ein wenig. Jetzt hatte sie ihre Stimme wiedergefunden, doch es war die jämmerliche Karikatur einer Stimme, als sei sie tatsächlich gealtert. »Bob North hat sie also doch umgebracht. Bloß gut, daß wir nichts mehr mit ihm zu tun hatten. Wer sich so erwischen läßt, muß ein Trottel sein.«

»Mörder müssen erwischt werden«, widersprach Carl einfältig.

»Hart müssen sie sein«, sagte sie, »und vorausdenkend, damit man sie eben nicht erwischt.«

»Ich frage mich, ob Sie wohl hart genug wären.« David stand auf und fügte im Plauderton hinzu: »Wäre interessant, das mal festzustellen.« Es wird interessant sein, dachte er, entweder heute abend oder morgen. Der Blick der grünen Augen, schillernd und oberflächlich, ruhte einen Moment lang auf ihm, dann ging sie mit dem Glas in der Hand und über den Boden rauschenden Morgenmantel ins Schlafzimmer zurück. Er horchte, als er an der Tür vorbeiging, doch die Stille dahinter war so vollkommen, daß sie eindringlicher und erschreckender wirkte als jedes Geräusch.

»Ich wollte nur wissen«, sagte, David, als sie den Hörer abnahm, »ob bei Ihnen alles in Ordnung ist.«

»Aber das haben Sie mich doch erst gestern abend gefragt«, wandte sie ein. »Und heute morgen wieder.« Wenigstens sagt sie nicht ›Auch wieder da?‹ dachte David. »Es geht mir soweit ganz gut. Doch, kann nicht klagen. Nur schwirrt hier dauernd Polizei herum...«

»Ich muß jetzt auch aufs Revier, aber darf ich hinterher bei Ihnen vorbeikommen?«

»Wenn Sie möchten«, sagte sie. »Wenn Sie möchten, David.«

Sie hatte ihn mit dem Vornamen angesprochen, was leichtes Herzflattern bei ihm auslöste. »Aber keine Geschichten, keine Theorien. Mehr halte ich einfach nicht aus.«

»Großes Ehrenwort«, versprach er. Zu der Verhandlung würde man sie vorladen, aber bis dahin würde sie ihn gut genug kennen, um sich von ihm begleiten zu lassen. Dort würde sie alles erfahren, und wenn man die Beweise gegen die beiden auf der Anklagebank verlas, würde sie ihn an ihrer Seite brauchen.

Also legte David auf und machte sich auf den Weg zu Ulph, um ihm mitzuteilen, was Magdalene Heller und Robert North verbrochen hatten. Wie sie ein Verhältnis zwischen zwei freundlichen und liebenswerten Menschen konstruierten, die ihnen nie etwas getan hatten – außer zu existieren; wie sie ihnen einen so schlechten Ruf andichteten, daß Louises Freunde und Nachbarn und Bernards Zwillingsbruder sie verleumdet hatten; wie sie das alles nur deshalb taten, weil Louise North sich nicht von ihrem Mann scheiden lassen konnte und Heller seine Frau in die Schweiz mitnehmen wollte.

Doch ehe er die Treppe zur U-Bahn hinabging, blieb er einen Augenblick stehen und lehnte sich an das Gitter des baumlosen Parks. Sie waren hier schon einmal vorbeigefahren, er und Bernard Heller, doch es war nicht der Bernard Heller von damals, den David nun plötzlich vor sich sah, und auch nicht der, der tot in den Armen einer Toten lag, die er eigentlich nie gekannt hatte. Statt dessen erinnerte er sich an den humorvollen fröhlichen Dikken, die müden Witze, die nie versagende großzügige Hilfsbereitschaft.

Vielleicht würde er seine letzte Entdeckung Ulph als erstes berichten. Er war kein rachsüchtiger Mensch, doch er wollte Ulphs Gesicht sehen, wenn er hörte, daß Magdalene Heller die eigenen Liebesbriefe aufbewahrt hatte, die Briefe, die ihr Bernard 1961 geschrieben hatte, um sie als Beweismittel für einen Ehebruch heranzuziehen, den es in Wirklichkeit nie gegeben hatte. Ulphs Gesicht wollte er sehen, und schließlich das des Richters und der Geschworenen.

GOLDMANN

Der Krimi-Verlag

Sie gaben den Mord jenen Leuten zurück, die einen Grund dafür haben – und schufen Meisterwerke einer literarischen Tradition.

James M. Cain,
Doppelte Abfindung   5910

Raymond Chandler/Robert Parker,
Einsame Klasse   5907

Dashiell Hammett,
Ein Mann namens Spade   5906

Goldmann · Der Taschenbuch-Verlag

GOLDMANN

Der Krimi-Verlag

Die Lords und Ladies bitten zum Mord.
Psychologische Raffinesse, unvergeßliche Charaktere
und Spannung bis zur letzten Seite – ein Lesevergnügen
der besonderen Art.

Elizabeth George,
Mein ist die Rache 5883

Batya Gur, Denn am Sabbat
sollst du ruhen 5887

Staynes & Storey,
Faule Haut 5890

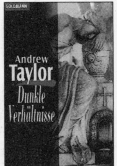

Andrew Taylor,
Dunkle Verhältnisse 5916

Goldmann · Der Taschenbuch-Verlag

GOLDMANN

Der Krimi-Verlag

Patricia Wentworth – die Wiederentdeckung der »grande dame« des englischen Kriminalromans.

Patricia Wentworth,
Der Elfenbeindolch　　5891

Patricia Wentworth,
Die Uhr schlägt zwölf　　5882

Patricia Wentworth,
Die Schatulle　　5917

Patricia Wentworth,
Die Hand aus dem Wasser　　1102

Goldmann · Der Taschenbuch-Verlag

GOLDMANN

Der Krimi-Verlag

Mordfälle zwischen Herrenhaus und trügerischer Dorfidylle, intelligent, packend und bis heute unübertroffen: Die Klassiker des englischen Kriminalromans.

Ngaio Marsh,
Das Todesspiel   5894

Ellis Peters,
Die Primadonna lachte   5912

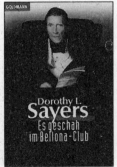

Dorothy L. Sayers,
Es geschah im Bellona-Club   5904

Sara Woods,
Ihre Tränen waren Tod   5908

Goldmann · Der Taschenbuch-Verlag

GOLDMANN

Der Krimi-Verlag

*Wenn der Standort Deutschland zum Tatort wird –
Spannung vom Allerfeinsten, ob im gutbürgerlichen
Milieu, im politischen Filz oder in der Szene.*

Doris Gercke, Nachsaison 5847

Haftay, Nachtarbeit 5817

Gisbert Haefs,
Matzbachs Nabel 5884

Georg R. Kristan,
Fehltritt im Siebengebirge 5003

Goldmann · Der Taschenbuch-Verlag

GOLDMANN

Der Krimi-Verlag

»Upfields Romane sind für mich bei weitem das interessanteste Produkt australischer Literatur. Und einige von ihnen sind absolute Sternstunden des Kriminalromans.« *Gisbert Haefs*, <u>Krimijahrbuch 1990</u>

Bony und der Bumerang   2215

Bony und die Maus   1011

Bony wird verhaftet   1281

Die Giftvilla   5903

Goldmann · Der Taschenbuch-Verlag

GOLDMANN

*Das Gesamtverzeichnis aller lieferbaren Titel erhalten Sie
im Buchhandel oder direkt beim Verlag.*

Taschenbuch-Bestseller zu Taschenbuchpreisen
– Monat für Monat interessante und fesselnde Titel –

✳

Literatur deutschsprachiger und internationaler Autoren

✳

Unterhaltung, Thriller, Historische Romane
und Anthologien

✳

Aktuelle Sachbücher, Ratgeber, Handbücher
und Nachschlagewerke

✳

Esoterik, Persönliches Wachstum und
Ganzheitliches Heilen

✳

Krimis, Science-Fiction und Fantasy-Literatur

✳

Klassiker mit Anmerkungen, Autoreneditionen
und Werkausgaben

✳

Kalender, Kriminalhörspielkassetten und
Popbiographien

Die ganze Welt des Taschenbuchs

Goldmann Verlag · Neumarkter Str. 18 · 81673 München

Bitte senden Sie mir das neue kostenlose Gesamtverzeichnis

Name: _____

Straße: _____

PLZ/Ort: _____